rowohlt
POLARIS

THOMAS CHATWIN

DAS LAMM, DAS ZU VIEL WUSSTE

KRIMINALROMAN

Rowohlt Polaris

Originalausgabe
Veröffentlicht im Rowohlt Taschenbuch Verlag, Hamburg, Juni 2024

Redaktion Heike Brillmann-Ede

Covergestaltung FAVORITBUERO, München
Coverabbildung Shutterstock
Satz aus der Le Monde Courrier Std
Gesamtherstellung CPI books GmbH, Leck
ISBN 978-3-499-01052-1

FSC www.fsc.org
MIX
Papier | Fördert gute Waldnutzung
FSC® C083411

Für die beste Enkel-Meute der Welt. Ihr seid großartig!

PROLOG

Eine Freundin wiederzutreffen, die man seit der Jugend nicht gesehen hat, ist wie das Eintauchen in einen Zeittunnel. «Heute trifft gestern», hatte Kate Doyles verstorbene Mutter solche Begegnungen genannt.

Kate empfing den Anruf, als sie gerade zwischen ihren Schafen auf der Weide stand. Dass sich April Thomson nach so vielen Jahren am Telefon zurückmeldete, war für sie eine ziemliche Überraschung. Plötzlich hatte das jugendliche Gestern wieder eine Stimme. Aprils leicht zögernde Sprechweise war Kate sofort vertraut, schon nach den ersten Worten. April wollte sich dringend mit ihr verabreden, am liebsten gleich am nächsten Tag, einem Dienstag, es sei sehr wichtig. Ihr Ton klang ernst, auch wenn sie sich um Leichtigkeit bemühte. Sicher eine Scheidungsgeschichte, dachte Kate. April wohnte vielleicht wieder in Fowey und wollte ihre alten Kontakte auffrischen.

Am Dienstag sah es mit Kates Zeit allerdings schlecht aus. Morgens wollte der Tierarzt kommen, mittags musste Kate die überfällige Rezension für *Literary Quarterly* fertig schreiben, und ab achtzehn Uhr zelebrierte Grandma ihr Sonnenuntergangs-Grillen am Strand von Kendreath.

«Kendreath?», wiederholte April erleichtert. «Da wohne ich doch gerade. Ich kann runter an den Strand kommen. Wann würde es passen?»

«Ja dann – so ab halb acht», schlug Kate vor. Das passte ja gut. Bestimmt würde sich auch ihre Familie freuen, April nach der langen Zeit wiederzusehen. Sie waren früher enge Freundinnen gewesen, und bei Grandma Emily hatte April oft die Wärme gefunden, die sie zu Hause vermisst hatte. Kate musste lachen. «Hoffentlich erkennen wir uns noch.»

«Ich bin die mit dem kleinen Hund», erklärte April mit großem Ernst. «Einem Jack Russell.»

1.

Später meinte Tante Anne, sich erinnern zu können, sie hätte hinter den Büschen auf der Düne jemanden weglaufen sehen, als sie um genau 18:05 Uhr ihre Füße aus dem Boot auf den Strand gesetzt hatte. Allerdings litt sie an diesem Tag wegen der starken Sonne unter ihren berühmten Allergieanfällen und konnte die Sache nicht wirklich beschwören. Schon gar nicht offiziell bei der Polizei. Allen anderen Familienmitgliedern war die kleine Bucht nämlich menschenleer in Erinnerung.

Sie waren vom benachbarten Küstenort Looe hergefahren, wo Grandma lebte. Dort hatte Onkel Brian den Teil der Familienmitglieder, die heute Zeit hatten, in seinen grünen Motorkahn verfrachtet und war mit ihnen zum Strand von Kendreath getuckert. Das ehemalige Fischerboot ohne Kajüte bot genügend Platz für alle Doyles und konnte mit seinem flachen Rumpf leicht an Land gezogen werden. Unterwegs hatte die Truppe jede Menge Spaß. Morwenna war gleich am Anfang von einer hohen Bugwelle erwischt worden und bis zu den Haarspitzen pitschnass, Grandma schilderte amüsiert, wie der Vikar von Looe gestern nicht ganz nüchtern vom Grabrand auf einen Sarg gerutscht war, den er segnen sollte. Als Onkel Brian dann noch hinter seinem Steuer das Shanty *Keep Haulin* von den Fisherman's Friends anstimmte – einem Chor echter Fischer aus Port Isaac an der Nordküste, die durch Zufall weltberühmt geworden waren und auf die ganz

Cornwall stolz war –, explodierte die Stimmung an Bord. Ein typischer Doyle-Ausflug.

Die Sommerfeste der Familie gehörten für Kate zur Leichtigkeit der warmen Jahreszeit. Ständig ließ sich einer der vielen Doyles etwas einfallen. Kates jüngere Cousine Morwenna hatte ihr bestandenes Bachelor-Examen ziemlich wild auf einem Dutzend kreisförmig aneinandergebundener Ruderkähne gefeiert. Großcousine Peggy hatte zum zehnjährigen Bestehen ihres exklusiven Designerladens die Terrasse eines nicht weniger exklusiven Hotels direkt auf den Klippen gemietet. Der Ausblick über die Zweimeterwellen an diesem Teil der Küste war spektakulär. Und Onkel Brian, der bärtige Biologieprofessor, war zu seinem Geburtstag mit Freunden und Familie zum Hafen von Fowey gewandert, um dort einen humorvollen Vortrag über Cornwalls Meerestiere zu halten und die Hafenrobbe zu füttern.

Die Einladungskarte für Grandmas heutiges Strandfest hatten Kate und David diesmal schon Anfang Juli im Briefkasten gehabt. Vergnügt hatten sie die grinsende Kartoffel auf dem Deckblatt betrachtet, lässig gezeichnet von Emily selbst. Sie war zwar früher Tänzerin gewesen, aber noch lieber wäre sie Grafikerin geworden. Und eine Kartoffel deshalb, weil Grandma mal wieder etwas Verrücktes feiern wollte – den Nationalen Kartoffeltag am neunzehnten August. Vermutlich tat das niemand sonst in Cornwall, was die Sache umso reizvoller machte. Grandmas Party zum World Porridge Day im Oktober letzten Jahres war ja auch ein voller Erfolg gewesen. Wenn die Doyles feierten, dann richtig.

Der heutige Sonnenuntergang war vom Wetterbericht für 20:32 Uhr vorhergesagt. Genügend Zeit, um vorher gemütlich ein Feuer und ein paar Fackeln zu entzünden, am Strand zu grillen und dann gemeinsam die Vollmondnacht zu erwarten. Kate liebte diesen Strandabschnitt, den Grandma Emily für ihr Fest ausgesucht hatte. Von hier aus konnte man wunderbar zuschauen, wie sich der Horizont und das Wasser beim Versinken der Sonne in glühende Streifen und Flächen verwandelten und am Ende ganz Cornwall mit ihrer fein abgestuften Röte bedeckt schien. Es war der erhabenste Moment eines jeden Sommerpicknicks, wie Kate fand. Und es gehörte dazu, dass jeder in der Familie eine andere Art von Rot zu erkennen glaubte. Die fröhliche Morwenna schwor lebhaft, das Meer mit einem kräftigen Kirschrot überzogen zu sehen, für Kate wirkte es eher wie Mohnrot, für Onkel Brian war es ein warmes Tizianrot, für Tante Anne das exotische Rot der Drachenfrucht ... Nur Grandma nannte die Sonnenuntergänge genüsslich blutrot. Alle amüsierten sich über diese Assoziation, aber als Witwe eines Richters am Londoner High Court und als begeisterte Krimiliebhaberin ließ Grandma ihre Fantasie nun mal gerne um alles schweifen, was mit dem Thema Verbrechen zu tun hatte. Ihr augenzwinkerndes Motto lautete ohnehin: *Nichts belebt uns wie ein kleiner Mord*.

Der frühe Abend dieses Augusttages zeigte sich äußerst freundlich. Während die Kinder Poppy und Oscar eifrig Schwemmholz zu sammeln begannen, verflüchtigte sich auch noch das letzte Wölkchen am Himmel. Kurz darauf brannte ein loderndes Strandfeuer. Die Picknickkörbe wurden geöffnet, die Decken auf dem Sand verteilt.

Onkel Brian fühlte sich für den Dreibein-Grill über dem Feuer zuständig, seine Tochter Morwenna hatte aus dem Studentenheim ihre Gitarre mitgebracht, Tante Anne (Grandmas Tochter) musste sich traditionell um das Geschirr kümmern. Der *Schwere Harvey* – Annes dreiunddreißigjähriger Sohn, einhundertzwanzig Kilo pure Gemütlichkeit – war zum Barkeeper der Familie ernannt worden und damit zum Hüter der Getränkeboxen. Kate und Grandma hatten zusammen die Grillspeisen zubereitet, und Tante Peggy überraschte alle mit weichen italienischen Kissen aus ihrem Designer-Möbelladen. Sie war Kates Cousine und hatte ihren zehnjährigen Sohn Oscar dabei. Eigentlich hätte Oscar heute bei Mrs Reddingworth Klavierunterricht gehabt, aber dann wäre Harveys siebenjährige Tochter Poppy allein unter den Erwachsenen gewesen und das wollte Peggy auch nicht. Der fröhliche Oscar war Peggys ganzer Stolz. Wie viele stolze Mütter hatte auch sie ihrem Sohn die dunkelblonden Haare im halblangen Prinzenstil schneiden lassen. Harveys kleine Poppy wirkte dagegen immer noch wie ein herumhüpfender Wonneproppen. Grandma liebte ihre Urenkelin von Herzen, sie hatte Kate aber neulich zugeraunt: «Harvey füttert sie leider mit Süßigkeiten. Nicht, dass Poppy mal seine dicken Backen erbt!»

Kate genoss diese Picknicks sehr. Jetzt, mit dreiundvierzig Jahren, bewunderte sie zunehmend, wie geschickt Grandma durch ihre fröhlichen, vitalen Familienfeste alle Generationen zusammenhielt. Selbst mit ihren sechsundachtzig Jahren zeigte Emily Doyle weder Schwäche noch die Absicht, ihre Position als Familienchefin und Verfechterin der Traditionen aufzugeben und nur noch Krimis zu lesen. Ihre kerzengerade Gestalt, die sich leicht und doch entschlossen bewegte, sowie ihr willensstarkes Gesicht unter den weißen Haaren drückten noch immer geistige und körperliche Lebendigkeit aus. Die Jüngeren in der Familie wie Morwenna und Harvey liebten Grandma für ihr großes Herz und ihren trockenen Humor, die Älteren für ihren scharfen Verstand und ihre Lebensklugheit. Mit ihren schottischen und kornischen Wurzeln konnten die Doyles «wie die alten Kelten» (Zitat Onkel Brian) zusammen lachen, weinen, feiern und singen, dass es eine Freude war.

Zwei ihrer wichtigsten Menschen vermisste Kate allerdings heute Abend. Ihren Lebensgefährten David Pennymore und ihren Vater Gilbert Doyle. Mit David, ihrer großen Liebe, züchtete Kate Schafe. David hatte vor einigen Jahren die *Trewistle Farm* oberhalb der Küste geerbt, und obwohl Kate früher in Londoner

Verlagen gearbeitet hatte und heute von Buchrezensionen und ihrem erfolgreichen True-Crime-Podcast lebte, war aus ihr eine begeisterte Farmerin geworden.

Kates Vater Gilbert saß nur deshalb nicht mit am Feuer, weil Grandma ihr Picknick auf keinen Fall ohne Lieblingsenkelin Kate veranstalten wollte. Da David aber jemanden zum Klauenschneiden bei den zweiundfünfzig Schafen brauchte, hatte sich Gilbert dafür angeboten.

«Ist das okay für dich, wenn Dad mal nicht dabei ist?», hatte Kate gestern beim Kartoffelschneiden ihre Großmutter gefragt. Immerhin war Gilbert ihr ältester Sohn. Er hatte sich einen Namen als angesehener Kunsthistoriker gemacht, aber Grandma monierte gerne seine fehlenden handwerklichen Fähigkeiten.

«Wir werden es überstehen, Schätzchen», hatte Grandma mit ihrem robusten Humor gesagt. «Früher war Gilbert für die Getränke zuständig. Im Gegensatz zu Harvey hatte er leider nie ein Händchen fürs Mixen. Es wird ihm guttun, sich mal um so was Solides wie Schafsklauen zu kümmern.»

Kate wusste, dass ihr Dad diesen typischen kleinen Grandma-Hieb mit einem Augenzwinkern quittiert hätte.

Die Stimmung am Strandfeuer war großartig, dennoch fühlte Kate sich seltsam unruhig. Sie hätte nicht sagen können, warum, alles lief ja perfekt. Vielleicht hatte es damit zu tun, dass sie immer wieder an April Thomson denken musste. Das Wiedersehen hier an den Strand zu verlegen war Blödsinn gewesen, sie hätten sich lieber irgendwo in der Stadt treffen sollen. Im Grunde wusste sie ja nicht mehr so viel über April … Aber jetzt war das Treffen nun mal vereinbart.

Tante Anne stand mit Grandma und Kate bei den Picknickkörben. Wie immer trug sie etwas Selbstgenähtes, heute einen schlabberigen grün-blauen Hosenanzug mit viel zu weiten Beinen.

«Ich hoffe, du hast die Kartoffeln nicht zu sehr gewürzt, Mum», sagte Anne. Jeder in der Familie kannte ihren Hang zur Hypochondrie. «Du weißt, mein Zwölffingerdarm.»

«Vielleicht hätte Kate dir etwas Schaffutter mitbringen sollen», antwortete Grandma spitz. Sie machte sich gerne über die Wehwehchen ihrer Tochter lustig. «Und trink einen Gin, die Doyle'schen Zwölffingerdärme lieben Gin.»

Pikiert zog Anne ab und ließ sich neben Mo auf die Decke fallen. Leise flüsterte sie: «Was sagt man dazu?»

«Ich liebe Grandmas Humor», hörte Kate Morwenna grinsend sagen. Ihr weißes T-Shirt trug das Emblem der Plymouth University. «Nimm's leicht, Tante Anne.»

«Was bleibt mir anderes übrig? Und dabei bin ich doch nun *wirklich* nicht wehleidig!»

Während Kate mit Grandma die mitgebrachten Fleischspieße, die Fischstücke und die vier verschiedenen Kartoffelgerichte unter dem Geplauder der anderen für den Grill vorbereitete, registrierte sie, wie sich nach und nach die Atmosphäre an Cornwalls Küste veränderte. Die milde Vorabendstimmung wurde zunehmend von der einsetzenden Ebbe geprägt. Es wurde stiller, und das stetig zurückweichende Wasser zog Dutzende von Vögeln an, vor allem Strandläufer und Möwen. Auch der Wind vom Meer flaute ab. Zu gerne hätte Kate diese wunderbar sanfte Stunde zusammen mit David genossen, vielleicht konnten sie das in den nächsten Tagen nachholen.

Kurz nach neunzehn Uhr war die Glut unter dem Grill so heiß, dass Onkel Brian das Startzeichen geben konnte. «Es kann losgehen!», rief er mit kräftiger Stimme. Dann wandte er sich an die beiden Kinder. «Mannschaft, Platz nehmen zum Futtern!»

Johlend kamen Poppy und Oscar angerannt und setzten sich vor den Grill. Fasziniert schauten sie zu, wie Onkel Brian Fisch und Fleisch auf dem Grillrost brutzelte und vier Aluminiumschalen mit Grandmas speziellen Kartoffelgerichten dazustellte. Harvey hatte bereits jedem Erwachsenen ein Glas Cider in die Hand gedrückt. Sie wollten gerade die Gläser heben, als Oscar rief: «Dahinten jault irgendwo ein Hund!»

Poppy stimmte ihm piepsend zu: «Ja, das macht er schon die ganze Zeit.»

Jetzt hörten es alle. Der Hund schien jenseits der Düne zu weinen.

«Ihr könnt ihn ja nachher suchen», meinte Grandma und hob ihr Glas. «Jetzt erst mal cheers! Auf den Nationalen Kartoffeltag!» Sie hatte selbst den größten Spaß an ihren ausgefallenen Ideen. «Mögen uns die Knollen nie ausgehen!»

Lachend stießen sie an.

Kaum hatten sie alle einen Schluck getrunken, hob Peggy erneut das Glas. «Und auf wen trinken wir jetzt, liebe Meute?», fragte sie in die Runde.

Alle erhoben sich.

«Auf Grandma!», antwortete der Chor.

Auch Kate rief begeistert mit. Es war ein liebevolles Ritual, geprägt von Respekt und Bewunderung für das Familienoberhaupt. Mo zupfte dazu ein kleines Crescendo auf der Gitarre. Auch wenn es alle gut verdrängten, wusste jeder von ihnen, dass sie eines fernen Tages ohne Grandma Emily hier stehen würden.

Dann begannen sie zu essen. Während die Erwachsenen sich dabei angeregt unterhielten, mampften die Kinder wie immer am schnellsten. Das Hundegebell im Hintergrund hörte sich inzwischen noch jammervoller an, man konnte es kaum ignorieren. Kate vermutete, dass es ein kleinerer Hund war, der der Welt sein Unglück mitteilte. Sie hatte gerade ihre *baked potatoe* aufgegessen, als Oscar zu ihr kam. Mit einem Blick auf Peggy flüsterte er Kate ins Ohr: «Ma will, dass wir noch warten, aber wir wollen *jetzt* den Hund suchen. Vielleicht hat er sich verletzt.»

Tante Anne war gerade dabei, sich eine Gabel mit drei gerösteten Kartoffelscheiben in den Mund zu schieben, als sie stoppte und ebenfalls zu lauschen begann. «Klingt echt traurig. Sicher wieder so ein egoistischer Hundebesitzer …»

«Ich mag solche Menschen nicht», verkündete Poppy mit sichtbarem Abscheu auf ihrem kindlichen Gesicht.

Kate war gerührt. Sie erhob sich von ihrer Decke und sagte forsch: «Na dann, kommt. Wir sehen mal nach, was da los ist.»

Während die anderen am Feuer sitzen blieben und weiter plauderten, stapfte das Trio los, immer dem Jaulen nach. Es schien von der kleinen Straße zu kommen, wo ein breiter Streifen Ginsterbüsche Strand und Straße voneinander trennte. Zügig steuerten sie den Trampelpfad an, der durch die Ginsterbüsche führte.

Sie entdeckten den kleinen Hund auf der anderen Seite der Strandstraße. Er saß vor dem Eingang eines Ferienhauses, das am Fuße eines ansonsten unbebauten Hügels stand. Mit verzweifeltem Kratzen an der Haustür bettelte er um Einlass und wimmerte weiter in hohen Tönen. Erschrocken stellte Kate fest, dass es sich um einen weiß-braunen Jack-Russell-Terrier handelte. War das etwa Aprils Hund?

«Los», rief sie den Kindern zu. «Sehen wir nach, ob er verletzt ist.»

Oscar und Poppy stürmten los, Kate folgte ihnen. Sie hatte keine Ahnung, wem das Ferienhaus gehörte, sie wusste nur, dass dort manchmal das Schild *Zu vermieten* im Fenster hing. Der Bungalow mit einem großen Panoramafenster rechts neben der Haustür und mehreren kleinen Fenstern rundum bestand aus rötlichem Zedernholz. An allen Fenstern waren die Vorhänge zugezogen, auch vor dem großen Panoramafenster. Das Ganze machte einen seltsam nüchternen und lieblosen Eindruck.

Poppy hatte das Hündchen als Erste erreicht. Ohne Angst hockte sie sich vor dem Tier auf den Boden und sprach mit ihm: «Was hast du denn, du Armer?»

Der Hund verstummte und blickte sie aus traurigen Augen an. Es war ein Rüde, wie Kate feststellte. Um den Hals trug er ein rotes Lederhalsband. Verletzt schien er nicht zu sein.

Beruhigend sagte Kate: «Ich glaube, sein Frauchen hat ihn hier draußen vergessen und hört sein Jaulen nicht.»

«Er ist sooo süß!» Poppy streckte die Hand aus und streichelte dem Hund über den Kopf. Prompt leckte er ihr dankbar das Handgelenk. Poppy strahlte. «Seht ihr, er mag mich.»

«Hunde mögen jeden, der nett zu ihnen ist», meinte Oscar gönnerhaft, doch dann beugte auch er sich über das Tier und streichelte es, wenn auch etwas vorsichtiger als Poppy.

Kate überwand sich und klopfte kräftig an die Tür, eine Klingel gab es nicht. «April?», rief sie. «Wohnst du hier? Hier spricht Kate!»

Nichts tat sich, obwohl Kate durch einen Spalt im Vorhang des Panoramafensters einen Lichtschein wahrnehmen konnte. War doch jemand zu Hause? Für eine Sekunde glaubte sie, ein Quietschen zu hören, aber das konnte ebenso gut ein Geräusch gewesen sein, das der Wind vom Parkplatz herübergeweht hatte. Sie drückte die Klinke nach unten und die Tür ging einen Spalt auf. Im Nu war der Jack Russell nach drinnen geflitzt und verschwunden.

«Er ist weg!», riefen die Kinder enttäuscht.

Mit lauter Stimme machte Kate sich ein zweites Mal bemerkbar. «April! Ich bringe dir den Hund! Darf ich reinkommen?»

Als sich immer noch nichts regte, ermahnte sie Oscar und Poppy, draußen zu warten. Wer weiß, was da los war. Dann drückte sie die Haustür ganz auf und betrat einen engen Flur, der am Ende von einer Milchglastür begrenzt wurde. Links davon gab es eine weitere Tür; sie war angelehnt und Kate las den blau aufgepinselten Hinweis *Badezimmer*.

Auch die Milchglastür war nur angelehnt, dahinter winselte der Hund. Kate klopfte, doch niemand antwortete. Entschlossen drückte sie die Tür auf.

Als Erstes sah sie einen Mann auf der Couch, im sandfarbenen Polohemd und Jeans. Er war vielleicht Anfang vierzig und lag mit dem Oberkörper nach vorne gekippt auf dem Couchtisch, den Kopf zur Seite gedreht und mit einer Platzwunde an der Stirn. Ganz offensichtlich war er auf die Tischplatte geknallt. Sein verzogener Mund wirkte wie eingefroren, die Beine waren verdreht unter dem Couchtisch ausgestreckt. Vor ihm saß der kleine Terrier und leckte winselnd über den rechten Schuh. Rechts neben dem Mann lehnte mit offenen Augen und starren Gesichtszügen eine etwa gleichaltrige Frau am Rückenpolster der gelb bezogenen Couch. Sie trug ein weit ausgeschnittenes weißes Shirt mit Spaghettiträgern. Ihr Kopf mit brauner Wuschelfrisur war wie im Schlaf nach hinten auf den oberen Holzrand der altmodischen Couch gefallen.

Kate spürte, wie Übelkeit in ihr aufstieg.

April! Es war April!

Auch wenn ihre alte Freundin anders aussah als früher, hatte Kate sie gleich erkannt. Jetzt, so verkrampft, wirkte ihr Gesicht leidend und blass. Vor fünfundzwanzig Jahren hatten sie sich das letzte Mal gesehen, und nun lag sie hier, ebenso reglos wie der unbekannte Mann. Sie waren beide tot, das wusste Kate sofort.

Draußen auf der Straße hörte Kate die Kinder rumoren. Sie mussten unbedingt zurück zum Strand, in die Obhut der Familie. Nie sollten die beiden so etwas Grauenvolles sehen! Sie schnappte sich die rote Leine, die auf dem Boden lag, und befestigte sie am Halsband des Hundes. Gehorsam folgte ihr das Tier nach draußen.

«Hier», sagte sie zu Oscar. «Ich muss im Haus noch etwas regeln. Du und Poppy habt jetzt die Verantwortung für den Hund. Ich bringe euch noch über die Straße, dann lauft ihr zu den anderen. Ich komme gleich nach.»

Oscar nickte souverän, Poppy standen zig Fragen ins Gesicht geschrieben, doch Kates Ton machte klar, dass es im Moment nichts weiter zu sagen gab. Ohne Widerrede liefen die Kinder mit dem Terrier zurück an den Strand, während Kate mit einem viel zu lauten Knall die Haustür schloss und ins Wohnzimmer zurückkehrte. Sie musste jetzt Ruhe bewahren, doch es fiel ihr schwer. Ihre aufsteigende Panik ließ sich kaum unterdrücken.

Sie sah sich noch einmal um. Der nüchtern wirkende Wohnraum ohne Bilder an den Wänden ging links in eine schlichte Küchenzeile über, vor der ein kleiner Esstisch mit zwei Stühlen stand, darauf ein Obstkorb mit einer halb geschälten Banane. Die rechte Seite des Raumes wurde von der Couchgarnitur eingenommen. Dahinter befand sich das große Panoramafenster mit Vorhang, das Kate von der Straße aus gesehen hatte. Bei Tageslicht war das Meer von hier aus wahrscheinlich nur teilweise zu sehen, dafür hatte man aber sicher einen weiten Blick bis zum Ende der Bucht und bis zum Nachbardorf.

Am Ende des Wohnzimmers befand sich eine Tür, deren oberes Viertel aus einem Glaseinsatz bestand. Sie nahm an, dass dahinter das Schlafzimmer lag; eine weitere Etage gab es ja nicht. Eingerahmt war die Tür von zwei kleinen weißen Sideboards, die für etwas Modernität sorgten. Zudem waren mehrere Deckenstrahler und eine Hängelampe aus Korb eingeschaltet.

Was war passiert? Warum mussten April und der fremde Mann sterben? Oder hatten sie ihr Leben freiwillig beendet? Nein, dagegen sprach die angstvolle Starre, die sie umgab. Wieder schweifte Kates Blick umher und blieb an einer hübschen hellblauen Teekanne mit der weißen Aufschrift *My Five O'Clock Tea* hängen, die zusammen mit zwei Teebechern aus dem gleichen Service auf dem Couchtisch stand. In beiden Bechern befand sich ein kleiner Rest Tee.

Kate überwand sich und schaute erneut zu April.

Alarmiert bemerkte sie drei rötliche Flecken in Aprils Nacken, rund um die Stelle, wo der Kopf der Toten auf dem Holzrand der Couch ruhte. Auch der nach vorne gefallene Mann hatte solche Flecken, bei ihm zeigten sie sich auf der Stirn, die den kleinen Tisch berührte.

Kate brauchte nicht lange, um zu begreifen, dass es sich um Totenflecken handelte. David, der früher Forensiker gewesen war, hatte ihr mal entsprechende Fotos für ihren True-Crime-Podcast gezeigt. Sie erinnerte sich, dass er ihr erklärt hatte, die ersten dieser Flecken würden etwa dreißig Minuten nach Todeseintritt entstehen und seien das absolut sichere Zeichen für das Ableben eines Menschen.

Schockiert trat Kate einen Schritt zurück. Was immer hier geschehen war – es war ein Fall für die Polizei. Sie zog ihr Handy aus der Hosentasche und wollte gerade wählen, als ihr Blick zur Glasscheibe des hinteren Zimmers wanderte und ihr durch das obere Viertel der Tür ein Augenpaar entgegenstarrte. Es war eine Erscheinung für Millisekunden, zwei neugierige Augen und der nur schemenhafte Teil einer Stirn …

Da war noch jemand im Haus! Offensichtlich hielt die Person sich im Schlafzimmer versteckt.

Kate spürte, wie sie heftig zu zittern begann. Einen Moment lang kämpfte sie mit dem trotzigen Bedürfnis, einfach die Tür aufzureißen und nachzusehen, aber ihre Vorsicht siegte. Sie musste die Polizei verständigen!

Mit schnellen Schritten flüchtete sie Richtung Haustür und hörte, wie im selben Moment krachend eine andere Tür ins Schloss fiel. Sie zuckte zusammen und lauschte. Nach dem Knall zu urteilen, musste es eine größere Tür gewesen sein. Vermutlich hatte das kleine Holzhaus einen hinteren Ausgang, durch den man sicher problemlos hügelaufwärts fliehen konnte, um im Gestrüpp aus Ginster und Wacholderbüschen unsichtbar zu werden.

Mit wild pochendem Herzen rannte Kate zur Straße und wählte endlich den Notruf der Polizei.

2.

Als Emily Doyles Nachbarin besaß Rose Cox das Privileg, einen Schlüssel zum *Doyle Cottage* verwahren zu dürfen. Die Doyles veranstalteten ständig Familienfeste und besuchten sich gegenseitig, sodass Emily oft abwesend war und jemanden brauchte, der ihre Blumen goss oder mal ein Päckchen ins Haus legte. Obwohl Rose als Mittsiebzigerin zehn Jahre jünger war als Emily, hätte sie doch zu behaupten gewagt, dass sie beide sich auch Freundinnen nennen konnten. Vielleicht nicht ganz so enge Freundinnen, okay, aber doch mehr als Bekannte. Schließlich wohnten sie seit Jahrzehnten in dieser kleinen Straße. Sie hatten im gleichen Zeitraum ihre Männer verloren und fühlten sich in der Nachbarschaft zunehmend als Fossilien einer verschwindenden Generation. Manchmal verbrachten sie die Abende miteinander, schauten Emilys Lieblingskrimis an oder spielten Gin Rommé. Rose hatte ja sonst nichts zu tun, außer gelegentlich zu sticken und sich um ihr Gewächshaus zu kümmern.

Ihre größte Freude war, wenn Randolph zu Besuch kam. Die Karriere ihres Sohnes machte Rose stolz. Er leitete einen Baumarkt und hatte siebzig Leute unter sich. Und das Wichtigste: Als Chef erhielt er dreißig Prozent Mitarbeiterrabatt. Auf alles, selbst auf Tiernahrung. Wenn Emily Doyle Bedarf hatte, gab er seine Prozente auch großzügig an sie weiter. Emily kannte ihn ja schon in Windeln, und er mochte sie sehr.

Gestern hatte Emily bei Randolph in der Firma angerufen und ihn gebeten, ihr vier Säcke Gartenerde aus dem Baumarkt mitzubringen sowie einen Sack Dünger und ein neues Klettergerüst für ihre Rosen. Jetzt, nach Dienstschluss, war Randolph mit der Lieferung da. Für Rose ein Wunder, wie ihr Sohn das alles in seinem Tesla verstauen konnte. Es musste 19:30 Uhr sein, im Turm der St. Martins-Kirche von Looe läuteten die Glöckner für den wöchentlichen Spätgottesdienst.

Das Doyle Cottage, vor dessen Eingang Rose in diesem Moment stand, war nicht das größte in ihrer Straße, aber die schwarzen Balken unter dem Reetdach und der hübsche weiße Putz ließen es besonders markant erscheinen. Rose musste neidlos zugeben, dass die Doyles ein Händchen für Ästhetik besaßen. Auch dass Emily in ihrem Alter immer noch so beweglich und flott unterwegs war, konnte einen nur erstaunen. Und dann die alten Fotos, die in ihrem Cottage gerahmt an der Wand hingen! Emily und Edward mit Margaret Thatcher beim High-Court-Empfang. Emily als junge Tänzerin auf einer Bühne. Emily und Edward im weißen Tennisdress ... Emily war immer aktiv gewesen, das ließ sich nicht leugnen. Früher waren hier im Cottage auch prominente Gäste aus London zu Besuch gewesen, einmal sogar ein Schauspieler vom National Theatre.

Aber *tempi frascati*, wie Randolph immer scherzte. Jetzt hatte sie, Rose, die Ehre, den Ersatzschlüssel zu Emilys Haus verwalten zu dürfen. Mehr Vertrauen konnte man einer Freundin nicht entgegenbringen.

«Bitte aufschließen, Mum», mahnte Randolph seine Mutter, während er den letzten der mitgebrachten Säcke aus dem Auto wuchtete und ihn vor die Tür des Cottages legte. «Ich habe nachher noch was vor.»

Rose drehte den Schlüssel um und sie betraten Emilys Haus. Alle Räume wirkten gemütlich, vor allem das Wohnzimmer, mit den dicken Balken in der Decke und einem alten Kamin aus Granit, der Ruhe und Charakter verströmte. Für Rose ein Rätsel, wie Emily diese wohnliche Atmosphäre auch als Witwe bewahren konnte.

«Wie wär's, wenn du Emily die Säcke gleich noch in den Garten tragen würdest?», fragte Rose, während sie die Terrassentür im Wohnzimmer aufriss. Von draußen strömte der Duft von frisch gemähtem Rasen herein. «Bist du so lieb?»

«Natürlich, Mum. Wohin?»

Rose zeigte auf eine Stelle links von Emilys großer Zeder. «Dort vor die Büsche. Und bitte steck auch gleich das Rosengitter zusammen! Das sind wir Emily schuldig.»

«Klar, Mum, mache ich.»

Geduldig schleppte Randolph Sack für Sack durchs Wohnzimmer in den Garten. Rose jubilierte innerlich, sie hatte sich etwas Luft verschafft. Seit fünf Wochen hatte sie sich nicht mehr ungestört im Cottage umsehen können. Emily würde frühestens in der Nacht von ihrem Grillfest am Kendreath Beach zurückkehren. Obwohl das Picknick der Doyles erst um achtzehn Uhr begonnen hatte, war Emily bereits seit dem Morgen unterwegs gewesen, um für das Fest einzukaufen, anschließend zu ihrem Masseur nach Mevagissey zu fahren und nachmittags mit ihrem Sohn Brian am Hafen von Looe einen späten Lunch einzunehmen. Dort hatten sie dann auch alle anderen Familienmitglieder treffen wollen, um mit dem Motorboot Richtung Kendreath Beach zu starten.

Rose stöberte ein bisschen im Wohnzimmer herum. Was gab es hier Neues? Lagen bei Emily aktuelle Zeitschriften auf dem Tisch? Gab es interessante Post? Als sie hier vor vier Monaten die Blumen gießen musste, weil Emily für ein paar Tage nach London gereist war, um im Rahmen einer Sonderführung das Kriminalmuseum von Scotland Yard zu besichtigen, hatte ein interessanter Brief von Morwenna an ihre Großmutter auf dem

Kaminsims gelegen. Darin war es um Morwennas neuen Lover gegangen, einen jungen Italiener. Rose war beim Lesen sogar ein bisschen rot geworden und heilfroh gewesen, dass Randolph eine bodenständige Waliserin liebte.

Vielleicht gab es ja in der Küche etwas Interessantes zu entdecken. Mit der beruhigenden Erkenntnis, dass Randolph garantiert noch vier, fünf Minuten im Garten beschäftigt sein würde, huschte Rose in den Flur und betrat von dort *Emily's Pantry*, wie die Küche auf einem Messingschild über der Tür genannt wurde. In Seelenruhe schnüffelte sie auf der Anrichte in den herumliegenden Kuchenrezepten herum. Am Fenster fielen ihr sofort die neuen Vorhänge auf, vorher gelb und gerafft, jetzt weiß und glatt. Außerdem hatte Emily sich einen neuen Mixer geleistet, und gleich das teuerste Modell. Aber sie konnte sich das ja leisten, schließlich erhielt sie nach Edwards Tod eine stolze Pension.

Da sie nun schon mal in der Küche stand, überfiel Rose eine unbändige Lust auf Emilys leckere Ingwerplätzchen. Suchend öffnete sie die Tür des linken Hängeschranks und hielt Ausschau nach der großen Dose. Sie entdeckte sie hinter den Tassen, nahm den Deckel ab, griff hinein, schnappte sich ein Plätzchen und schob es sich in den Mund. Sie hätte aufschreien mögen – der Cookie war steinhart! Igitt, wie konnte Emily so etwas aufheben? Rose hoffte inständig, dass ihre Brücke unten rechts diese Esstortur mitmachte. Vorsichtig kauend, drückte sie den Deckel auf die Dose zurück und schloss die Schranktür.

Ihr letzter Stopp war der Flur mit dem Telefon auf dem Garderobenschränkchen. In der Vergangenheit hatten sich hin und wieder interessante Anrufe von Emilys Kindern auf dem Anrufbeantworter befunden. Rose fand nichts dabei, dort hineinzuhören, wenn sie schon einmal hier war. Private Eindrücke aus dem Leben der Doyles halfen ihr schließlich, ihre Freundin noch besser zu verstehen.

Diesmal zeigte der blinkende Anrufbeantworter nur eine neue Nachricht an, jemand hatte heute Morgen um 9:18 Uhr draufgesprochen. Zu diesem Zeitpunkt befand sich Emily bereits auf dem Weg zum Supermarkt.

Rose konnte nicht widerstehen. Sie schaute kurz ins Wohnzimmer, um sich zu vergewissern, dass Randolph noch immer im Garten beschäftigt war. Dann tippte ihr Zeigefinger auf die Wiedergabetaste.

Die Männerstimme, die nach kurzem Räuspern durch den Flur tönte, gehörte einem Gentleman, vermutlich in Emilys Alter. Sie klang kräftig und nach vornehmstem Oxford-Englisch, wenn auch etwas brüchig. *Sehr männlich, aber in die Jahre gekommen*, wie Emily gesagt hätte.

«Emily, hier ist dein alter Freund Lewis Grenville … Bitte, geh ran! Verdammt, es eilt, und jetzt bist du nicht da … Wenn du mich nicht schnell zurückrufst, könnte es zu spät sein. Es geht um April, meine Enkelin. Ich weiß, dass Kate sie am Strand treffen wird. Das Treffen darf auf keinen Fall abgesagt werden, hörst du? Bitte sag das Kate! Sie ist die Einzige, der April noch vertraut. April und ich sind da in etwas reingerutscht und brauchen dringend Hilfe … Herrgott, Emily, warum gehst du nicht ran?! Bitte, redet heute noch mit April! Versprich mir das! Lasst eure verdammte Doyle-Moral beiseite und helft ihr …»

Dann war vernehmlich der Hörer aufgeknallt worden und der Anrufbeantworter hatte automatisch gestoppt.

Du liebe Zeit, dachte Rose, was hat das wohl zu bedeuten? «Dein alter Freund Lewis Grenville.» Dieser Name war ja noch nie über Emilys Lippen gekommen! Und was meinte die geheimnisvolle Formulierung «in etwas reingerutscht und brauchen dringend Hilfe»? Hatte Emily sich wieder in einen Kriminalfall eingemischt?

Aufgeregt fummelte Rose an dem Anrufbeantworter herum,

um den Blinkmechanismus zu erneuern, damit die Nachricht als nicht abgehört erschien. Doch irgendwie wollte die Sache nicht funktionieren.

Randolph erschien in der Wohnzimmertür. Seine Stimme klang drängend. «Können wir, Mum? Ich bin fertig.»

Rose fühlte sich ertappt. Rasch zog sie ihre Finger zurück. Nichts blinkte, die neue Nachricht war in der Liste alter Anrufe verschwunden. «Natürlich, Randolph! Ich habe nur geschaut, ob in der Küche die Fenster zu sind. Emily lässt sie gerne offen.»

«Dann komm.» Sie musste etwas unentschlossen geschaut haben, denn Randolph griff sanft nach ihrer Hand und zog sie liebevoll mit sich zur Haustür. «Bitte, Mum! Wenn ich dich noch zum Spätgottesdienst bringen soll, musst du dich beeilen.»

«Natürlich, mein Junge», sagte Rose, einen letzten sorgenvollen Blick auf den Anrufbeantworter werfend. «Schön, dass du überhaupt kommen konntest.»

Als sie in Randolphs Auto stieg und sich brav anschnallte, ging ihr der nicht mehr blinkende Anrufbeantworter ein letztes Mal durch den Kopf.

Eigentlich sollte Emily mir dankbar sein, dachte sie mit der Entschlossenheit einer zuverlässigen Freundin. Wer weiß, was ihr erspart bleibt, wenn sie diese Nachricht nicht kennt?

3.

Das Team der *Devon & Cornwall Police* sollte in spätestens zwanzig Minuten eintreffen. Auch ein Arzt wollte kommen, sobald er einen Notfall in Fowey versorgt hatte. Kate wusste, dass Schnelligkeit in Cornwall als dehnbarer Begriff empfunden wurde.

Sie war nur kurz bei den anderen am Strand gewesen. Dort herrschte bereits wieder Doyle'scher Pragmatismus. Nach dem ersten Schock hatten Grandma, Peggy und Tante Anne darauf bestanden, auf jeden Fall noch den Sonnenuntergang abzuwarten und erst danach das Picknick zu beenden. Jeder versuchte, sein Entsetzen über das, was Kate entdeckt hatte, mit gespielter guter Laune zu tarnen und die Kids abzulenken.

Schaudernd richtete Kate ihren Blick auf das Ferienhaus. Was war hier vorgefallen? Und wer war der Mann neben April? Ihr Freund? Ihr Ehemann? David, mit dem sie kurz telefonieren konnte, hatte ihr eingeschärft, bloß nichts anzufassen. Er vermutete, dass Gift im Spiel sein könnte, da Kate ihm die Gesichter der Toten als auffallend schmerzverzerrt beschrieben hatte. David musste es wissen, er war lange Jahre Forensiker bei der Polizei in Exeter gewesen.

Plötzlich vernahm Kate eine energische Stimme hinter sich. «Warte, Schätzchen, ich wollte mir die Sache auch noch mal betrachten, bevor die Polizei kommt.» Als sie sich überrascht umdrehte, sah sie ihre Großmutter zwischen den Büschen hervortreten, in der Hand die Basttasche vom Strand. Ihr langes weißes Sommerkleid ließ sie sehr ladylike wirken. Mit strammem Schritt kam sie auf ihre Enkelin zu. «Keine Sorge. Die anderen sind alle mit den Kindern beschäftigt.»

«Du willst dir doch nicht wirklich die beiden Toten ansehen, Grandma?», fragte Kate irritiert. «Glaub mir, sie sind kein schöner Anblick.»

Und doch kannte sie die Antwort bereits. Grandma war von nichts mehr fasziniert als von Verbrechen. Bei jeder Gelegenheit stöberte sie in den Kriminalakten, die Edward ihr nach seinem Tod hinterlassen hatte. Edward Doyle war jahrzehntelang Richter am High Court gewesen.

«Du weißt doch, wie sehr ich April gemocht habe. Ich möchte Abschied von ihr nehmen.»

Oh nein, Grandma, dachte Kate trotz aller Tragik amüsiert, du willst nur jedes Detail über den Fall wissen, falls er sich tatsächlich als Mord entpuppte. Laut sagte sie: «Na gut, aber wir dürfen nichts berühren. Ich habe mit David telefoniert und er hat es mehrmals betont.»

«Selbstverständlich nicht.»

Kate überwand sich und öffnete mit einem Papiertaschentuch die Eingangstür für ihre Großmutter. Es reichte, dass sie hier vorhin Fingerabdrücke hinterlassen hatte, die sie der Polizei melden musste. Grandma und sie konnten ja im Flur stehen bleiben, kurz einen Blick ins Wohnzimmer werfen und dann wieder verschwinden. Allerdings hatte sie die Rechnung ohne Emily gemacht. Diese griff in ihre Basttasche und zauberte vier zusammengerollte Nylon-Füßlinge hervor. Zwei davon überreichte sie Kate.

«Hier, die habe ich immer dabei. Ich denke, die werden wir brauchen, um keine Spuren zu hinterlassen.»

«Also bitte, Grandma …»

Kates Protest verhallte ungehört. Emily hatte sich bereits ihrer Espadrilles entledigt und die Füßlinge übergestreift. Aufstöhnend zog sich auch Kate um. Ihre Sandalen ließ sie neben Emilys Schuhen stehen.

So ausgerüstet marschierte Grandma an ihrer Enkelin vorbei, schob wie ein Profi mit dem Fuß die angelehnte Milchglastür auf und stoppte erst vor dem Couchtisch. Von hier aus nahm sie die beiden Toten in Augenschein – und schien jetzt doch schockiert zu sein. Vermutlich hatte sie sich den Anblick der schmerzverzerrten Gesichter nicht ganz so schlimm vorgestellt.

«Arme April», murmelte sie betroffen. «Sieht aus, als hätte sie sehr leiden müssen. Was meint David dazu?»

«Sie könnten vergiftet worden sein. Oder sie haben das Gift selbst genommen. Wir sollen vorsichtig sein, es gibt auch Kontaktgifte.»

«Gift? Ja, das macht Sinn.» Grandma straffte sich. «Trotzdem, erst müssen wir sicher sein, dass sie wirklich tot sind.»

Im Nu hatte sie ihr Schminkspiegelchen aus der Kleidtasche gezogen und hielt es dem toten Mann vor den Mund.

«Bitte, Grandma! Das ist Aufgabe der Polizei!» Kate bereute heftig, sich auf die Anwesenheit ihrer Großmutter am Tatort eingelassen zu haben. Doch nun es war zu spät und sie musste irgendwie damit zurechtkommen. Auch vor Aprils Mund hielt Grandma den Spiegel, indem sie von hinten an die Couch herantrat. In beiden Fällen war er kein bisschen beschlagen.

«Na bitte!» Zufrieden steckte sie den Spiegel ein. «Jetzt können wir ganz offiziell von zwei Toten sprechen.»

«Das verraten ja schon die Totenflecken», meinte Kate nachsichtig und hoffte, dass Emily sich jetzt dezent zurückziehen würde. Doch Grandma dachte nicht daran. Im Gegenteil, sie schien gerade erst Fahrt aufzunehmen. Jahrelang hatte sie kriminalistische Bücher wie *Ermitteln leicht gemacht* oder *Die Psyche der*

Massenmörder verschlungen. Hier war endlich der Tatort, auf den sie lange gehofft hatte: das perfekte Labor für ihr Wissen.

Sie beugte sich über den Mann, hielt den Kopf etwas schief und studierte seine Pupillen. Wer weiß, welches Buch sie über *Die Bedeutung der Pupille bei Gewaltverbrechen* gelesen hatte.

«Ganz klar Tod durch Krämpfe», erklärte sie zufrieden. «Aber garantiert kein Selbstmord.»

«Wie kommst du darauf?»

«Wenn die beiden Selbstmord begangen hätten, warum sollte sich dann bis nach ihrem Tod eine dritte Person hier aufgehalten haben? Du sagtest doch, du hättest jemanden gesehen.»

«Ja, schon, aber ...» Kate suchte nach einer Erklärung, um Grandmas scharfem Geist etwas entgegenzusetzen, aber ihr fiel auf die Schnelle nichts ein. «Gut, und wenn es so wäre?»

«Dann hätte April ihren Mörder gekannt und ihm vertraut. Wäre ich der Täter, hätte ich das Gift in den Tee getan.»

«Daran habe ich auch schon gedacht.»

Grandmas Selbstbewusstsein und ihr kluger Umgang mit den Fakten wirkte ansteckend. Für ihren Podcast hatte Kate oft genug Polizisten und Staatsanwälte interviewt und gelernt, dass Ermittlungsarbeit nur erfolgreich sein konnte, wenn man jeder noch so kleinen Spur folgte und fantasiereich nach Interpretationen suchte. Grandmas Bemerkung über die Anwesenheit eines Dritten hatte Kate aufhorchen lassen. Vielleicht sollten sie doch die Zeit bis zum Eintreffen der Polizei nutzen und sich noch einmal gründlich umsehen.

Sie zog ihr Handy aus der Hosentasche. «Okay, es ist zwar nicht sehr pietätvoll, aber ich werde jetzt ein paar Fotos für David machen. Vielleicht sieht er ja etwas, das wir nicht sehen.»

«Tu das.» Grandma ließ jetzt ihren Blick über April schweifen und beugte sich schließlich über die rechte Hand der Toten. «Schau dir mal diesen Ring an.»

Am rechten Ringfinger der Toten steckte ein blauer, glatt geschliffener Opal in einer silbernen Fassung. Auf dem Stein sah man einen stilisierten Fisch und darunter die verschlungenen Buchstaben SDM eingraviert.

«Merkwürdig», bestätigte Kate. Sie warf einen Blick auf die Hände des toten Mannes. «Er trägt keinen Ring. Vielleicht gehörte April irgendeiner Vereinigung an.»

«Gut möglich.» Emily streckte ihre Hand aus. «Bitte gib mir mal meine Tasche.»

Kate reichte ihr die Strandtasche. Grandma griff hinein und holte ein kleines Kunststoffdöschen mit Schraubverschluss heraus. Es war ihr Milchbehälter für den Tee, jetzt war das Döschen leer und sauber ausgewaschen. Sie schraubte den Deckel ab und ging zum Couchtisch.

«Wir sollten eine Teeprobe nehmen, denke ich. Ich weiß auch schon, wer uns die analysieren kann.»

Natürlich, sie hatte Onkel Brian im Sinn, den Biologieprofessor.

«Mach das nicht», warnte Kate. «David sagt, wir sollen auf keinen Fall etwas anrühren!»

«Sei nicht so zimperlich, Kate!» Ruckzuck hatte Grandma einen durchsichtigen Tankhandschuh aus der Tasche gezogen und streifte ihn sich über die rechte Hand. «Außerdem würde es ja mich erwischen, und da wäre nicht mehr viel verloren.»

Sie griff mit der behandschuhten Hand nach der Teekanne, nahm den Deckel ab, legte ihn auf den Couchtisch und goss dann vorsichtig Tee in ihren kleinen Behälter. Kein einziger Tropfen ging daneben, Grandmas Sehkraft war trotz ihres Alters noch sehr gut. Kate sah, dass die Kanne etwa halb voll war. Also blieb genügend Flüssigkeit für den Polizeiforensiker.

Während Kate den Raum und schweren Herzens auch die Toten zu fotografieren begann, schraubte Grandma seelenruhig ihren Behälter zu und verstaute ihn zufrieden in ihrer Tasche. Tatendurstig blickte sie sich weiter um. «Wir sollten uns auch mal das geheimnisvolle Zimmer hinter der Tür anschauen», beschloss sie.

«Oh ja», antwortete Kate. «Von da muss es eine weitere Tür nach draußen geben.» Sie bewunderte Grandmas systematisches Vorgehen. Kate und die Familie wussten zwar, dass Emily sich selbst mit kniffligsten Kriminalfällen aus der Vergangenheit des High Courts zu beschäftigen pflegte, dass sie aber derart systematisch vorgehen konnte, hatte Kate unterschätzt.

Sie gingen am Couchtisch vorbei zu der Tür, hinter der Kate das Schlafzimmer vermutete und durch deren obere Verglasung ihr das geheimnisvolle Augenpaar entgegengeschaut hatte. Es kostete sie Überwindung, die Tür zu öffnen. Erneut benutzte sie dabei ein frisches Papiertaschentuch, um keine Spuren zu hinterlassen.

Der Raum war tatsächlich das Schlafzimmer. Außer einem Doppelbett aus weißem Holz und einem großen Schrank gab es keine nennenswerte Einrichtung. Das Bettgestell erstreckte sich an der linken Wand, gegenüber befand sich der Kleiderschrank, dessen Türen weit offen standen. Der gesamte Inhalt – Männer- und Frauenhosen, Unterwäsche, ein paar Hemden und ein Rock – lag auf dem Boden verstreut. In einer Ecke standen die Schuhe der beiden Toten, auch sie durcheinandergebracht. Der Rest der Besitztümer von April Thomson und dem zweiten Toten war in zwei ebenfalls durchwühlten großen Koffern verstaut, die aufgeklappt neben dem Bett auf dem Boden lagen. Hatten die beiden vorgehabt zu verreisen? Aber warum dann diese Unordnung? Wonach hatte der oder die Unbekannte gesucht?

Grandma war kopfschüttelnd stehen geblieben. «Entsetzlich! Wie nach einer Schlacht», stellte sie schockiert fest. «Was ist hier bloß los gewesen?»

Am anderen Ende des Schlafzimmers entdeckte Kate die Tür, die nach draußen führte und durch die die unbekannte Person geflüchtet sein musste. Was glaubte er oder sie hier zu finden? Grandma hatte recht: «Was war hier bloß los gewesen?» Was hatte April hier gewollt? Und besaß sie etwas, was einen Einbruch und dieses Chaos erklärte? Was hatte ihre einst so vielseitig interessierte Freundin überhaupt für ein Leben geführt, dass es nun ein so grausames Ende fand?

In der Ferne war die Sirene eines Polizeiautos zu hören.

«Himmel, sind die heute schnell», meinte Emily ironisch.

Kate lauschte. Die Sirene kam schnell näher. «Jetzt nichts wie raus, Grandma.»

Sie durchquerten den Wohnraum, zogen im Flur die Füßlinge aus und schlüpften in ihre Schuhe. Keine Minute später standen sie, wie gerade vom Strand gekommen, vor dem Haus. Insgeheim war Kate stolz auf ihre eigenwillige Großmutter, mit ihr konnte man wirklich Pferde stehlen.

«Ich weiß übrigens, wem das Ferienhaus gehört», sagte Grandma plötzlich wie nebenbei.

«Ach so?» Kate war irritiert. «Wem denn?»

«Lewis Grenville, Aprils Großvater.»

Kate blickte sie erstaunt an. «Warum erzählst du mir das erst jetzt?»

«Es ist mir gerade wieder eingefallen», antwortete Grandma seelenruhig, Kate spürte jedoch, dass sie nicht die volle Wahrheit sagte. Als würde ihre Großmutter sich davor drücken, das Thema Grenville zu vertiefen, zeigte sie schnell zum Strand, wo man Oscar und Poppy mit dem Jack Russell herumtoben sah.

«Siehst du, die Kinder sind gut abgelenkt! Dann werde ich ihnen jetzt mal ihr Eis geben … Viel Glück mit der Polizei!»

Kurz winkend und ihre Strandtasche schwenkend verschwand Grandma zwischen den Ginsterbüschen. Sie machte sich gerade rechtzeitig unsichtbar, denn nur Sekunden später erschienen ein Streifenwagen und ein weißer Van.

Die Fahrzeuge hielten etwa dreißig Meter vor dem Ferienhaus, vermutlich, damit die Polizisten später genügend Platz für ihre Absperrungen hatten. Während zwei Constables aus dem Streifenwagen stiegen, ein Mann und eine junge Frau, schälte sich aus dem weißen Van – dem Fahrzeug der Spurensicherung, wie Kate vermutete – eine Frau um die fünfzig heraus. Sie war mittelgroß und dunkelblond, gekleidet in Jeans und dunkelgrünem Polohemd.

Kate erkannte sie sofort. Es war Detective Chief Inspector Kerstie Scott. Was tat sie hier bei der Polizei von Bodmin? Noch vor ein paar Monaten war sie Leitende Ermittlerin in Plymouth gewesen. Damals hatten die Doyles wegen Chloe, ihrer unter mysteriösen Umständen verschwundenen Tante, mit DCI Scott zu tun gehabt.

Nun kam auch das dreiköpfige Team der Spurensicherung zum Vorschein, bereits in weiße Schutzanzüge gekleidet.

«Hallo, Chief Inspector!», grüßte Kate freundlich, während Kerstie Scott auf sie zukam. Die Ermittlerin setzte ein schmales Lächeln auf und reichte Kate ihre kräftige Hand: «Miss Doyle! Ich denke, es verbietet sich, hier von einem freudigen Wiedersehen zu sprechen …»

«Das sehe ich auch so.» Kate entschloss sich, Kerstie Scotts Begrüßungssatz nicht als zweideutig zu verstehen. Abgesehen von ein paar anfänglichen Reibereien war sie damals gut mit ihr ausgekommen.

Die Ermittlerin zeigte auf das Holzhaus, wobei sie automatisch das Terrain dahinter in den Blick nahm. Ihre Stimme klang ruhig und sachlich. «Zwei Tote, sagten Sie dem Kollegen am Telefon?»

«Ja. Es sind bereits Totenflecken zu erkennen.» DCI Scott erinnerte sich garantiert noch daran, dass Kate mit einem ehemaligen Forensiker zusammenlebte.

«Schusswunden oder andere Verletzungen sind Ihnen nicht aufgefallen?»

«Nein, jedenfalls nicht auf den ersten Blick.» Kate konnte ihre Neugier nicht mehr zurückhalten. «Seit wann arbeiten Sie für die Crime Unit Bodmin?»

«Seit dem Frühjahr. Chief Inspector Vincent hat sich nach London versetzen lassen. Er hat Cornwall ja nie wirklich gemocht.»

«Oh, das wusste ich nicht. Ich hatte nur einmal für meinen Podcast mit ihm zu tun», sagte Kate.

DCI Scott überging die Bemerkung, und Kate erinnerte sich, dass die Ermittlerin ihren erfolgreichen True-Crime-Sendungen eher ambivalent gegenüberstand. Jetzt gab Scott den Männern ein Zeichen, das Haus zu betreten. Der älteste von ihnen machte die Vorhut, öffnete die Haustür und stapfte mit einem großen Metallkoffer in der Hand in den Flur.

Dann fing DCI Scott an, Kate über April Thomson auszufragen, musste aber kurz darauf unterbrechen. Jemand aus dem Team im Haus hatte ihr ein kleines Handzeichen gegeben. Die Ermittlerin winkte zurück und wandte sich erneut an Kate.

«Bitte warten Sie noch einen Moment hier draußen, Miss Doyle. Ich will schnell einen ersten Blick auf den Tatort werfen.»

Kate schaute sehnsuchtsvoll Richtung Strand. Der Horizont über dem Meer war endgültig rot geworden. Sie beobachtete ihre Familie: Grandma und Morwenna standen mit den Kindern am Wassersaum. Oscar hatte seinen Ball dabei und kickte ihn ins Meer, Poppy holte ihn wieder heraus. Auch Onkel Brian war zu sehen, er hatte den kleinen Hund an der Leine und ging mit ihm spazieren. Wenn man Glück hatte, konnte man um diese Zeit hinter den Sandbänken ein paar Delfine aus dem Wasser springen sehen.

Warum hatte dieser Abend nicht das werden können, als das er geplant gewesen war?, dachte Kate wehmütig. Ein entspannender Ausflug mit den Kindern …

Als sich DCI Scott auch nach fünf Minuten noch nicht wieder zeigte, stieg in Kate ein ungutes Gefühl auf. Hatten sie da drin etwas Schlimmes übersehen? Sie ging zum Eingang des Ferienhauses zurück und betrat den Flur. Sofort trat einer der Spurensicherer auf sie zu und bedeutete ihr, keinen Schritt weiterzugehen. Kate konnte trotzdem sehen, wie die Ermittlerin in blauen Überschuhen vor den beiden Toten stand und mit jemandem telefonierte. Als sie fertig war, drehte sie sich um, kam mit sorgenvollem Gesicht auf Kate zu.

«Sie sind mit Miss Thomson zur Schule gegangen, sagten Sie?»

«Ja.» Kate nickte. «Aber ich weiß gar nicht, ob sie überhaupt noch so heißt.»

«Doch, das ist ihr Name. Und der Tote ist ihr Freund. Jason O'Connor. Wir haben ihn sofort vom Fahndungsfoto wiedererkannt.»

«Fahndungsfoto?», wiederholte Kate irritiert. Was hatte das zu bedeuten?

Scott beobachtete, wie jemand von der Spurensicherung vorsichtig die Teekanne vom Tisch hob, bevor sie Kate antwortete: «Die beiden sind die derzeit meistgesuchten Betrüger in Cornwall und Devon. Ihr Trick war das sogenannte Haushüten. Während die Besitzer sich im Urlaub befanden, räumten sie die Villen leer, auf die sie eigentlich aufpassen sollten. Sie stahlen alles, was von Wert war – Schmuck, kostbare Einrichtungsgegenstände, Tafelsilber, Kunst, kleine Tresore …»

Kate starrte Kerstie Scott ungläubig an. «Und das alles soll April getan haben?»

«Ja. Wir haben Fotos von einer Überwachungskamera, die auch sie zeigen.» Scott hob bedauernd die Hände, als sie Kate ansah. «Tut mir leid, Miss Doyle, in meinem Job ist die Wahrheit nun mal oft hässlich.»

Das ist nicht möglich, hämmerte es in Kates Kopf. Wie kann das sein? Was hat die Zeit nur aus April gemacht?

Ein Hubschrauber flog über das Haus. Unter seinem Lärm rief einer der Spurenspezialisten die Chefin zu sich ins chaotische Schlafzimmer. Wie in Trance wankte Kate nach draußen auf die Straße, setzte sich auf einen Steinpoller vor dem Strandpfad und wartete auf ihre weitere Vernehmung.

4.

Die Abendröte zeigte sich auf der Trewistle Farm zwar weniger stark als an Cornwalls hellen Stränden, aber auch auf den Schafweiden waren jetzt die Umrisse der Bäume und Zäune weicher gezeichnet. Das Farmgebäude und die vier Koppeln lagen auf einem Hügel zwei Meilen vom Meer entfernt. Da das einsame Gelände nur von Heide, Moorlandschaft und Wildwiesen umgeben war, ließen sich mit der einsetzenden Dämmerung auch die ersten Frösche hören. Im Wald hinter dem Moor bellte ein Fuchs. Cornwall ging schlafen – und die Tiere der Nacht verließen ihre Startlöcher.

Normalerweise liebte David Pennymore diese Augenblicke sehr. Doch nach Kates aufgeregtem Anruf vom Kendreath Beach konnte er sich nur schlecht konzentrieren. Kates Vater Gilbert und er hatten das Schneiden der Schafsklauen für eine halbe Stunde unterbrochen und über die Ereignisse am Strand geredet. Das, was Kate David in aller Eile beschrieben hatte, klang nach einem Giftanschlag. Sobald die Polizei eingetroffen war und Kate Näheres wusste, wollte sie sich wieder melden.

Es half nichts, das Klaueschneiden musste weitergehen, wenn David und Gilbert vor Sonnenuntergang fertig sein wollten. Kurz nach zwanzig Uhr hatten sie es geschafft. Die Schafe waren jetzt hinter einer Absperrung auf dem Hof versammelt. Ihr Blöken klang nicht mehr protestierend, sondern erleichtert, denn bis auf ein weibliches Tier hatten sie die lästige Prozedur hinter sich. David verglich die Sache gerne mit dem Schneiden von Fingernägeln bei Kindern. Kein Kind mochte es, dennoch musste es von Zeit zu Zeit getan werden.

David hatte das letzte Schaf – eine kräftige Aue namens Bess – Kates Vater überlassen. Von der Stalltür aus beobachtete er, wie geschickt Gilbert Doyle vorging. Er hatte das Klaueschneiden schnell gelernt, so wie Kate es prophezeit hatte. Das intellektuelle Aussehen ihres Vaters mit der dünnrandigen Brille durfte nicht darüber hinwegtäuschen, dass er wie alle Doyles sehr zupackend sein konnte, auch wenn ihm seine Mutter nur wenig handwerkliches Geschick nachsagte. Nach dem Tod seiner Frau vor einigen Jahren hatte Gilbert sein Leben wieder ganz neu aufstellen müssen, was ihm nach Kates Aussage hervorragend gelang. Er liebte seine Arbeit als Kunsthistoriker im berühmten Herrenhaus Mount Edgcumbe, stellte sich aber auch gerne neuen Herausforderungen. Das hier war eine.

Mit entschlossenem Griff zog Gilbert das heftig blökende Schaf zu sich heran, drehte es um und setzte es vor sich auf den Boden, sodass das Tier alle viere ausstreckte.

«Perfekt», rief David. «Bei Bess darfst du ruhig viel wegschneiden, ihre Klauen wachsen wie verrückt.»

«Ich tue mein Bestes.»

Gilbert nahm die Klauenschere und begann, den überschüssigen Hornanteil aus den Hohlräumen der Klauen zu entfernen. Er machte es äußerst sorgfältig, denn David hatte ihm erklärt, wie leicht sich die Schafe ohne diese Prozedur bakterielle Erkrankungen oder Klauenfehlstellungen zuziehen konnten.

Als die Aue das Schneiden überstanden hatte, folgte noch ein kleines Fußbad. David hatte dafür ein schmales Gatter aufgebaut, in dem sich eine große Wanne mit Wasser und Zinksulfat befand. Routiniert übernahm er jetzt die Aue und ließ sie durch die Wanne marschieren, damit die geschnittenen Klauen wieder aushärteten und gesund blieben. Endlich war die Pediküre beendet. David öffnete das Absperrband und schickte die Aue zu ihren versammelten Gefährten. Mit erleichtertem Blöken lief das Schaf auf Bock Sinclair zu, um neben seiner wuchtigen Gestalt mit den großen gebogenen Hörnern Schutz zu suchen. Sie konnte ja nicht ahnen, dass der gute Sinclair schon morgen wegen einer Verletzung am Auge für ein paar Tage zum Tierarzt umziehen musste …

Wenn David Besucher auf der Farm hatte, bestaunten alle die schwarzen Gesichter seiner Herde. Die dunklen Köpfe der Tiere stachen fröhlich und liebenswert aus den flauschigen weißen Fellen hervor. Es waren Scottish-Blackface-Schafe, besonders widerstandsfähige Tiere, deren Ursprünge im wilden schottischen Bergland zu finden waren. Auch in Cornwalls abgelegener Hügel- und Moorlandschaft mussten die Schafe in der Lage sein, mit einsamen Gegenden, Stürmen und dichten Nebeln zurechtzukommen. David wusste, dass Kate ihren Freundinnen in London die Herde immer so zu beschreiben pflegte: «Stellt euch zweiundfünfzigmal *Shaun das Schaf* vor und ihr liegt richtig.»

Kate!

David vermisste sie heute ganz besonders. Am neunzehnten August vor vier Jahren war er mit Sack und Pack aus Exeter hier auf die Farm gezogen. Zwei Wochen zuvor war sein Bruder Bob gestorben. Die Farm hatte er David vermacht, als hätte er gespürt, dass David sich in seinem Beruf als Polizeiforensiker schon lange nicht mehr glücklich gefühlt und dringend einen Cut in seinem Leben gebraucht hatte. Geredet hatten sie nie darüber. Nach dem Studium der Verhaltensbiologie war David damals eher zufällig in die Kriminalistik geschlittert und hatte es vierzehn Jahre lang mit Leichen, komplizierten Tatorten und den schrecklichsten Seiten der Kriminalität ausgehalten, obwohl er die Verhaltensforschung tief in seinem Inneren schrecklich vermisste.

Auch aus diesem Grund hatte David das Erbe seines Bruders angenommen. Das neue Leben als Farmer war ihm wie eine Offenbarung erschienen, ein befreiender Schritt in eine neue, faszinierende Welt. Das unterschätzte stille Wesen der Schafe hatte ihn schon während des Studiums fasziniert. Sogar in seiner Masterarbeit über genetische Diversität waren sie vorgekommen.

Ein halbes Jahr vor der Übernahme der Farm war ihm auf einer Hochzeit in London Kate begegnet. Er wusste noch wie heute, mit welcher Wucht sie sich zueinander hingezogen gefühlt hatten, wie intensiv sie beide diesen wundervollen Sog aus Herzenswärme, Verlangen und wortlosem Verstehen spüren konnten. Ihnen war klar, dass sie beide die Liebe ihres Lebens gefunden hatten. Ein weiteres halbes Jahr später war Kate zu David nach Cornwall gezogen, wo auch der Großteil ihrer weitverzweigten Familie zu Hause war. Seit Kate hier lebte, hatte alles auf dieser Farm eine neue Intensität bekommen. Die gemütliche Atmosphäre des alten Hauses mit den krummen Balken, die Verbindung zu den Tieren, die Fröhlichkeit, wenn Freunde zu Besuch kamen ... Doch das Schönste war, dass sich ihre Liebe und ihr Vertrauen zueinander trotz der vielen Arbeit noch vertieft hatten, auch wenn sich Kates Sehnsucht nach einem gemeinsamen Kind bisher nicht erfüllt hatte. Jetzt war sie dreiundvierzig und ihre Chancen schwanden zunehmend. Aber selbst da blieb sie Realistin. «Ich hätte auf Grandma hören sollen», kommentierte sie dieses Thema mit tapferem Lächeln. «Wir Doyles sind Frühbrüter. Früh oder gar nicht.»

Das Blöken der Schafe wurde immer lauter und drängender. Im Chor ähnelte es einem vielstimmigen Gesang.

«Sie wollen zurück auf die Weide, oder?», fragte Gilbert. Sichtlich fasziniert beobachtete er, wie die kleine Herde hin und her wogte, um ihren Willen kundzutun. David hatte ihm erklärt, wie kommunikativ die Tiere waren, selbst dann, wenn die Menschen es gar nicht bemerkten.

«Ja, sie wollen ihren Auslauf.» David trat an die Absperrbänder und nahm die Haken in die Hand, mit denen sie befestigt waren. «Ich gehe vor, du kümmerst dich bitte um die Nachzügler.»

Gilbert nickte. «Alles klar.»

David hängte die Bänder aus und ließ sie zu Boden fallen. Wie eine fröhliche Kinderschar stürmte die Herde los. Es staubte, als sie den gepflasterten Hof hinter sich ließ. Mit lauten Pfiffen lief David vorneweg und führte die Tiere unter den hohen Alleebäumen, die den Sandweg entlang der Weiden flankierten, bis zur ersten Koppel. Das weiße, drahtbespannte Holztor stand bereits weit offen. Gilbert bildete mit ausgebreiteten Armen die Nachhut, und im Nu hatte sich die Herde auf der saftiggrünen Weide verteilt. David schloss sorgfältig das Tor und kam zufrieden auf Gilbert zu.

«Das war's. Feierabend.»

Gilbert lehnte sich an das Gatter, nahm seine Brille ab und putzte mit seinem Taschentuch den Hofstaub von den Gläsern, während er zum stattlichen Farmgebäude hinüberschaute. «Ich beneide euch um diesen herrlichen Platz.»

David lächelte. «Danke, aber das musst du deiner Tochter sagen. Sie hat die Farm verschönt.»

Die letzten Sonnenstrahlen fielen so, dass das Farmhaus von der Weide aus näher zu sein schien, als es war. Das Hauptgebäude wie auch der Stall bestanden aus grauem Granit. Die Haustür und die Sprossenfenster waren im historischen Blau gestrichen, in der Farbe der anderen alten Höfe in der Gegend. Der Stall war rechtwinkelig mit dem Farmhaus verbunden und flankierte den Hof. Überall entlang der Hauswände blühte es, und natürlich gab es auch einen Garten mit Obstbäumen, Gemüse, Schnittblumen und zwei windfesten Cornwall-Palmen.

David blickte auf seine Armbanduhr. Er dachte daran, dass Kate vielleicht in diesem Moment ihre Aussage bei der Polizei machte, sie von einem Detective in die Mangel genommen wurde und ihr Erscheinen am Tatort begründen musste.

Gilbert schien das Gleiche zu denken. «Was Kate jetzt wohl macht?»

«Sie wollten ihr einen Chief Inspector aus Bodmin schicken», erklärte ihm David. «Das kann dauern.»

Er selbst hatte damals der Forensikabteilung in Exeter angehört. Noch während er überlegte, ob er einen alten Freund bei der Polizei in Bodmin anrufen sollte, um den Stand der Dinge zu erfragen, klingelte sein Handy. Es war Kate, als hätte sie über die Entfernung seine Sorgen gespürt.

«David? Könnt ihr gerade reden?»

«Ja.» David war erleichtert, ihre Stimme zu hören. Sie klang etwas müde, aber konzentriert. Damit Gilbert mithören konnte, stellte er das Telefon laut. «Wie geht's dir, Schatz? Bist du schon befragt worden?»

«Nein. Aber das Crime Team ist inzwischen eingetroffen. DCI Scott wird mir gleich die Ehre geben. Sie ist von Plymouth nach Bodmin versetzt worden.»

David erinnerte sich gut an Kerstie Scott, *die kühle Blonde*, wie er sie genannt hatte. Kates leichte Ironie bei der Erwähnung des Namens war ihm nicht entgangen, sodass er sie zu beruhigen versuchte. «DCI Scott kann was, man darf sie nicht unterschätzen. Bleib sachlich, das ist ihr wichtig.»

«Ich werde mir Mühe geben.» Kate holte hörbar tief Luft. «Aber jetzt haltet euch fest! April und der zweite Tote, laut Scott war es ihr Freund, waren gesuchte Kriminelle! Sie haben zwei Jahre lang Häuser ausgeraubt. Die Polizei fahndet seit Monaten nach ihnen.»

Hastig erzählte sie, was sie erfahren hatte. David spürte, wie schwer es ihr fiel, die frühere Freundin mit solchen Dingen in Verbindung zu sehen. Ihrem Vater musste es beim Zuhören ähnlich ergangen sein, denn er beugte sich vor und rief in Davids Handy: «Hallo, mein Liebling! Das klingt ja entsetzlich.»

«Ist es auch, Dad. April so sehen zu müssen war eine Qual. Und jetzt noch diese Fahndungsgeschichte. Die Polizei vermutet, dass die beiden Feinde aus dem kriminellen Milieu hatten. Übrigens lag David höchstwahrscheinlich richtig – April und ihr Freund könnten an einer Vergiftung gestorben sein.»

«Gab es Verletzungen an den Toten?», wollte David wissen.

«Nein. Keine Schusswunden, keine Kratzer, keine Blutergüsse, sagt die Polizei.»

Jetzt übernahm wieder Gilbert. David kannte sein kleines Geheimnis. Mit Mitte zwanzig hatte Kates Vater zwei Jahre lang als Kunstspezialist für den britischen Geheimdienst MI5 gearbeitet, bevor er sich doch für die solidere Museumskarriere entschieden hatte. Einiges an Wissen aus dieser Zeit besaß er immer noch.

«Hast du Einstichstellen an Armen oder Beinen festgestellt? Oder einen auffallenden Geruch wahrgenommen?»

«Nichts davon. Was meinst du damit, Dad? Denkst du an Drogen?» Sie überlegte. «Nein, Grandma und ich tippen auf Gift im Tee.»

Ihr Vater stutzte. «Grandma? Was hat sie denn damit zu tun?»

«Sie hat mir geholfen. Wir haben eine Teeprobe genommen und den Tatort fotografiert.»

«Ihr habt was?» David war fassungslos.

«Gott stehe uns bei!», rief Gilbert. Wie David benötigte er nicht viel Fantasie, um sich vorzustellen, wie seine Mutter bis ins Kleinste den Tatort durchkämmt hatte. «Jetzt können wir anfangen, die Stunden zu zählen, bis Mum mit uns allen die Ermittlungen aufnimmt!»

Es sollte entsetzt klingen, doch David entging nicht, welch klammheimliche Vorfreude in Gilberts Stimme mitschwang.

5.

Nachdem das Strandpicknick so abrupt unterbrochen worden war, hatte schließlich auch Emily eingesehen, dass ihr Sohn Brian wohl besser sein Boot klarmachte und die Familie zum Hafen von Looe zurückschipperte. Es half ja nichts, Morde zogen nun mal einen furchtbaren Wirbel nach sich – und der Glanz des Kartoffeltags war eh getrübt. Nur die arme Kate musste weiter am Tatort ausharren und auf ihre Vernehmung warten. Alles in allem war Emily aber zufrieden. Um April Thomson tat es ihr zwar aufrichtig leid, aber es hatte sich heute etwas Interessantes und Unverhofftes ergeben: ein Mal an einem Tatort *vor* der Polizei selbst nach Beweisen suchen zu können! Von Brian war dafür natürlich Kritik gekommen, auch Gilbert würde seiner alten Mutter bestimmt Vorwürfe machen, aber die Jüngeren wie Morwenna und Harvey hatten begeistert «Cool, Granny!» gerufen. Ein paar Tränen mussten dann doch noch fließen. Am Strand war ein mürrischer Polizist aufgetaucht und hatte den Kindern Aprils Hund abgenommen, um ihn *als Zeuge* in ein Tierheim zu überführen. Absurd, als würde er da eine Aussage machen können.

Zurück im Küstenort Looe trennten sich alle unter tausend Umarmungen und gingen zu ihren Autos, die neben der Old Lifeboat Station parkten. Peggy wohnte mit Mann und Kind im nahen Sealton – unterhalb von Kates Farm. Brian, seine Frau und Tochter Morwenna lebten in Plymouth. Anne, ihr Ehemann und

Harvey waren in Fowey zu Hause. Nur Emily konnte bequem zu Fuß ihr Cottage erreichen. Vom Pier aus waren es nur zehn Minuten am River Looe entlang bis in ihre ruhige Wohnstraße. Normalerweise liebte sie nächtliche Spaziergänge durch Looe, wenn die Lichter der Häuser entlang des im Meer mündenden Flusses einem das Gefühl einer friedlichen Kolonie gaben und wenn unter dem Rauschen der Brandung die Bootsmasten klirrten.

Doch jetzt drängte es Emily, nach Hause zu kommen. Kaum hatte sie die Haustür aufgeschlossen, stellte sie ihren Picknickkorb ab, ging ins Wohnzimmer und lüftete erst mal ordentlich durch. Draußen hatte inzwischen der Vollmond das Sagen. Durch das Terrassenfenster sah Emily Randolphs fünf Säcke und das Klettergerüst im Garten liegen. Garantiert war Rose Cox auch hier gewesen und hatte ein bisschen rumgeschnüffelt, wie sie das immer tat, wenn sich die Gelegenheit bot.

Die frische Luft aus dem nächtlich-kühlen Garten war eine Wohltat. Der warme Augusttag hatte den Raum mit den großen Fenstern nach Süden mächtig aufgeheizt. Dummerweise war seit vorgestern die Markise kaputt, und Harvey, der Handwerker unter ihren Enkeln, hatte noch keine Zeit gehabt vorbeizuschauen. Harvey war allerdings auch etwas bequem.

Emily ging in die Küche, um nachzusehen, ob Rose in ihre Falle getappt war. Irgendeine kleine Falle stellte sie Rose immer. Dessen ungeachtet mochte sie ihre Freundin durchaus, nur ihre Spießigkeit und ihre grenzenlose Neugier waren ein wenig anstrengend.

Auf dem Weg zur Küche warf Emily einen Blick auf den Anrufbeantworter, der im Flur stand. Er blinkte nicht, also keine neue Nachricht. Gut so. Nach diesem Tag verzichtete sie gerne auf weitere Überraschungen.

Die Inspektion ihrer Plätzchendose verriet Emily, dass Rose tatsächlich wieder spioniert hatte. Ganz oben auf die Plätzchen hatte sie heute Morgen vier alte, harte Ingwercookies platziert. Einer fehlte. Bravo, Rose war auf ihren pädagogisch gemeinten Scherz reingefallen. Vielleicht würde sie ihre Neugier ja künftig zügeln.

Was Emily jetzt vorhatte, war heikel und brauchte einen kühlen Kopf. Um keinen Fehler zu begehen, den sie später bereuen könnte, musste sie erst mal gut nachdenken. Und das konnte sie am besten im Garten. Sie kehrte ins Wohnzimmer zurück, schaltete die Außenlampen ein, trat durch die offene Terrassentür nach draußen und ging im Licht der flachen Bodenstrahler quer über den Rasen zu ihrer geliebten Zeder. Beim Ausschreiten umflatterten sie ein paar Nachtfalter. Die Bank unter dem mächtigen alten Baum hatten ihr vor Jahren die Kinder geschenkt. Junge Leute haben ja die lächerliche Vorstellung, dass man im Alter nur noch nutzlos herumhängen kann. Emily setzte sich, ließ ihren lädierten Rücken an die Lehne sinken und blickte nachdenklich nach oben in die überhängenden Äste.

Jetzt war es passiert. Kate gegenüber war ihr entschlüpft, dass sie April Thomsons Großvater kannte und von der Existenz seines Ferienhauses wusste. Nun hatte sie den Salat!

Die ganze Sache war furchtbar verfahren. Nur weil sie am Tatort den Mund nicht halten konnte. Was Kate entdeckt hatte, war natürlich eine Katastrophe. Zwei so junge Menschen tot hingestreckt, und aus dem Hinterzimmer flieht ein potenzieller Mörder. Dass es April getroffen hatte, tat Emily genauso leid wie Kate. Das Mädchen hatte in ihrer Jugend eine Menge mitmachen müssen. Zusammen mit Kate hatte sie eine Privatschule in St Ives besucht, ein Institut, auf dem man während der letzten drei Jahre für die Reifeprüfung fit gemacht wurde. In Aprils Fall waren die Schulgebühren von ihrem im Ausland lebenden Großvater bezahlt worden. In dieser Zeit waren Kate und April oft am Wochenende mit dem Bus hier ins Cottage gekommen, um sich von Emily ein bisschen verwöhnen zu lassen. Kates Eltern wohnten noch in London. April hatte leider schon damals nur eine unzuverlässige Mutter gehabt, den Großvater und ihren bereits volljährigen Bruder Mike, der in Fowey wohnte und eine Schreinerausbildung absolvierte. Der Vater der beiden Thomson-Kinder hatte als Hafenangestellter bei einem Fährunglück sein Leben verloren, die Mutter war Verkäuferin in einem Fischgeschäft gewesen.

Emily sah die sechzehnjährige April noch vor sich – ein schmächtiges, scheues Wesen, dessen übertriebene, geradezu rührende Höflichkeit einem irgendwann peinlich wurde. April wollte immer alles richtig machen. Es schien, als hätte sie sich geschworen, im Umgang mit anderen – besonders mit gesellschaftlich Arrivierten wie den Doyles – niemals Fehler zu begehen. Zudem hatte sie in ihrer Reifeprüfung einen Fluchtweg in ein völlig anderes Leben gesehen, raus aus der Armut und Enge ihrer Familie.

Am Anfang hatte Emily gerätselt, warum sich Kate ausgerechnet mit April so gut verstand, dann hatte sie begriffen, dass die stillere April der damals oft trotzigen Kate innere Ruhe geben konnte.

Gott, war das alles lange her! Und ihr One-Night-Stand mit Lewis Grenville ebenso. Genau das war der Salat, sie kannte Aprils Großvater *zu* gut.

Und niemand in der Familie wusste davon.

Emilys Gedanken sprangen dreiundsechzig Jahre zurück. Damals wohnten sie und Edward bereits in London, ihre Hochzeit war gerade mal zwei Jahre her. Ihrem ersten Kind zuliebe, dem kleinen Gilbert, hatte Emily schweren Herzens ihre Karriere als Tänzerin aufgegeben. Als aufstrebender junger Jurist verdiente Edward glänzend, er musste aber auch viel dafür arbeiten.

Einer seiner besten Freunde hieß Lewis Grenville, der wie die Doyles aus Cornwall stammte. Lewis war das Gegenteil des zuverlässigen Edward Doyle. Er hatte zwar ebenfalls Jura studiert, verdiente sein Geld aber lieber als Broker. Er sah fabelhaft aus, seine Lässigkeit und sein Esprit ließen sich kaum überbieten. Dabei konnte er auch äußerst sensibel sein. Hin und wieder veröffentlichte er sogar kleine Gedichte in Zeitschriften, was Emily sehr beeindruckte. Vor allem aber begriff er sehr früh – viel früher als Edward –, dass Emily ohne ihre geliebte Tanzkarriere einem Schwan ohne Wasser ähnelte. Schwäne kommen auch am Ufer zurecht, das wusste Emily, doch erst auf dem Wasser fühlten sie sich schwerelos. Es war Lewis, der ihr schließlich an einer Ballettschule einen Halbtagsjob besorgte.

Eine Woche später passierte es. Mit ein paar Freunden hatten sie in einem Pub Grenvilles Geburtstag nachgefeiert. Edward befand sich auf einem Kongress in Edinburgh und der kleine Gilbert bei Emilys Mutter. In dieser Nacht schnappte Grenvilles Falle zu, so jedenfalls hatte Emily die Sache hinterher gesehen. Beschwipst übernachtete sie in seinem Apartment an der Themse. Später hatte ihr ein Freund verraten, dass Lewis den Geburtstag bereits vier Tage vorher ausgiebig mit seinen Buddys begossen hatte, die Party im Pub hatte nur Emilys wegen stattgefunden.

Nicht, dass Emily diese Nacht bereute, ganz und gar nicht, ihr Verhältnis zu Sex war immer entspannt gewesen. So wussten heute selbst ihre Enkel, dass sie als Tänzerin mal ein Verhältnis mit Elvis Presley gehabt hatte. Doch der One-Night-Stand mit Lewis Grenville war etwas anderes gewesen. Zu ihrer eigenen Überraschung schämte sie sich dafür, weil sie bereits einen Sohn hatte und weil sie ihren Mann wirklich aufrichtig liebte. Also gestand sie Edward die Affäre, als er aus Schottland zurückkehrte. Er verhielt sich wie ein wirklicher Gentleman. Es wurde zwar eine Nacht voller Tränen und gegenseitiger Schwüre, aber dann war die Krise vorbei. Am nächsten Tag, an einem kalten Wintermorgen, war Edward mit dem Taxi zu Grenvilles Wohnung gefahren, hatte Lewis über die Sprechanlage nach unten gebeten und ihm mit seinen teuren Lederhandschuhen von Harrods einen harten Schlag auf die Nase gegeben. Grenville hatte den Schlag kleinlaut akzeptiert; er wusste, dass damit jeglicher Kontakt zu den Doyles beendet war.

In den folgenden Jahrzehnten gelangten nur noch gelegentlich Informationen über Grenvilles Leben zu Emily. Irgendwann hatte er geheiratet, sich aber bald wieder scheiden lassen. Er wurde Diplomat und lebte viel im Ausland, so viel hatten sie und Edward noch mitbekommen. Auch eine diplomatische Affäre in Mailand soll es mit ihm gegeben haben.

Als Kate später regelmäßig ihre Schulfreundin April am Wochenende mit ins Cottage brachte, machte Emily ein paar zaghafte Versuche, April über ihren Großvater auszufragen. Doch außer, dass er ihr das Schulgeld bezahlte, wusste seine Enkelin nicht viel über ihn.

Dann, vor etwa drei Jahren, war Lewis Grenville eines Tages im Rollstuhl auf Emily zugerollt, keine zweihundert Meter von ihrem Cottage in Looe entfernt. Er hatte zwar immer noch gut ausgesehen, war aber blass gewesen, mit Tränensäcken und weißen struppigen Haaren. Seit ein paar Monaten lebte er im benachbarten Seniorenheim *Audley House*. Aus Mitleid hatte Emily sich eine Weile mit ihm unterhalten, wobei er die meiste Zeit über seine Krankheiten gejammert hatte. Er lud sie auf einen gelegentlichen Tee ins Heim ein, und sie sagte aus reiner Höflichkeit zu. Aber das fehlte ihr noch, freiwillig ein Altersheim zu betreten. Von seiner Enkelin April hatte Lewis angeblich seit Jahren nichts mehr gehört, erst recht nicht von ihrem Bruder Mike, obwohl dieser ebenfalls in Looe wohnte. Zum Abschied hatte ihr Lewis einen Werbezettel zugesteckt, auf dem das besagte Ferienhaus am Strand von Kendreath abgebildet war, das ihm gehörte und das er regelmäßig vermietete. Emily hatte den Zettel aus Höflichkeit eingesteckt, zu Hause aber in den Papierkorb geworfen. Später hatte Lewis sie noch zweimal angerufen, zuletzt vor einem halben Jahr, doch Emily hatte sich bewusst einsilbig gegeben. Eine kurze Plauderei über die gute Luft in Looe, ein bisschen Lob für den beliebten Arzt Dr. Stanhope, der sie beide geschickt über Wasser hielt, ein paar Sätze über Kates Krimi-Podcast – zu mehr hatte sie sich nicht hinreißen lassen.

Nun saß Emily hier und musste sich schon wieder mit Lewis Grenville beschäftigen!

Es half nichts, sie musste ihn anrufen und über Aprils Tod informieren, das sah sie als ihre Pflicht. Jetzt war es 21:42 Uhr. Lewis war immer eine bekennende Nachteule gewesen, da würde er ja wohl im Seniorenheim nicht diesen Unsinn mit dem frühen Zubettgehen angefangen haben. Schweren Herzens stand sie von ihrer Bank auf, ging ins Haus zurück und begab sich über knarrende Dielen zu ihrem Arbeitszimmer.

Früher war der holzgetäfelte Raum Edwards geliebtes Refugium gewesen. Als Richter hatte er hier oft stundenlang über Gerichtsakten gebrütet und seine Verhandlungsstrategien ausgetüftelt. Damals war das Cottage nur ihr Wochenend-Domizil gewesen. Seit Edwards Tod vor sieben Jahren wohnte Emily das ganze Jahr über in Looe und hatte das schöne Arbeitszimmer in Beschlag genommen. Das Wertvollste waren für sie die vielen interessanten Gerichtsakten, die hier weiter lagerten. Wann immer sie Lust dazu hatte, suchte sie sich einen alten Fall heraus und studierte ihn bis tief in die Nacht. Ganz nach ihrem Motto: *Nichts belebt uns wie ein kleiner Mord.* Die Kinder amüsierten sich zwar darüber, aber das war ihr egal. Von Edward hatte sie gelernt, dass Verbrechen die verborgensten Saiten der menschlichen Seele zum düsteren Klingen brachten. Er musste es wissen. Schließlich hatte er die berühmtesten Mörder seiner Zeit an den Galgen oder, nach 1964, hinter Gitter gebracht. Ricky Dungeon, den Frauenmörder von Chelsea. Betty McGillian, die Doppelmörderin, die Mann und Schwiegermutter zerstückelt hatte. Heather Sutton, die Giftmörderin vom Bauernhof …

Emily zog die rechte Schublade ihres Schreibtisches auf und holte das blaue Kästchen heraus, in dem sie Visitenkarten und Zettel mit Adressen von Bekannten sammelte. Irgendwo musste sie auch die Nummer des Seniorenheims Audley House notiert haben … Da war sie.

Es war inzwischen kurz vor zehn. Ein Problem konnte sein, dass die Telefonzentrale des Heims sie zu dieser späten Stunde gar nicht mehr in Grenvilles Zimmer durchstellen würde. Es sei denn, sie nannte einen triftigen Grund. Na, da würde ihr schon etwas einfallen.

Emily wählte. Es klingelte zweimal durch, dann meldete sich ein junger Telefonist. Eine Freundin hatte Emily erzählt, dass sich die Telefonzentrale für sämtliche Audley-Heime in Dover befand.

«Audley House, das Heim für die besten Jahre.»

«Guten Abend», sagte Emily so charmant wie möglich. «Ich würde gerne Mr Grenville im Haus Looe sprechen.»

«Tut mir leid», sagte der Telefonist. «Unsere Besuchs- und Sprechzeiten sind von neun bis achtzehn Uhr. Es sei denn, sie sind ein Familienmitglied.»

«Das bin ich», sagte Emily. Nach ihrer Erfahrung half in solchen Fällen nur, Verwirrung zu stiften. «Ich bin seine Mutter.»

Der junge Mann schluckte hörbar. «Aber … Nach meinen Unterlagen ist Mr Grenville bereits sechsundachtzig …»

«Darf er da keine Mutter mehr haben?», fragte Emily scharf.

«Ich, äh … natürlich, Ma'am», antwortete der junge Mann beflissen. «Ich stelle Sie durch.»

Es klingelte ein weiteres Mal, diesmal in einer helleren Tonlage, dann war die Stimme einer älteren Frau zu hören.

«Zimmer 312, bei Mr Grenville.»

«Hallo, ich möchte Lewis sprechen, auch falls er bereits vor dem Fernseher eingeschlafen ist. Sagen Sie ihm, Emily braucht ihn dringend.»

«Ich fürchte, das wird nicht möglich sein», sagte die ältere Frau. «Ich bin …» Sie stockte, dann fragte sie zögernd: «Mrs Doyle?»

«Ja», antwortete Emily irritiert, «das bin ich.»

«Hier spricht Mary Cavendish», erklärte die Frau. «Vom Bestattungsunternehmen Cavendish & Fowl.» Dieses Bestattungsunternehmen hatte Emily damals geholfen, alles für Edwards Beerdigung vorzubereiten.

«Was tun Sie denn bei Mr Grenville?», fragte Emily erschrocken.

«Wir holen Lewis ab», vertraute ihr Mrs Cavendish in traurigem Tonfall an. «Er ist heute gegen vierzehn Uhr von uns gegangen. Es ist im Wäldchen hinter dem Haus passiert. Er war im Rollstuhl unterwegs und ist dabei offenbar unglücklich gestürzt.»

«Der Arme! Wie entsetzlich! War jemand bei ihm?»

«Nein … na ja … Sie kannten Lewis ja offenbar. Dann wissen Sie sicher, dass er ein Sturkopf war und sich nur ungern schieben ließ.» Mrs Cavendish hatte offenbar das Bedürfnis zu erklären, warum sie den Verblichenen so selbstverständlich beim Vornamen nannte. «Ich gehöre zur wöchentlichen Bridgerunde des Seniorenheims, müssen Sie wissen.»

Klar, dachte Emily bitter, das nennt man Kundenpflege. Sie hatte Mühe, sich ihren Schock nicht allzu sehr anmerken zu lassen. «Wer hat ihn denn gefunden?»

«Bill Byrne, ein Waldarbeiter. Lewis war wohl bergab mit dem Rollstuhl an einen Felsen geprallt und dort mit dem Kopf aufgeschlagen.»

«Wie schrecklich! War der Arzt schnell da?»

«Sofort, Dr. Stanhope wollte gerade die Praxis schließen und kam dann schnell rüber. Aber er konnte nur noch den Tod feststellen.»

«Und Lewis war bis jetzt in seinem Zimmer aufgebahrt?» Emily mochte sich das lieber nicht so genau vorstellen. Wenn es nach ihr ginge, konnte man sich mit dem frischen Totenschein in der Hand direkt in eine Urne begeben.

«Ja. Möchten Sie ihn noch mal sehen, Mrs Doyle?»

«Nein danke», beeilte sich Emily zu sagen. «Ich habe heute schon genug Tote betrachtet.»

«Wie meinen Sie das denn?» Jetzt zeigte sich Mrs Cavendish irritiert. «Das verstehe ich nicht ...»

«Vergessen Sie's. Und beten Sie für Lewis ein kräftiges *Requiescat in pace*.»

«Ja ... natürlich ... selbstverständlich ...» Die Stimme der Bestatterin klang plötzlich unkonzentriert. «Ich muss Schluss machen, Mrs Doyle. Unten vor dem Haus sehe ich Blaulicht. Ich glaube, die Polizei ist gekommen.»

Sieh mal an, dachte Emily, diesmal ist Chief Inspector Scott ja flott unterwegs.

6.

Das schrille Telefonläuten riss Kate aus dem Schlaf. Der Wecker zeigte 5:35 Uhr. Irgendetwas musste passiert sein, sonst rief hier niemand so früh an. Beim letzten nächtlichen Anruf hatte in der Nachbarschaft eine Scheune gebrannt. Noch halb benebelt richtete Kate sich auf, sah David im Schlafshirt vom Bett zum altmodischen Nebenanschluss an der Treppe taumeln und hörte, wie er mit Owen Jarvis von der Straßenmeisterei redete. Es schien tatsächlich etwas passiert zu sein, denn Davids Stimme klang sorgenvoll. Er versprach Owen, sich sofort auf den Weg zu machen.

Als er ins Schlafzimmer zurückkehrte, war David hellwach. Während er eilig in seine Hose schlüpfte und sich ein T-Shirt überstreifte, erzählte er Kate, worum es ging.

«Owens Frühschicht hat ein kleines Lamm gefunden. Ein Böckchen. Es muss aus einem überfüllten Viehtransporter gefallen sein.»

«Wieder mal!» Jetzt war auch aus Kate der letzte Rest Schlaf gewichen. «Wo irrt es herum?»

«Auf der großen Kreuzung in Holmbush.»

«Wie schrecklich!» Kate kannte das Problem. Manche Transportfahrer donnerten mit den gekauften Tieren rücksichtslos von Cornwall rauf nach Nordengland und pfiffen auf den Tierschutz. «Ist es verletzt?»

«Das konnte Owen noch nicht sagen.» David trat an Kates

Bettseite und gab ihr einen Kuss. «Lass dir Zeit heute. Ich melde mich, wenn es was Neues gibt.»

«Nimm dir wenigstens Wasser und einen Apfel mit.»

«Mache ich.»

Als sie David zehn Minuten später in seinem Pick-up vom Hof fahren hörte, hoffte sie inständig, dass dem Lämmchen nichts Schlimmes zugestoßen war. Dann stand auch sie auf und ging ins Bad.

Ihre Nacht war unruhig gewesen. Immer wieder hatte sie Aprils lebloses Gesicht vor sich gesehen. Wie auch immer ihre Schulfreundin zu einer Kriminellen geworden war, es musste sie sehr unglücklich gemacht haben. Dass es sich um Mord handelte, hatte DCI Scott schon bald nach ihrer Ankunft am Tatort für sehr wahrscheinlich erklärt. Im Wohnzimmer des Ferienhauses, aber besonders im Schlafzimmer, wimmelte es laut Spurensicherung von Fingerabdrücken. Klar, das Haus war seit Jahren wochenweise vermietet worden. Doch die frischen Fußspuren, die von der rückseitigen Tür bergaufwärts führten, schienen Kates Aussage über die Anwesenheit einer dritten Person im Haus zu bestätigen. Das war der Stand gestern Abend.

Ihren Vater hatte Kate nach der späten Rückkehr vom Tatort nur noch kurz gesehen. Nachdem sie David und ihm schnell das Wichtigste von ihrer Vernehmung berichtet hatte, hatte Gilbert nicht länger stören wollen. Kurz nach seiner Abfahrt waren Kate dann im Sessel die Augen zugefallen und David hatte sie liebevoll nach oben bugsiert.

Die nächtlichen Stunden voller Grübelei hatte Kate nur mit Mühe durchgestanden. Das gemütlich eingerichtete Schlafzimmer war sonst ihr sicherer Hort, in dieser Nacht wäre sie jedoch am liebsten ins Wohnzimmer geflüchtet, hätte den Fernseher angestellt und sich mit irgendeinem TV-Blödsinn abgelenkt. Zum Glück hatte David ihre Unruhe gespürt. Es musste ein oder zwei

Uhr nachts gewesen sein, als er auf ihre Bettseite hinüberrutschte, seine Arme um sie schlang und sie beruhigend an sich drückte. So war sie dann doch noch eingeschlummert.

Als sie die Küche betrat, den Wasserkocher für ihren Tee anstellte und sich zwei Toasts mit Honig und *marmelade* zubereitete, entdeckte sie, dass ihr Handy auf der Anrichte eine neue E-Mail anzeigte.

Sie stammte von Grandma und wandte sich an alle, die zum Kern der Familie gehörten. Die Überschrift der Mail lautete: ORKAN ORKAN.

Es war das Codewort der Doyles für dringend notwendige Familientreffen; Grandpa Edward hatte es vor Jahren eingeführt. Damit klingelten bei allen Doyles unüberhörbar die Alarmglocken. Niemand hätte gewagt, eine solche Nachricht zu übergehen.

Grandma schrieb:

Angesichts des Verbrechens am Kendreath Beach und eines möglichen dritten Mordes, von dem ich weiß, möchte ich um 12:00 Uhr eine Videokonferenz mit euch abhalten. Morwenna wird euch die Einladungen zusenden. Bitte keine Ausflüchte, ich brauche den Sachverstand von jedem.

Kate war irritiert. Ein dritter Mord? Wovon sprach ihre Großmutter?

Grandma wusste nur zu gut, welche familieninterne Lawine von ihrem Besuch am Tatort losgetreten worden war. Garantiert hatten noch gestern Abend alle Telefone geglüht.

Was genau hatte Kate beim Betreten des Ferienhauses gesehen?

Wo ist jetzt der Hund?

Wie, Grandma hat heimlich Tee abgefüllt?

Bravo! Sie kennt eben alle Tricks!
Ein Jammer, dass Kate ihren David nicht dabeihatte …

Jetzt waren die Doyles gespannt, wie sich *Der Fall April* weiterentwickelte.

Ja, wo war der Hund? Kate hatte der Polizei angeboten, den kleinen Jack Russell vorerst mit auf die Farm zu nehmen. Doch das wurde ihr auch jetzt nicht gestattet. Laut DCI Scott musste das Tier aus verfahrenstechnischen Gründen noch zehn Tage im Tierheim ausharren. Es könnten sich ja Drogen in seinem Bauch finden lassen und es wäre somit ein Zeuge. Kate hielt das für juristischen Unsinn, aber so waren die Verwaltungsregeln nun mal.

Vor dem Farmhaus war das Geräusch eines Wagens zu hören. Sie schaute aus dem Küchenfenster. Neben den gestapelten Strohballen auf dem Hof hielt ein Polizeiauto, aus dem DCI Scott stieg. Ihre Haare hoben sich im Wind, der heute sehr früh vom Meer kam.

Kate trank den letzten Schluck Tee und wartete, bis Kerstie Scott klingelte. Springen, wenn die Ermittlerin kam, wollte sie nicht. Sie hatte gestern Abend sehr lange auf Scotts Befragung warten müssen. Wenigstens war sie dann später freundlicherweise von einem Polizisten nach Looe gefahren worden, wo ihr Auto gestanden hatte.

Als Kate ihr schließlich die Haustür öffnete, hielt die Ermittlerin einen Umschlag in der Hand. «Guten Morgen, Miss Doyle. Entschuldigen Sie die frühe Störung. Können wir uns einen Augenblick unterhalten?»

«Natürlich. Möchten Sie reinkommen?»

«Nein danke, wir können ruhig hier draußen sprechen. Ich mag Landluft.» Sie zeigte zur Weide mit den Schafen. «Immer wieder ein schöner Anblick, so eine Herde.»

Kate spürte, dass Scott die Atmosphäre ein wenig lockern wollte. «Ja, wir sind sehr happy mit den Tieren. Trotzdem liegt heute natürlich ein Schatten über uns. Auch wenn ich April Thomson lange nicht mehr gesehen habe …»

«Das verstehe ich.» Kerstie Scott überreichte Kate den Umschlag. «Hier, das ist die Kopie des Vernehmungsprotokolls mit Ihrer Aussage.»

«Danke.» Kate legte den Umschlag auf einem Strohballen ab. «Gibt es Neuigkeiten hinsichtlich der Todeszeit?»

«Thomson und O'Connor starben zwischen sechzehn und siebzehn Uhr. Die offizielle Todesursache steht noch nicht fest, bisher können wir nur Vermutungen anstellen. Es sieht ganz nach Gift aus. Die Gerichtsmedizin in Bodmin ist weiterhin unterbesetzt, die Obduktion muss in Exeter stattfinden. Deshalb werden wir wohl erst morgen Genaues wissen.»

Das alte Lied, dachte Kate. Erst vergangene Woche hatte sie in ihrem Podcast über die gefährlichen Sparmaßnahmen der Devon & Cornwall Police berichtet.

«Wissen Sie schon, wo April und ihr Freund in den vergangenen Monaten gelebt haben?», fragte sie, ohne weiter auf die Sparmaßnahmen einzugehen. «Das Ferienhaus war ja offensichtlich nur Zwischenstopp. Sonst hätten die beiden nicht ihre Koffer dabeigehabt, oder?»

«Stimmt, aber ihr eigentlicher Wohnsitz ist unbekannt. Wir vermuten, dass sie bei einer Person aus dem Freundeskreis wohnten, bevor sie in das Ferienhaus kamen. In Jason O'Connors Reisetasche lagen Tickets für ihn und April Thomson mit Ziel Panama City, dazu gefälschte Pässe mit spanischen Namen. Der Flug wäre heute Abend gewesen. Offensichtlich wollten die beiden in Mittelamerika untertauchen.» Der Blick der Ermittlerin wurde seltsam kühl. «Sie sehen, Miss Doyle, ich bin ganz offen zu Ihnen. Ich frage mich nur, warum *Sie* mir gestern nicht die ganze Wahrheit gesagt haben.»

«Inwiefern?», fragte Kate irritiert.

«Sie haben mir verschwiegen, dass Sie wussten, wem das Ferienhaus gehörte.»

«Das wusste ich auch nicht», antwortete Kate und hoffte, dass sie jetzt nicht rot wurde. «Meine Großmutter glaubte, sich an einen Werbezettel zu erinnern, den Aprils Großvater ihr vor Monaten auf der Straße gegeben hatte. Das war sehr vage und schien mir als Aussage zu unsicher.» Sicherheitshalber legte sie noch eine Schippe drauf. «Meine Großmutter ist schon Mitte achtzig, müssen Sie wissen.»

«Ach, es war Ihnen zu ‹unsicher›? Wie kommt es dann, dass Ihre Großmutter spätabends in Mr Grenvilles Seniorenheim anrief, um ihn zu sprechen?»

Um Himmels willen, dachte Kate, hätte sie Grandma bloß nicht in die Nähe der Toten gelassen! Laut sagte sie: «Das müssen Sie Grandma fragen.»

«Das hat mein Sergeant heute Morgen versucht, aber Mrs Doyle saß im Rollstuhl und hat auf meinen Kollegen einen ziemlich verwirrten Eindruck gemacht. Ist sie öfter so?»

Kate hatte Mühe, nicht zu grinsen. Eine typische Grandma-Idee. Wahrscheinlich hatte sie den Sergeant von der Küche aus gesehen und sich schnell Grandpas verstaubten Rollstuhl aus der Abstellkammer geholt.

«Oh ja!» Sicherheitshalber verzog sie sorgenvoll das Gesicht. «Bei ihr weiß man nie, woran man ist. Ich werde gleich nach Looe fahren und nach ihr sehen.»

«Tut mir leid. Ich wusste nicht, dass ihre Großmutter …» Kerstie Scott brach den Satz ab, um dann doch fortzufahren: «… wie auch immer. Lewis Grenville ist gestern Nachmittag im Park des Audley-Heims, in dem er wohnte, einem tödlichen Unfall erlegen.»

«Lewis Grenville?» Kate stockte der Atem. «Was ist denn passiert?»

«Laut einer Pflegerin war mittags um halb eins sein Hausarzt, Dr. Stanhope, bei ihm gewesen, um dem alten Mann eine Spritze zu geben. Danach fuhr Grenville in seinem Rollstuhl im Wald spazieren. Auf einem abschüssigen Weg muss er zu schnell geworden sein, jedenfalls schlug er mit dem Kopf an einen Felsen. Ein Waldarbeiter hat ihn gefunden. Der Arzt kam zurück, um ihn wiederzubeleben, aber es war zu spät.»

«Wie schrecklich!» Kate fröstelte plötzlich. «Und das an dem Tag, an dem seine Enkelin stirbt! Sehen Sie da einen Zusammenhang?»

DCI Scott schüttelte den Kopf. «Nein, davon ist nicht auszugehen. Lewis Grenville war ein ziemlich kranker Mann. Unser Polizeiarzt hat seine Patientenakte einsehen dürfen. Grenville hatte schon öfter kleine Aussetzer und wäre neulich fast in einen Teich gerollt … Tja, alt werden ist kein Vergnügen.»

«Nein, ganz bestimmt nicht.»

Warum hatte Grandma wohl bei Grenville angerufen?, hämmerte es durch Kates Kopf. Was wusste sie? Was hatte sie von ihm gewollt? Offenbar kannten sich die beiden besser, als die Familie ahnte.

«Noch etwas.» Die Ermittlerin zog ihr Handy aus der Tasche, rief ein Passfoto auf und zeigte es Kate. Zu sehen war ein Mann, vielleicht Ende vierzig, mit ernstem Gesicht und auffallend buschigen Augenbrauen. «Kennen Sie ihn?»

Kate überlegte. «Das könnte Aprils Bruder sein … Ja, ich denke, das ist er. Früher hat er in Fowey gewohnt und dort als Schreiner gearbeitet. Was er jetzt macht, weiß ich nicht.»

«Kannten Sie ihn gut?»

«Nein, er war ja älter als April und ich. Vor Jahren sind wir uns zufällig auf einem Hafenfest begegnet, aber er ging mir aus dem Weg.»

Die Ermittlerin steckte ihr Handy wieder ein. «Er scheint jedem aus dem Weg zu gehen. Ich wollte ihn heute früh vernehmen, aber aus irgendeinem Grund ist er nicht gut auf die Polizei zu sprechen. Er zeigte sich äußerst unkooperativ.»

«Wohnt er denn noch in Fowey?»

«Nein, in der Nähe von Looe. Er ist auch kein Schreiner mehr, er schnitzt Galionsfiguren.»

«Galionsfiguren?», wiederholte Kate überrascht. «Ich hätte ihn zwar nie als Künstler gesehen, aber ...» Sie brach den Satz ab, weil sie in Kerstie Scotts Gegenwart nicht über Mike spekulieren wollte. «Wusste er über Aprils Leben als Betrügerin Bescheid?»

«Thomson behauptet, keinen Kontakt zu seiner Schwester gehabt zu haben. Im Übrigen will er strikt von seinem Schweigerecht als Verwandter Gebrauch machen. Erst recht, weil er nun wohl das Ferienhaus seines Großvaters und das Apartment im Seniorenheim erben wird. Bisher konnte er uns allerdings kein überzeugendes Alibi nennen ...» DCI Scott blickte Kate nachdenklich an. «Vielleicht ...» Sie brach ab und setzte neu an. «... vielleicht könnten Sie Kontakt zu ihm aufnehmen. Sie kennt er immerhin von früher. Er täte gut daran, mit uns zu kooperieren.»

Kate fing den Ball sofort auf. Sie erinnerte sich, wie hartnäckig Kerstie Scott werden konnte, wenn sie etwas durchsetzen wollte. Außerdem wäre ein Treffen mit Mike durchaus in Kates eigenem Interesse. Doch ganz so einfach wollte sie es der Ermittlerin nicht machen.

«Ich kann es versuchen.» Sie lächelte selbstbewusst. Manchmal musste man seinem Egoismus ein Vehikel suchen, damit er vorwärtskam. «Und dafür vergessen Sie den Anruf meiner Großmutter im Altersheim.»

«Meinetwegen.» Glücklich sah DCI Scott nicht aus, aber sie selbst hatte ja mit dem Verhandeln angefangen. Erklärend fügte sie hinzu: «Theoretisch könnte Thomson ein Verdächtiger sein, immerhin erbt er alles. Andererseits gibt es keinerlei Spuren von ihm am Tatort …»

«Schon okay, ich werde mit ihm reden», versprach Kate.

«Danke, Miss Doyle.» Die Ermittlerin blickte auf ihre Armbanduhr. «Oh, ich muss weiter. Der Staatsanwalt wartet.»

Während Kerstie Scott sich wieder hinter das Steuer des Autos klemmte, trat Kate ein paar Schritte zurück und wartete geduldig, bis der Wagen anfuhr. Im selben Moment bog Davids Pick-up um die Ecke, vom Küstendorf Sealton kommend. Für einen Moment hatte Kate den Eindruck, dass Kerstie Scott langsamer wurde, um David noch schnell guten Tag zu sagen. Er schien es ebenfalls zu vermuten, denn er bremste. Doch dann fuhr die Ermittlerin weiter. Ein kurzes Heben der Hand – die Doyles nannten es ironisch *den Gruß der Sioux* – und weg war sie.

David parkte seinen Pick-up vor dem Stall. Insgeheim hatte Kate gehofft, dass er das gefundene Lämmchen mitbringen würde, statt es beim Tierarzt abzuliefern. Doch der Käfig auf der Ladefläche war leer. Enttäuscht sah sie zu, wie David ausstieg, um den Kühler herum zur Beifahrertür ging und sie öffnete.

Etwas Weißes blitzte auf, kurze weiße Pfötchen kamen zum Vorschein und dann das ganze Lamm. Kates Herz hüpfte höher. Das Böckchen sah zum Knuddeln aus! David bückte sich, nahm den Kleinen auf den Arm und schloss mit dem Fuß die Autotür. Dann präsentierte er grinsend das Lamm. Die Lachfältchen um seine Augen verrieten Stolz.

«Schau, wen ich hier habe! Unser neues Familienmitglied.»

«Mein Gott, ist der süß!» Kate war hingerissen. Der Kleine sah bezaubernd aus, mit weißem Kopf und komplett weißem, flauschigem Fell. Seine ungewöhnlich großen Knopfaugen blickten Kate neugierig an, ganz ohne Scheu, was für seine Aufgeschlossenheit sprach. Kräftig war er auch schon. Eine Ohrenmarke trug er noch nicht, als Engländer würde er sie erst mit sechs Monaten erhalten, weswegen er heute auch keinem Eigentümer zugeordnet werden konnte. Natürlich brauchte er dringend ein neues Zuhause.

«Er hatte Glück», sagte David, während er das Lamm unter dem Bauch kraulte. «Nicht ein Kratzer. Keine Ahnung, wie er das aus dem fahrenden Lastwagen geschafft hat.»

Kate streckte die Hand aus und streichelte das Lamm. «Hi, willkommen auf der Trewistle Farm. Hast du auch schon einen Namen?»

«Nein», sagte David lächelnd. «Such du ihm einen aus.»

Sie reckte sich über den neuen Mitbewohner hinweg und gab David einen Kuss. «Danke, Schatz.»

Als hätte das Wollknäuel die Geste verstanden, leckte es über Kates Handballen. Sie musste lachen. Sein kindliches Blöken klang noch fragend, aber auch selbstbewusst.

«Wie wär's mit Willow?», schlug sie vor. «Das würde zu ihm passen. Leicht und elegant.»

«Greif mal in meine rechte Tasche», bat David, während er das Lamm bequemer in seinen Arm legte. Kate tat es und hatte ein Schafsleckerli aus Haferflocken in der Hand. David nahm es, schob es dem Kleinen ins weiche Mäulchen und erklärte dabei feierlich: «Hiermit taufen wir dich auf den Namen Willow!»

Das Lamm schien die Leckerli-Zeremonie zu genießen. Es schleckte sein kleines Maul und gab erneut ein kurzes Määh von sich.

«Zu welcher Schafsrasse gehört er?», wollte Kate wissen.

«Er ist ein Romney-Lamm. Sehr widerstandsfähige Tiere aus den Romney-Marschen in Kent. Du siehst es am leicht gerollten Vlies.»

Sie setzten den Kleinen auf den Boden. Erst blieb Willow irritiert stehen und schaute sich verblüfft um, dann sprang er doch los. Zunächst ein paar Meter in Richtung Stall, dann bremste er abrupt, hoppelte auf seinen kurzen Beinchen zurück und vergewisserte sich, dass David und Kate noch da waren. David zauberte ein zweites Leckerli aus der Jackentasche, welches das Schäfchen diesmal ganz allein aus seiner Hand fraß. Kate wusste, dass Willow von jetzt an bei ihnen bleiben würde, solange keine anderen Schafe da waren. Andererseits war es wichtig, das Böckchen rasch mit seinen künftigen Mitbewohnern bekannt zu machen. Auch der Herde taten Überraschungen wie diese gut. Ein Neuer in der Klasse brachte meist frische Ideen mit.

Auf dem Weg zur Weide lief Willow brav hinter Kate und David her, alle paar Meter stehen bleibend, um die Nase in den Wind zu strecken oder die unzähligen Schafsköttel auf dem Weg zu untersuchen. Als sie die Baumallee vor den Weiden erreicht hatten, entdeckte der Kleine die Herde. Mit neugierigen Blicken hatten sich die Tiere hinter dem Zaun aufgereiht, die dreieckigen schwarzen Köpfe mit den gerundeten Hörnern skeptisch in Richtung Willow gedreht. Vor allem Bock Sinclair machte ein wichtiges Gesicht. Die Lämmer harrten in der Mitte aus. Dass das fremde Lamm komplett weiß war, würde der Blackface-Herde nichts ausmachen, sein fehlender Stallgeruch konnte durchaus ein Problem sein, überlegte Kate. Zum Glück ahnte Willow nichts davon. Munter hüpfte er neben Kate auf das Gatter der Koppel zu und blickte der Herde fröhlich entgegen. David öffnete das Tor, fasste dem Lamm vorsichtig unter den Bauch, schubste es behutsam auf die Weide und schloss das Gatter wieder.

Jetzt wurde es spannend. Zögernd stapfte Willow durch das Gras, blickte sich um und gab sicherheitshalber ein hilfloses *Määh* von sich. So hatte er es für den Notfall von seiner Mutter gelernt. Ein paar Minuten lang glotzte die Herde den Neuling an, als sei er ein Alien. Bock Sinclair senkte den Kopf, was aggressiv aussah. In Wirklichkeit sah er nur nicht richtig, eigentlich hätte er eine Brille gebraucht.

«Was passiert jetzt?», flüsterte Kate, während sie neben David am weißen Zaun stand und der Annäherung zusah.

David wirkte gelassen. «Sinclair wird ihn kurz beschnuppern, dann wird Camilla zu ihm gehen», vermutete er. «Sie ist am neugierigsten.»

Genau so kam es. Sinclair marschierte auf Willow zu, der etwas zitterte, und beroch ihn kurz. Anschließend, als hätte er damit seine Pflicht erfüllt, kehrte der muskulöse Bock zu den anderen Tieren zurück. Sekunden später setzte sich tatsächlich Camilla in Bewegung, das intelligenteste Schaf der Herde, gefolgt von Leitschaf Hetty. Auch sie beschnupperten Willow, sogar ausgiebig, nur dass das Lamm diesmal keine Angst zeigte. Camilla leckte ihm über das rechte Ohr, als wollte sie ihn prüfen. Plötzlich zeigten sich auch drei der anderen Lämmer an seiner Seite. Erfreut drehte sich Willow zu ihnen um, senkte seinen Böckchenkopf und stupste das größere der Lämmer an. Das war eine klare Begrüßung, scheu schien der Kleine nicht zu sein. Dann, wie auf ein geheimes Kommando hin, rannten sie zu viert los und tobten auf den Apfelbaum in der Mitte der Weide zu.

Es war geschafft, der Neue hatte die Prüfung bestanden, auch die Herde schien das so zu sehen. Schlagartig war die angespannte Ruhe vorbei. Blökend verteilten sich die Tiere auf der Weide und fingen wieder an zu grasen, während die Lämmer weitertobten. Nur Bock Sinclair stand reglos am Tor und blickte skeptisch zu David herüber.

Ob er wohl ahnte, dass er bald zum Tierarzt gebracht werden würde?, fragte sich Kate. Sie hatte schon oft erlebt, dass die Tiere Veränderungen weit im Voraus spürten.

«Bei Tieren und Kindern ist alles möglich», hatte Grandpa immer behauptet. «Gib ihren Instinkten Flügel und sie fliegen.»

7.

Kates Großcousine Peggy kämpfte währenddessen mit den Auswirkungen eines Problems. Seit sieben Uhr morgens hatte sie sich zwischen den teuren Möbeln ihres Ladens *Peggy Doyle Interiors* die Beine in den Bauch gestanden und wartete auf den Lieferwagen aus Dover. Nach drei Monaten Wartezeit sollten endlich die Designercouches aus Italien geliefert werden. Statt eines schicken Hosenanzugs, mit dem sie sonst gerne ihre Kundschaft empfing, hatte Peggy sich nach dem Frühstück etwas Praktisches angezogen, Jeans und Pulli. Schließlich würden ihre Assistentin und sie den ganzen Vormittag Möbel herumschieben müssen. Vierzigtausend Pfund hatte sie für die Fracht angezahlt. Doch der Wagen blieb aus, der Zoll hatte ihn nicht freigegeben. Die Auswirkungen des Brexits lähmten Großbritanniens Handel wie ein böser Fluch.

Dann hatte auch noch völlig überraschend Oscar im Laden angerufen. Eigentlich hätte er bis nachmittags Unterricht gehabt. Wegen eines Gaslecks in der Straße hatte man die Schule aber vorsorglich geschlossen, und er war auf dem Heimweg. Peggy versprach, wenigstens über Mittag zu ihm nach Hause zu kommen. Sie brauchte heute ohnehin eine kleine Auszeit vom Laden.

Während sie die Autoschlüssel aus dem Büro hinter dem Laden holte und ihrer Assistentin ein paar Anweisungen hinterließ, meldete ihr Handy eine dringende SMS. Sie stammte von Baronet

Sir Tyler Killigrew, einem langjährigen Kunden. Killigrew bat um ihren baldigen Rückruf. Sorry, korrigierte sich der Baronet in der nächsten Zeile. Um ihren *sofortigen* Rückruf.

Peggy beschloss, diesen gleich vom Auto aus zu erledigen. Kaum hatte sie Sir Tylers Nummer gewählt, war schon seine sonore Stimme über die Freisprechanlage zu hören.

«Wer will mich stören?», fragte er. Bei aller Lebensklugheit zeigte er gerne exzentrische Züge.

«Ich bin's, Sir Tyler, Peggy Doyle. Sie wollten mich sprechen?»

Der Baronet kam ohne Umschweife zur Sache. «Ihr Doyles sollt die Toten am Kendreath Beach entdeckt haben», begann er. «Stimmt das? Waren Sie auch dabei?»

«Nur am Rande», sagte Peggy «Vor allem Kate ist jetzt mit dem Fall befasst.» Killigrew kannte Kate von einem Fest in Peggys Garten.

«Ach, die Rührige mit dem Podcast?»

«Genau die.»

«Okay, dann halten Sie sich jetzt mal fest.» Selbst über das Telefon bekam Peggy mit, wie Sir Tyler sich einen Stuhl heranzog und ächzend seine kräftige Churchillgestalt darauf plumpsen ließ. «Vor circa einer Woche ist mein Haus in Looe leer geräumt worden. Von den beiden, die gestern ermordet wurden ...»

Peggy glaubte nicht richtig zu hören. «Moment mal», unterbrach sie den Baronet. «Von April Thomson und Jason O'Connor? Haben Sie die Namen von der Polizei?»

«Ja. Man hat mich gerade angerufen. Es war wohl ihr letzter Raubzug. Die zwei haben Visitenkarten hinterlassen: Fingerabdrücke und DNA. Die Spurensicherung hat vor Freude einen Champagner aufgemacht.»

Für Peggy war klar, dass Sir Tylers schwarzer Humor nur Camouflage war. In Wirklichkeit hing er an seinem noblen Landhaus mit den wertvollen Möbeln und seiner geliebten Broschensammlung aus dem achtzehnten Jahrhundert. Sein Hauptwohnsitz war ein Castle bei Bournemouth, wo er sich jetzt gerade befand. Peggy bat ihn, ihr die Geschichte von Anfang an zu erzählen. Der Baronet räusperte sich und legte los.

Während einer sechswöchigen Australienreise, von der er erst vor fünf Tagen zurückgekehrt war, hatte er sein Landhaus von professionellen Haushütern bewohnen lassen, die er über das Internet engagiert hatte. Als er nach Looe zurückkam, fand er sein Haus geplündert vor. Sogar sein ledernes Chesterfield-Sofa war verschwunden. Auch den Schranktresor, in dem sich seine Münzkollektion und die Broschensammlung befanden, hatten April und Jason aus der Einbauwand des Schlafzimmers geholt und abtransportiert.

«Wie entsetzlich! Mein Mitgefühl, Sir Tyler!» Peggy war ehrlich schockiert. «Was hat die Polizei dazu gesagt? Wusste man neulich schon, wie die Täter heißen?»

«Man hatte eine Vermutung, aber jetzt stehen die Namen fest. Trotzdem. Wenn die Polizei flotter ermittelt hätte, wären die beiden vielleicht vorher geschnappt worden.» Sir Tyler schnaufte verärgert. «Aber gut für Sie, ich werde mir eine neue Sitzgruppe kaufen müssen.»

«Melden Sie sich, wann immer Sie möchten, und wir machen einen Termin.» Peggy fiel ein Zusammenhang ein, der von Bedeutung sein könnte. Aus Kates True-Crime-Podcast hatte sie gelernt, dass Tatorte noch lange nach dem Verbrechen Geheimnisse preisgeben konnten. Warum nicht auch Sir Tylers Haus, wenn es das letzte Objekt war, das das kriminelle Paar geschädigt hatte? «Ist die Polizei gestern oder heute noch mal in Ihrem Haus gewesen?»

«Nein.» Sir Tyler schnaufte erneut unwillig. «Sie haben nur angerufen und mir die Namen der Täter genannt. Eine Glanzleistung. Das Haus steht jetzt leer, den Rest der Möbel hatte ich bei einer Spedition einlagern lassen. Heute Nachmittag werden sie zurückgebracht.»

«Könnten Sie die Anlieferung stoppen?»

«Wozu sollte das gut sein?»

Peggy erklärte es ihm. Da der Mordfall Thomson & O'Connor laut Kate nun in eine neue Phase trat, wäre es doch sinnvoll, die Polizei das Haus ein zweites Mal durchsuchen zu lassen. Vielleicht entdeckte man Spuren, die vorher belanglos erschienen waren.

Sir Tyler überlegte nur zwei Sekunden. Mit guten Argumenten ließ er sich gerne umstimmen, wusste Peggy. Nur lauwarmes Geschwafel mochte er nicht. «Klingt logisch», sagte er. «Mein Anwalt wird eine polizeiliche Nachuntersuchung verlangen. Könnten Sie in Looe vorbeifahren und einen Zettel für die Spedition an die Tür kleben? Ich werde versuchen, die Lieferung abzublasen, weiß aber nicht, ob ich dort rechtzeitig jemanden erreiche.»

«Ich fahre gerade durch Looe», erklärte Peggy ihm. «Noch drei Straßen bis zu Ihrem Haus.»

«Dann geben Sie Gas! Ich ärgere mich, dass ich nicht selbst darauf gekommen bin», knurrte Killigrew.

«Dem kann ich nichts hinzufügen», meinte Peggy und hoffte, dass ihr amüsiertes Lächeln durchs Telefon zu hören war. Sie wusste, dass sein Knurren versteckte Dankbarkeit war. «Dann bis später. Ich werde Bericht erstatten.»

Kurz nachdem sie das Gespräch beendet hatte, bog sie bereits in die mauergesäumte schmale Straße ein, die hinter einer Gärtnerei zu Sir Tylers Landhaus führte. Nach hundert Metern gab es keine anderen Häuser mehr, nur ein Maisfeld und Wiesen mit mächtigen Zedern darauf. Nach der letzten Zeder tauchte das im Gelbton getünchte Landhaus auf, zweistöckig und mit den typischen weißen Schnörkeln vornehmer Bauten aus dem neunzehnten Jahrhundert.

Peggy rollte auf dem Kiesweg des Vorplatzes bis dicht vor das

Haus und stellte den Motor ab. Die dunkelgrün lackierte Haustür hatte ein kleines Vordach aus dunklen Ziegeln. Sie griff nach ihrem gelben Klebeblock, der mit einem Stift auf der Mittelkonsole stets bereitlag. Während sie noch ihre Nachricht an den Spediteur formulierte, öffnete sie das Seitenfenster und schaute hinaus. Die geheimnisvolle Atmosphäre des Grundstücks mit den hohen Bäumen hatte sie immer schon fasziniert. Zudem war das Haus riesig und seit Generationen im Besitz der Familie Killigrew. Sie schnupperte, der Geruch von Rindenmulch aus den Blumenbeeten vor dem Haus drang in den Wagen. Plötzlich richtete sie sich auf, ihr Blick blieb am rechten Gebäudeflügel hängen. Die Scheiben eines hohen, schlanken Erdgeschossfensters waren herausgeschlagen und beide Fensterflügel, die sich jetzt im Wind bewegten, aufgerissen worden. Unter dem Fenster lagen Scherben und ein dicker Stein auf dem Kiesboden. Jemand musste sich mit Gewalt Zutritt verschafft haben. Eine andere Erklärung gab es nicht.

Peggy griff hastig nach ihrem Block, kritzelte die letzten Worte für die Spedition auf den Zettel, riss ihn ab und öffnete die Fahrertür. Jetzt auszusteigen kostete sie Überwindung, wer weiß, wer sich in dem einsamen Haus versteckte? Doch es musste sein. Sie stieg aus, rannte tapfer zur Haustür und klebte ihren Zettel mit der Nachricht samt Sir Tylers Telefonnummer gut sichtbar über die Türklinke. Als sie zum Auto zurückhuschte und ihr Blick noch einmal das offene Fenster mit der zerbrochenen Scheibe streifte, nahm sie eine Bewegung wahr. Ein Streifen roter Gardine wehte nach draußen.

Ohne noch mehr Zeit zu verschwenden, sprang Peggy in den Wagen, schlug die Tür zu, startete den Motor und raste mit vollem Tempo rückwärts bis auf den Zufahrtsweg, wo sie wenden konnte, um in ihr Dorf weiterzufahren.

Erst als sie wieder die Hauptstraße unter den Rädern hatte, riss sie sich zusammen und drückte auf ihrem Handy die Wahlwiederholung. Es klingelte nur kurz, bevor der Baronet dran war.

«Sie schon wieder», brummte Sir Tyler. «Es ist leichter, einen Hecht von der Angel zu kriegen, als Sie loszuwerden. Haben Sie es sich anders überlegt?»

«Nein», sagte Peggy. «Der Zettel klebt. Aber der Spuk ist noch nicht vorbei. Sie sollten schnellstens DCI Scott alarmieren.»

8.

In Vorbereitung auf die Videokonferenz um zwölf Uhr hatte Grandma Emily sich schick gemacht. Sie fand, das gehörte sich so, auch wenn man sich auf dem Bildschirm nur oberhalb des Bauchnabels sah. Mit Schaudern dachte sie daran, dass es Leute geben sollte, die untenrum in der Schlafanzughose dasaßen und sich oben nur schnell ein feines Hemd oder eine Bluse überstreiften.

Vor einer Stunde hatte Kate bei ihr angerufen und sie über die neueste Entwicklung informiert. Was Peggy mittags am Haus von Tyler Killigrew entdeckt hatte, erhärtete den Verdacht, dass der oder die Mörder von April und ihrem Freund nach wie vor etwas suchten. Dafür sprach auch Aprils durchwühlter Koffer.

Emilys Computer stand auf dem Schreibtisch im holzgetäfelten Arbeitszimmer. Da sie und die Kinder öfter Videokonferenzen abhielten, bereitete ihr das Anmelden für das Familien-Meeting kein Problem. Die gute Morwenna hatte ihrer Großmutter alles Nötige beigebracht. Auf dem Bildschirm wirkten die frontalen Gesichter zwar wie ins Schaufenster gestellt, sodass man unfreiwillig jeden Pickel der anderen anstarren musste, aber Realismus war ja jetzt überall gefragt.

Im Hinblick darauf, wozu sie heute die Familie ermuntern wollte, hatte sie sich gut vorbereitet. Vor allem musste sie bei den Kindern eine glaubhafte Erklärung dafür abliefern, warum sie Aprils Großvater Lewis Grenville so gut kannte, dass sie ihn abends mal so einfach im Seniorenheim anrufen wollte. Aber da hatte sie schon etwas parat …

Es klickte, und auf dem Bildschirm erschienen die Köpfe aller eingeladenen Doyles. Soweit sie sah, fehlten nur zwei, David Pennymore und ihr Neffe Francis, der anglikanische Bischof von Truro. Die Familie nannte ihn liebevoll *Seine Heiligkeit*.

«Hallo, Grandma!», riefen alle fröhlich im Chor.

Emily winkte lächelnd. «Hallo! Schön, dass ihr da seid.»

«Gut siehst du aus, Mum», lobte Gilbert. «Gar nicht nach schlafloser Nacht.»

«Alles nur harte Arbeit im Bad», meinte Grandma souverän. «In Wirklichkeit habe ich kein Auge zugetan.»

Da waren sie nun alle wie Passbilder auf dem Bildschirm aufgereiht, ihre Doyles. Oben links die dreiundzwanzigjährige Morwenna im weißen Shirt, daneben ihr Vater Brian im dunkelgrünen Sakko und mit sichtlich frisch gestutztem Vollbart. Neben dem sechsundfünfzigjährigen Brian saßen die anderen beiden Kinder Emilys, die achtundfünfzigjährige Anne und der vierundsechzigjährige Gilbert. Rechts von Gilbert war seine Tochter Kate zu sehen, heute ohne David. Kate hatte angekündigt, dass sie allein hier sitzen würde, weil David seinen einzigen Bock zum Tierarzt bringen musste. Emily war bis heute ein Rätsel, wie eine zweiundfünfzigköpfige Schafherde mit nur einem Bock auskam. Wahrscheinlich war der Arme völlig überlastet.

In der Reihe unter Morwenna winkte Emilys Nichte Peggy. Der übergewichtige Harvey mit weit offenem Hemd aß noch schnell den Rest eines Croissants. Emily fand ohnehin, dass jeder Doyle über neunzig Kilo eine Zumutung war. Aber Harvey futterte schon immer zu viel.

Während die Familie darauf wartete, dass sich auch noch Onkel Francis dazuschaltete, quasselten alle noch einen Moment durcheinander. Emily lehnte sich bequem zurück und hörte zu. Im Kindergarten mussten sich ja am Anfang auch alle austoben, bevor sie stillsitzen konnten. Am lautesten hörte man Anne, die gerade vom Zahnarzt kam und dort natürlich wieder mehr als andere Patienten gelitten hatte. Dabei war es nur um eine simple Füllung gegangen. Was hatte sie bei Anne nur falsch gemacht?, fragte sich Emily. War sie früher bei Annes pubertären Kränkeleien zu nachsichtig oder zu streng gewesen? Pädagogisch gesehen lag beides haarscharf nebeneinander.

Plötzlich machte es *plopp* und Seine Heiligkeit erschien auf dem Bildschirm. Als Bischof von Truro war Francis viel beschäftigt, strahlte jedoch stets eine besondere Ruhe aus. Durch seine markanten Gesichtszüge nahm man ihn als einen interessanten Mann Anfang sechzig wahr. Als anglikanischer Bischof hätte Francis durchaus heiraten können, hatte es aber nie getan, obwohl Emily von seiner langjährigen Beziehung mit einer Juraprofessorin wusste. Unter seinem schwarzen Sakko leuchtete ein scharlachrotes Kollarhemd, um den Hals hing das bischöfliche Brustkreuz. Hinter ihm an der Wand war unter einer Bleiverglasung eine große hölzerne Christusfigur zu sehen, die sich in seinem Büro am Bischofssitz befand.

«Gott mit euch, liebe Meute», rief Francis mit kräftiger Stimme. «Sorry für die Verspätung.»

Erfreut erwiderten alle seinen Gruß.

«Wir vergeben dir», sagte Emily amüsiert. Sie schätzte die humorvolle Art ihres berühmten Neffen. «Bestimmt hast du gerade wieder eine Seele gerettet.»

«Ich wünschte, ich hätte», erwiderte Seine Heiligkeit trocken. «Leider war es nur eine Finanzsitzung.»

Emily straffte sich und blickte in die Kamera. «Also dann, lasst uns anfangen. Es gibt viel zu besprechen.» Ihr weißes Haar war für die Videokonferenz sorgfältig frisiert. Als sie ihre Lesebrille aufsetzte und auf das Blatt Papier vor sich auf dem Tisch schaute, achtete sie sorgfältig darauf, dass die Haare nicht durcheinandergerieten.

«Ruhe bitte!», rief Peggy und meinte damit Mo und Harvey, die immer noch leise weitersprachen.

«Danke», sagte Emily. Dann begann sie, mit klarer Stimme die schrecklichen Ereignisse von gestern Abend zusammenzufassen.

Alle lauschten konzentriert. Bis auf Gilbert und Seine Heiligkeit waren ja alle beim Picknick dabei gewesen und hatten das furchtbare Gefühl der Betroffenheit und der Hilflosigkeit angesichts der beiden Toten an sich selbst gespürt. Mit emotionalen Worten rief Emily in Erinnerung, wie sehr es sie alle schockiert hatte, dass eines der Opfer April Thomson war. Bis auf Morwenna und Harvey, die Jüngsten in der Runde, gab es niemanden in der Familie, der zu Kates Schulzeit nicht mindestens einmal die Bekanntschaft mit April gemacht hatte. Sogar Bischof Francis erinnerte sich an sie, schließlich hatte er ihr und Kate die anglikanische Firmung erteilt.

«Und nun …», erhob Emily ihre Stimme, «… nun kreuzen sich unsere Wege erneut. Leider war es Aprils letzter Weg und das Schicksal hat ausgerechnet uns dazu ausersehen, ihre Leiche zu finden. Es ist ein Drama. Zwei junge Menschen sterben einen gewaltsamen Tod, und die Polizei sagt Kate, dass man leider nicht genügend Beamte für die Ermittlung hat.»

«Das stimmt nicht ganz», warf Kate ein. «Dabei ging es nur um die Obduktion, Grandma.»

«Zur Kenntnis genommen», meinte Emily kurz und knapp. Auch wenn Kate ihr Liebling war, wollte sie sich nicht aus dem Konzept bringen lassen. Schließlich hatte sie ein klares Ziel vor Augen. «Dennoch bleibt das bittere Gefühl, dass das Geheimnis um April Thomsons Erwachsenenleben möglicherweise gar nicht restlos durch die Polizei aufgeklärt werden kann. Zumindest nicht so bald.» Emily hob den Kopf. «Warum sage ich das? Weil der einzige Mensch, der uns alles über April erzählen könnte, nur wenige Stunden vor ihr den Tod gefunden hat – ihr Großvater Lewis Grenville.»

«O Gott!», murmelte Anne. «Auch das noch!»

«Lass bitte unseren Herrn aus dem Spiel, Anne!», ermahnte sie Bischof Francis, ihr Cousin. Jeder in der Runde wusste, dass er das nicht zu ernst meinte.

Anne wurde rot. «Entschuldigung!»

«Ihr wollt sicher hören, wieso ich wusste, dass der Eigentümer des Ferienhauses Lewis Grenville war», fuhr Emily planmäßig fort. «Nun ja, das ist eine etwas heikle Geschichte …» Mit wohlüberlegten Worten begann sie damit, wie sie sich beim Anblick des Tatortes an den Werbezettel erinnert hatte, den Lewis Grenville ihr vor etwa drei Jahren auf der Straße in die Hand gedrückt hatte.

«Ihr kanntet euch, Mum?» Es war ihr Sohn Brian, der sie unterbrach. «Ist es das, was du uns sagen willst?»

Sie hatte sich die Antwort sorgsam zurechtgelegt. «Wie ich schon sagte. Das ist eine heikle Geschichte, Brian. Heikel und traurig. Dein Vater und Lewis Grenville waren vor sechzig Jahren eng befreundet. Damals, in London, ging er ein und aus bei uns. Dann kam es zum Streit, Grenville hatte sich wegen irgendeiner Sache als sehr egoistisch erwiesen. Von da an sprachen dein Dad und er nie wieder ein Wort miteinander, auch ich hielt mich daran. Später wurde Grenville Diplomat und verschwand ins Ausland. Als ich ihn dann hier auf der Straße wiedertraf, erzählte er mir von seinem Ferienhaus und seiner Wohnung im Seniorenheim.»

War es letztlich nicht so gewesen? Emily fand, dass sie den ersten Punkt bereits gemacht hatte.

Nur Kate war wieder mal zu scharfsinnig. Stirnrunzelnd rutschte sie ihrer Kamera entgegen. «Warum hast du das nie erzählt? April ging damals bei uns ein und aus und keiner hatte eine Ahnung, dass Grandpa und du ihren Großvater kannten!»

«Glaub mir, Kate, es war besser so. Wir mochten April sehr. Warum sollte sie unter unseren Aversionen gegenüber Lewis Grenville leiden?»

«Alle Achtung, Mum!» Gilbert lächelte versöhnlich, während die anderen noch irritiert dasaßen. Er spürte, wann Diskussionen unnötig waren und nichts brachten. «Du bist immer für eine Überraschung gut. Aber was meintest du mit dem dritten Mord?»

Emily holte tief Luft und ließ die Katze aus dem Sack. Natürlich versuchte sie, es dabei spannend zu machen. Das hatte ihr Edward beigebracht, der in Mordfällen bei Gericht für Formulierungen berühmt war, die dem Publikum regelmäßig eine Gänsehaut verschafften. Dementsprechend packend beschrieb sie jetzt Lewis Grenvilles seltsamen Rollstuhlsturz mit Todesfolge. Alle hörten ihr gebannt zu, vor allem, als sie die Frage stellte, was für ein seltsamer Zufall das sein sollte, bei dem nur Stunden vor Aprils Tod ihrem Großvater im Wald hinter dem Seniorenheim die Kerze ausgeblasen wurde? Und überhaupt – wie konnte es sein, dass die Polizei bereits am nächsten Morgen ihre Untersuchungen zu Grenvilles Tod eingestellt hatte?

Emily blickte bedeutungsvoll in die Gesichter ihrer Lieben und begann, Edwards ehemaligen Chef zu zitieren, den Ehrenwerten Richter Roderick C. Burk. «Ihr wisst doch noch, wie es früher bei Grandpa am High Court hieß: *Glaube nie an Zufall, bis ein Verdacht widerlegt ist!*» Sie hatte den Satz morgens extra herausgesucht. «Auch wenn DCI Scott nichts davon hält – ich kann nicht glauben, dass der Tod von Lewis Grenville ein natürlicher war.»

Sie genoss es zu sehen, wie ihre Meute den Atem anhielt. Mit dem Blut von Iren und Schotten in den Adern liebten es die

Doyles, wenn es gegen die Obrigkeit ging. Da waren ihre Gene mit Freude dabei.

«Mo, wenn du jetzt bitte die Bilder vom Tatort einspielen würdest.»

«Schon alles bereit», antwortete Mo grinsend.

Zwei Sekunden später erschienen in der unteren Bildschirmhälfte drei Fotos. Es waren die, die Kate gemacht hatte. Das erste zeigte den Wohnraum des Ferienhauses in der Totalen, mit den beiden Toten auf der Couch und dem Tisch mit der Teekanne und den fast leeren Bechern. Auf dem zweiten Foto sah man nur April Thomsons Leiche, erschütternd weiß im Gesicht und mit den verkrampft auf ihrem Bauch liegenden Händen. Das dritte Foto zeigte den toten Jason, auch er von Krämpfen gezeichnet. Obwohl Emily nach der Lektüre ihrer vielen Krimis ziemlich hart im Nehmen war, machten diese Bilder sie wütend.

«Was ihr hier seht», sprach sie betont laut in die Kamera ihres Computers, «ist nichts weniger als eine Mahnung an uns, der Polizei bei den Ermittlungen mit unserem Wissen zur Verfügung zu stehen. April Thomsons Tod wirft viele Fragen auf. Über ihrem Leben scheint ein großes Geheimnis zu liegen. Wie können wir da tatenlos zusehen, wenn die Polizei gemütlich vor sich hin ermittelt? Nein! Ihr habt so viele Talente, Kinder, nutzt sie, um auch diesen Fall zu lösen!»

Plötzlich tat sich auf dem Bildschirm etwas. Alle bewegten sich wieder, mehrere Familienmitglieder begannen, aufgeregt durcheinanderzureden.

«Na klar müssen wir ermitteln», meinte Morwenna forsch. «Das werden wir doch wohl hinkriegen.»

«Schon allein, um der Polizei erneut ihre Unfähigkeit zu beweisen», stimmte Harvey ihr zu. «Also ich bin startklar.» Jeder wusste, dass er stocksauer auf die Polizei war, weil man ihm schon zweimal den Führerschein abgenommen hatte.

«Na, wenn Harvey das sagt», witzelte Brian, «dann bin ich auch dabei.»

«Ich weiß nicht ...» Anne erhob sich von ihrem Computer, plötzlich sah man nur noch ihren geblümten Rock und ihre Beine mit einem Loch in der Strumpfhose. «Ich finde so was gefährlich.»

«Anne!», rief Grandma scharf. «Wo willst du hin?»

Ihre Tochter beugte sich im Stehen ganz dicht über die Kamera, sodass ihre Nase riesig groß wurde. «Ich habe vergessen, meine Magen-Globuli zu nehmen», rief sie. «Bin gleich zurück.»

Es war Seine Heiligkeit, der wieder System in die Diskussion brachte. Während er mit dem Knöchel auf den Tisch klopfte, sagte er mit lauter, klerikaler Stimme: «Ruhe bitte, liebe Meute!»

«Danke, Onkel Francis!», rief Peggy. «Das ist hier ja lauter als in Oscars Klasse.»

Es wurde wieder leise auf Grandmas Computer. Francis zog sein Brustkreuz gerade und stützte sich mit den Armen auf. «Liebe Tante Emily, danke für deine wertvollen Informationen. Ich muss gestehen, dass ich im ersten Moment geneigt war, dir zu widersprechen, weil man Mordermittlungen grundsätzlich der Polizei überlassen muss und wir unseren Senf lieber bei anderen Dingen dazugeben sollten. Aber dann ...» – er hob seine Augenbrauen – «... dann habe ich das Foto in der Mitte gesehen, die Großaufnahme von April. Und ich habe meinen Augen nicht getraut. Betrachtet bitte den großen Ring mit dem Fischsymbol an ihrer rechten Hand. Es ist ein Ring, den die Nonnen unseres anglikanischen Ordens *Schwestern der Milde* tragen. Offensichtlich hat sie mal dazugehört.»

«Eine Nonne?» Es war Gilbert, der da staunte. «Wie passt das zu ihrem Leben als Diebin?»

«Oh, das haben schon mehr Fromme hinbekommen», rief Brian dazwischen. «Stimmt's, Francis?»

Seine Heiligkeit verzog das Gesicht und schwieg diskret.

Grandma hatte das Gefühl, die Sache dringend wieder auf den Punkt bringen zu müssen. «Kate, was sagst du dazu? Du hast von uns allen die meiste Erfahrung.»

Kate hatte sofort einen kleinen Stichwortzettel zur Hand, das war schon als Jugendliche ihre Arbeitsweise gewesen. Emily wusste, dass sie sich auf ihre Enkelin verlassen konnte, wenn es um Fakten ging.

«Lasst mich mit einer Info zu DCI Scott beginnen», erklärte Kate. «Nach meiner Erfahrung ist sie eine tüchtige Ermittlerin, auch David sieht das so. Leider neigt sie zur Sturheit, was es manchmal schwermacht, mit ihr zu argumentieren.»

«Hört! Hört!», rief der Schwere Harvey grinsend. «Mal was Neues bei der Polizei!»

Kate ging nicht darauf ein, sondern fuhr unbeirrt fort. «Was ich sagen will, ist, dass ich Grandma unter diesen Umständen recht gebe: Wir sollten selbst ermitteln. Ansätze haben wir genug. Dass April in einem Kloster war, halte ich für möglich, sie war früher ein religiöser Mensch. Aber wie passt Jason in ihr Leben? Hat er sie total umgekrempelt? Und warum mussten die beiden sterben? Auch die Polizei hält übrigens Gift für eine mögliche Todesursache, besitzt aber immer noch keine Analyse des Tees. Der bisherige Wohnort der Toten? Unbekannt. Den Tod von Lewis Grenville hält DCI Scott für einen medizinischen Zufall, diese Akte ist für die Polizei quasi schon geschlossen. Ich kann Grandma also nur recht geben – je länger man über diese Fälle nachdenkt, desto merkwürdiger kommen sie einem vor.»

«Bravo!», rief Peggy. «Dann werde ich euch jetzt auch was erzählen.» Mit knappen Worten, so wie es ihre Art war, schilderte sie ihr mittägliches Erlebnis vor Sir Tylers Landhaus. Sie war sich absolut sicher, dass der nachträgliche Einbruch in die Villa ebenfalls mit dem Tod der beiden jungen Menschen zusammenhing.

Ihre Vermutung war, dass April und ihr Freund etwas in der Villa hinterlassen hatten, das der Mörder brauchte.

«Na bitte!» In Emilys Stimme klang Triumph. «Schon wieder ein neues Indiz!»

Gilbert meldete sich zu Wort. Auch er fand, dass nun genügend Fakten vorlagen, um ein *Engagement* der Familie zu rechtfertigen. Er sprach das Wort dezent aus, aber Emily kannte ihren Sohn. Längst war in ihm der ehemalige MI5-Spion erwacht.

«Dann lasst uns abstimmen», empfahl Brian. Der Professor, der in Oxford studiert hatte und in Plymouth lehrte, strahlte wie stets große Überzeugungskraft aus. «Ich bitte um Handzeichen. Wer ist für Ermittlungen auf eigene Faust?»

Alle Hände gingen nach oben, auch die von Anne, die gerade rechtzeitig auf ihren Platz vor der Kamera zurückgehuscht war.

«Einstimmig angenommen», stellte Brian zufrieden fest. «Wir können loslegen.»

Emily klopfte sich in Gedanken auf die Schulter. Ihr Plan war aufgegangen. Wenn man die Doyles klug in Fahrt brachte, waren sie zu Höchstleistungen fähig. Jetzt musste nur noch der Rest klappen.

«Ich schlage vor, die Koordination unserer Recherchen übernimmt wieder Kate», ließ sie sich hören. Kate war hochintelligent, flink und durchsetzungsstark. Außerdem hatte sie mit David einen erfahrenen Forensiker an ihrer Seite. «Sie ist perfekt für den Job.»

«Hundert Doyle-Punkte!», riefen alle. Das war die höchstmögliche Zustimmung.

Kate hob die Hand. «Ich danke euch! Und ich habe bereits konkrete Vorschläge.»

Dann begann sie, die Arbeit zu verteilen. Schon im ersten Anlauf würden einige von ihnen sich als Spürnasen beweisen können. Sie wandte sich an ihre beiden Onkel.

«Onkel Brian, von dir erwarten wir sehnsüchtig die Analyse des Tees, den Grandma heimlich vom Tatort mitgenommen hat. Und du, Onkel Francis, könntest du versuchen herauszufinden, zu welcher Zeit April sich in einem Kloster der Schwestern der Milde aufgehalten hat? Von da an müssen wir versuchen, ihr weiteres Leben zu rekonstruieren.»

«Klöster unterliegen der Schweigepflicht», meinte Seine Heiligkeit. «Trotzdem, ich kümmere mich darum.»

«Das Gleiche gilt für mich», ließ sich Brian vernehmen. «Wenn wir Glück haben, liegt das Ergebnis der Analyse nachmittags vor.»

«Das ist doch mal ein Anfang.» Kate zeigte sich zufrieden. «Ich selbst werde Aprils Bruder Mike auf den Zahn fühlen, offensichtlich hat er kein Alibi. DCI Scott hat den Verdacht, er hätte etwas zu verbergen, und hat mich gebeten, mit ihm zu reden. Wir kennen uns ja von früher ...»

«Und was machen wir anderen?», tönte Anne etwas düpiert. «Zum Beispiel Harvey mit seinen wunderbaren Talenten?»

«Ihr werdet schneller zum Einsatz kommen, als ihr denkt», beruhigte Kate ihre Tante. Augenzwinkernd sprach sie Harvey an. «Dich sehe ich als Allzweckwaffe, Harvey. Einverstanden?»

«Aber immer», sagte dieser gutmütig und hob die Hand zum Victory-Zeichen. «Ich bin dabei.»

Zufrieden lehnte Emily sich zurück und hörte Kates Plänen zu. Endlich kam Bewegung in die Ermittlungen. Im Vorgriff auf eine erfolgreiche Zusammenarbeit der Familie tastete Emilys Hand nach dem Glas Gin, das sie wohlweislich neben dem Computer bereitgestellt hatte. Jeder der Doyles wusste, dass ihre «Queen Mum» wichtige Ereignisse mit einem kräftigen Schluck begoss, das hatten schon ihr Vater und ihr Großvater getan.

Sie hob das Glas lächelnd in die Kamera. «Na dann – auf euer Wohl, liebe Meute.»

Plötzlich griffen alle neben sich und hielten mit amüsierten Gesichtern ebenfalls ihre Gin-Gläser in der Hand. Auch das war ein Ritual.

«Cheers, Grandma!», riefen sie im Chor.

Emily lächelte zufrieden. In ihren alten Ohren klangen die Stimmen der Doyles wie Musik.

9.

Selbst Kate entdeckte immer wieder Plätze in Cornwall, die so atemberaubend waren, dass man sie eher in einem fernen Winkel der Welt vermutet hätte. Man fährt zwischen Mauern und Hecken auf kurvigen Landstraßen und findet sich plötzlich in einem romantischen Tal mit hübschen Cottages, üppigen Gärten und Palmen vor der Dorfkirche wieder. Oder man erklettert nichts ahnend einen Pfad, um Minuten später windumtost ein zweites Kap der Guten Hoffnung unter sich zu entdecken.

Windwistle Cliff war solch ein versteckter Platz. Kate hatte schon öfter davon gehört, war aber nie da gewesen. Es handelte sich um eine Felsnase an der Steilküste, hoch über der Meeresbrandung, vom vorbeiführenden Feldweg aus kaum zu entdecken.

Dass sich ausgerechnet dorthin Aprils Bruder Mike zurückgezogen haben sollte, war kaum zu glauben. Kate erinnerte sich, dass er früher nicht genug von Trubel, Festen und Raufereien kriegen konnte. Als junger Schreiner war er sogar betrunken auf das steile Dach der Fimbarrus Church in Fowey geklettert, nur um bei seinen Kumpels eine Wette um drei Monate kostenloses Guinness-Bier zu gewinnen.

Von Looe bis zum Cliff waren es nur ein paar Hundert Meter auf einem Weg, der ausschließlich von Landwirten befahren wurde. Gras und Matsch machten das Spurhalten beim Fahren anstrengend. Verkrampft hinter dem Steuer ihres Mini Coopers sitzend, hatte Kate minutenlang damit zu tun, tiefen Schlaglöchern oder größeren Steinbrocken auszuweichen, ohne auf dem Feld daneben zu landen.

Als sie vor der hohen, lang gestreckten Weißdornhecke parkte, die Windwhistle Cliff vom Feldweg abschirmte, hätte sie fast Mikes weiß bemaltes Buchenschild im Gras umgefahren: *Thomsons Galionsfiguren*. Sie stieg aus und blickte sich um. Einsamkeit pur, das musste man mögen. Durch die Öffnung in der Hecke konnte sie das Holzhaus erspähen, verkleidet mit breiten verwitterten Brettern. Über der Haustür eine alte Laterne, auf der Kokosfußmatte grüne Gummistiefel. Kate erinnerte sich vage, dass hier früher ein verrückter Fischer gewohnt haben soll, der auf jeden vorbeispazierenden Wanderer seine Flinte gerichtet hatte.

Sie klopfte kräftig an die Tür, eine Klingel gab es nicht. Traditionsgemäß war das Holzgebäude hier am Meer schiefergedeckt, mit spitzem Dach und einem Fenster im Giebel. Von den Fenstern im Erdgeschoss, rechts und links der Holztür, löste sich bereits der braune Firnis. In der Luft lag der verlockende Geruch von Seetang und Salz, sehen konnte Kate das Meer allerdings noch nicht, denn auch an den Hausecken wucherten hohe Weißdornbüsche.

Es rumpelte im Haus, Sekunden später wurde die Tür geöffnet. Als Mike im Türrahmen erschien – eine blaue Wollmütze auf dem Schädel, in der Hand einen Holzmeißel, am Körper einen grauen, farbbeschmierten Kittel, unter dem sich seine Muskeln abzeichneten –, war Kate überrascht, wie boxerähnlich Aprils Bruder aussah. Früher war er ein Hänfling gewesen, jetzt hatte seine mittelgroße Gestalt etwas sehr Kräftiges bekommen. Nun, er arbeitete als Schnitzer mit schweren Hölzern, das erforderte Kraft. Kate registrierte, dass die Ärmel des Kittels nur nachlässig aufgekrempelt waren und dass sein Dreitagebart und die Haare an den Schläfen erste graue Strähnen zeigten. Klar, er musste inzwischen Ende vierzig sein.

Offensichtlich erkannte er Kate nicht gleich wieder. Sein Blick verriet Skepsis. «Ja? Worum geht's?»

Kate benötigte ein paar Sekunden, bis sie antworten konnte. Jetzt wusste sie, was sie irritierte. Im Gegensatz zu früher strahlte Mikes Gesicht mit den buschigen Augenbrauen nichts mehr von der Chuzpe und dem Charme aus, mit dem er sich früher seinen Weg durchs Leben gebahnt hatte, sondern eher Abgeklärtheit. Wie jemand, der heute versuchte, das Beste aus seinem Leben zu machen.

«Hallo, Mike», begrüßte sie ihn. «Ich bin's, Kate.»

«Hallo.» Mikes Blick veränderte sich kaum. Er schien bemüht zu sein, keine allzu große Überraschung zu zeigen. Vielleicht hatte er ihren Besuch schon befürchtet. Sicherlich wusste er, dass Kate seine Schwester gefunden hatte. DCI Scott hatte ihm bestimmt Bescheid gegeben, wenn auch vielleicht nicht ihren Besuch angekündigt … «Was willst du?»

«Dir mein Beileid aussprechen. Zum Tod deiner Schwester und deines Großvaters. Das alles ist schrecklich!»

Mike nickte und musterte Kate, als würde er sie von oben bis unten abchecken. «Okay, dann komm kurz rein, wenn dich das Chaos nicht stört. Ich beende gerade einen Auftrag.»

Kate glaubte, eine leichte Alkoholfahne an ihm wahrzunehmen, konnte sich aber auch täuschen. Er drehte sich um und ging voran ins Wohnzimmer, einen Flur gab es nicht, auch keine Türen zu Nachbarzimmern. Vermutlich befanden sich alle anderen Räume dicht gedrängt unter dem Dach, wie so oft in ehemaligen Fischerkaten. Kate folgte Mike durch das spartanisch eingerichtete Wohnzimmer mit seinen stark benutzten Möbeln, bestehend aus zwei verschlissen wirkenden Sesseln, vier Stühlen, einem Tisch voller Zeichnungen und schmutziger Teetassen sowie zwei krummen Regalen mit Büchern. An der rechten Wand erinnerte eine schmuddelige Küchenanrichte samt Herd und Emaille-Waschbecken an die Zeit, als der verrückte Fischer noch hier gewohnt hatte. Am Boden stapelten sich zwei volle Bierkästen und ein Karton mit Flaschen einer billigen Wodkamarke. Wie konnte Mike so wohnen?

Er schien ihre Beklommenheit zu spüren, denn während er auf die weit aufgeschobene und mit einer Salzschicht bedeckte Terrassentür zusteuerte, sagte er entschuldigend: «Sorry, ich bin meistens im Garten, eigentlich den ganzen Tag. Bei Wind und Wetter. Hier drin halte ich mich selten auf.»

Mike trat als Erster ins Freie. Dabei stellte Kate fest, dass er leicht humpelte, als hätte er ein steifes Knie. Vielleicht ein Arbeitsunfall?

Der Schritt, mit dem sie ihm über die Schwelle der Terrassentür folgte, veränderte alles. Sie wollte ihren Augen nicht trauen. Die Aussicht auf das tiefblaue Meer der Steilküste mit einem wilden Naturgarten im Vordergrund war atemberaubend. Wenn weit draußen nicht ein voll aufgetakelter Zweimaster der nahen Seefahrtsschule vorbeigesegelt wäre, hätte Kate sich zweimal in den Arm gekniffen. Der gesamte Felsvorsprung – Kate schätzte die Fläche auf zweitausend Quadratmeter – war bewachsen mit kurzem Gras und durchsetzt von wild wachsenden Blumen. Tief unter der Felsnase donnerte die Brandung. An den Rändern des Plateaus wuchsen Ginster, Teppiche von Sonnenhut und blühende Sträucher. Offensichtlich gedieh das hier alles naturgegeben. Am meisten beeindruckten Kate die fünf knorrigen Kiefern, die sich vor dem Ginster ringsherum in den Himmel erhoben. Unter den Bäumen hatte Mike seine fertigen Galionsfiguren platziert. Kate zählte auf die Schnelle acht Skulpturen. Sie waren nicht sehr hoch, höchstens einen Meter, aber ihre Farbigkeit stach sofort ins Auge.

Auf der rechten Seite des Gartens spannte sich ein großes weißes Dach aus Segeltuch, stramm gezogen und von sechs Metallstangen getragen, Mikes Freiluft-Atelier. Darunter stand ein mächtiger grober Holztisch, eine Art Werkbank, bedeckt mit Handwerkszeug, Holzspänen und einer halb fertig geschnitzten Figur. Die Frau mit gewellten, scheinbar im Wind fliegenden Haaren streckte den Kopf so vor, dass sie am Bug eines Segelschiffes aussehen würde, als wollte sie aufmerksam die Wasserfläche beobachten. Auf dem Boden vor der Werkbank ein fallen gelassener Hobel und Berge von Holzspänen im Gras. Die meisten von Mikes Feilen, Sägen und Hämmern steckten dagegen ordentlich in einem Gestell neben dem Arbeitstisch. Jetzt ließ er auch seinen Meißel dort verschwinden.

«Ein traumhafter Platz», schwärmte Kate, nachdem Mike neben sie getreten war. Seinen reservierten Blick versuchte sie zu übersehen. Man musste nicht alle Regungen eines menschlichen Gesichtes ernst nehmen. «Glückwunsch, du hast was aus dem Schreinerberuf gemacht.»

Mike zuckte mit den Schultern. «Es war ein Versuch. Wahrscheinlich werde ich es demnächst aufgeben.»

«Warum das?»

Aus seiner Stimme klang Resignation. «Galionsfiguren verkaufen sich nur schlecht. Ich hatte es mir anders vorgestellt. Als eine Art Revival.»

Merkwürdig, dachte Kate. Soweit sie wusste, gab es nur noch wenige Menschen, die so etwas herstellten, und die Idee erschien ihr originell. Doch Mike musste wissen, wie der Markt aussah. «Sind deine Figuren zu teuer?»

Die Antwort klang bitter. «Nicht für jemanden, der sich eine große Jacht leisten kann. Ich stecke ja 'ne Menge Arbeit rein. Grandpa hatte recht. Die Reichen wissen die Arbeit anderer nicht zu schätzen.»

«Sei nicht so pessimistisch! Die meisten Start-ups laufen schwer an.»

«Ein schwacher Trost.»

«Seit wann machst du das schon?»

«Seit Ma tot ist, seit einem Jahr. Sie hat mir das Haus vererbt.»

«Dir und April?»

Mikes Gesicht verhärtete sich. Seine Stimme wurde unfreundlich. «Nein, nur mir. Wir wussten damals schon, dass April auf die schiefe Bahn geraten war.» Dann flackerte doch noch so etwas wie Freundlichkeit in ihm auf. «Danke übrigens, dass ihr euch gestern um alles gekümmert habt. Um April und den Hund und so …»

«Kein Thema. Wie du dir denken kannst, saß der Schock bei allen tief.»

«Ich höre manchmal deinen Podcast», sagte Mike unvermittelt. «Du lebst auf einer Farm, nicht? DCI Scott hat das erwähnt.»

«Ja, auf der Trewistle Farm, oberhalb von Sealton.» Kate schöpfte Hoffnung, dass Mike vielleicht doch noch auftaute. Seine spröde Art war mit Sicherheit nur Tarnung. Interessiert fragte sie: «Was willst du machen, wenn du nicht mehr als Künstler arbeitest? Was ich übrigens echt schade fände.»

«Keine Ahnung. Vielleicht geh ich nach Neuseeland. Dort werden Schreiner gut bezahlt. Ich hab Freunde in Wellington. – Willst du Kaffee oder Tee?»

«Nein, danke. Ich wollte dir nur mein Beileid ausdrücken.»

Mike blickte sie an. «Damit das klar ist, Kate. Ich kann nicht um April weinen. Sie hat Ma ins Grab gebracht. Dafür habe ich sie gehasst.»

«Wie meinst du das?», fragte Kate erschrocken.

Mike hatte beim Reden begonnen, unruhig ein paar Schritte durch den Garten zu gehen, als bräuchte er dringend Bewegung. Seine Hände waren in den Taschen des grauen Kittels vergraben.

Kate folgte ihm und blieb an seiner Seite. Er blickte grimmig aufs Meer, schien zu überlegen, wie viel er ihr gegenüber preisgeben wollte. Dann sagte er: «Ma hatte schwere Depressionen und hat am Schluss kaum noch gegessen. Ich vermute, sie wusste mehr über Aprils Leben, als sie mir sagen wollte …»

In nüchternem Ton schilderte er, wie April damals nach der Reifeprüfung ihre Sachen gepackt und verkündet hatte, dass sie in ein Kloster gehen wollte. Wohin, hatte sie nicht verraten. Ihre Mutter nahm das nicht so ernst, sie meinte, April würde das sowieso nicht lange durchhalten. Tatsächlich meldete April sich zwei Jahre später aus Canterbury, wo ihr neuer Freund Jason eine Firma besaß. Zweimal kam sie kurz nach Looe zu Besuch, jeweils ohne diesen geheimnisvollen Jason, aber es gab nur Streit, weil April sich Geld leihen wollte, um mit Jason nach Spanien zu ziehen. Als ihre Mutter ihr nur dreihundert Pfund gab, kam es zum Zerwürfnis. April warf Betty Thomson vor, dass sie sich als Mutter nie für ihre Kinder engagiert hätte. Betty gab ihr eine Ohrfeige, und April fuhr weg und kam nicht wieder. Erst vor einem Jahr hatte sie wieder Kontakt aufgenommen. Wo sie jetzt wohnte, wollte sie allerdings nicht verraten, nur, dass es irgendwo in Cornwall war. Sie blieb knapp zwei Stunden. Ein paar Wochen später tauchte dann zum ersten Mal die Polizei bei Aprils Mutter auf. Sie suchte nach April und Jason, die zu diesem Zeitpunkt bereits fünf Häuser in Devon und Cornwall leer geräumt hatten. Kurz darauf wurde eine Hausdurchsuchung bei Betty Thomson durchgeführt, was ihre Depressionen so verschlimmerte, dass sie in eine Klinik eingeliefert werden musste. Dort war sie im vergangenen Herbst verstorben.

Als Mike fortfuhr, klang er aggressiver als vorher. «Vor drei Monaten tauchte meine Schwester wieder auf. Als ich vom Einkaufen nach Hause kam, saß sie vor der Haustür. Grandpa hatte ihr erzählt, dass ich das Haus geerbt hatte. Als ich ihr das bestätigte, wurde sie wütend. Angeblich besaß sie einen alten Brief von Ma, dass sie das Haus bekommen sollte. Keine Ahnung, ob das stimmte. Ich sagte ihr, da sie polizeilich gesucht wurde, hätte sie rechtlich sowieso keine Chance, an Windwhistle Cliff zu kommen. Und angesichts meiner finanziellen Situation würde es wahrscheinlich versteigert werden und ich müsste auch ausziehen. Wir stritten uns heftig, irgendwann drohte ich ihr mit der Polizei. Das half. Ich war froh, als sie endlich abzog.»

Mike hatte vor einer der Kiefern haltgemacht, der würzige Duft ihrer Nadeln lag intensiv in der Luft. Unter der Kiefer ruhten dekorativ zwei von Mikes Galionsfiguren im Gras, eine gelbe Neptunsfigur mit Dreizack sowie eine blonde Meerjungfrau in blauem Kleid und mit lächelndem Puppengesicht. Kate erschrak, als sie die Figuren aus der Nähe betrachtete. Sie hatten beide falsche Proportionen, die Köpfe zu klobig, die Körper ungelenk. Zum Teil waren noch die unpolierten Ansätze des Meißels erkennbar, auch wenn Mike versucht hatte, diese Stellen dick mit Farbe zu übertünchen. O Gott, dachte Kate mitleidig, wie tragisch! Man kauft ihm die Figuren nicht ab, weil er zu untalentiert ist. Vielleicht war Mike deshalb als Künstler gescheitert …

Sie ließ sich nichts anmerken. Es war ja auch nur eine Vermutung. Rechts am Felsrand stand eine weiße Holzbank, doch keiner von ihnen wollte sich setzen. Während unter ihnen an den schroffen Felsen die Brandung brodelte, sagte Kate tröstend: «April stand sicher unter großem Druck. Früher war sie so sanftmütig. Es muss Gründe gehabt haben, weshalb sie so wurde.»

Mike hob die Schultern. «Kann sein. Ich vermute, dass es mit diesem Jason zu tun hat.»

«Weißt du, seit wann sie mit eurem Großvater in Kontakt stand?»

«Schon lange. Garantiert hat sie ihn auch heimlich besucht. Er hat sich ja lieber um sie gekümmert, ich war ihm nie wichtig.»

Wieder dieser Trotz. Kate versuchte es mit Milde. «Sei nicht so streng, Mike. Hoffentlich hast du deinen Grandpa im Seniorenheim besucht.»

«Ja», gab Mike zu, «vier- oder fünfmal, zuletzt vor einem Monat. Meist schimpfte er über die Regierung. Politisch schien er ziemlich links zu stehen. Selbst Labour war ihm noch zu rechts.» Er schaute Kate aus zusammengekniffenen Augen an. «Warum bist du hier? Sammelst du Fakten für deinen Podcast?»

«Nein», versicherte ihm Kate. «Nein, das habe ich nicht geplant. Nicht bevor der Fall aufgeklärt ist.»

«Und das soll ich dir glauben?»

«Warum sollte ich dich belügen? Ich finde nur … DCI Scott sagte mir, dass du dich weigerst, mit ihr zusammenzuarbeiten. Das finde ich schade, schließlich wurde deine Schwester ermordet. Es geht nicht ohne deine Hilfe.»

Er blickte sie spöttisch an. «Meine Hilfe? Dass ich nicht lache! Für die Polizei bin ich ein Verdächtiger, sonst nichts.»

«Hast du denn ein Alibi?»

«Ich war gestern den ganzen Tag mit dem Boot draußen und hab geangelt. Der Kapitän eines Kutters hat mich gesehen. Leider erst am frühen Abend, als April schon tot war.» Seine Stimme wurde zynisch. «Also hätte ich zwischendrin bequem mit dem Auto an den Strand fahren und die Morde begehen können.»

«Darüber macht man keine Witze, Mike! Die Polizei braucht deine Hilfe! Um Aprils Leben zu rekonstruieren.»

«Vergiss es.» Trotzig schüttelte er den Kopf. «Niemals. Nicht auszusagen ist mein gutes Recht.»

Kate ließ nicht locker. «Ist dir denn gar nicht wichtig, einen Schlussstrich zu ziehen? In Sachen Familie zur Ruhe zu kommen? Was bringt es dir, mit der Polizei auf Kriegsfuß zu stehen?»

Mikes Gesicht lief schneller dunkelrot an, als Kate blinzeln konnte. «Lass es!», brüllte er sie an. «Ich will nicht mehr darüber reden! Klar? ICH WILL NICHT MEHR ÜBER APRILS TOD REDEN!»

Kate schwieg, aber nicht, weil er es so wollte, sondern weil er sich entlarvt hatte. Er war ein Choleriker. Wer weiß, bei welchen Gelegenheiten ihm sonst noch die Nerven durchgingen. «Na dann», sagte sie betont ruhig. «Entschuldige, dass ich dich gestört habe.»

Sie wandte sich um, ließ ihn einfach stehen und schritt auf die Terrassentür zu. Mike hatte schon früher etwas Destruktives an sich gehabt, jetzt gab es noch ein Alkoholproblem. Vielleicht kam er doch als Aprils Mörder infrage …

«Kate, bitte! Warte!» Mikes Stimme klang zerknirscht. «Tut mir leid. Ich wollte dich nicht beleidigen.» Als sie sich stirnrunzelnd zu ihm umdrehte, zeigte er auf eine winzige Holzhütte inmitten der Ginsterbüsche. «Möchtest du eine Makrele mitnehmen? Ich habe gestern frisch geräuchert.»

Am liebsten hätte Kate Nein gesagt, aber seine hängenden Mundwinkel und sein unglücklicher Blick ließen ihn ziemlich erbärmlich wirken. Widerwillig schluckte sie ihre Enttäuschung über ihn hinunter. «Okay. Dann probiere ich eine.»

Mike schien erleichtert zu sein und lief los, seine verrutschte Wollmütze geraderückend. Während er zwischen den Büschen Richtung Räucherkammer verschwand, schlenderte Kate weiter zum Haus. Sie war nur noch wenige Meter von der offenen Flügeltür zum Wohnzimmer entfernt, als sie dort das Telefon klingeln hörte. Nach dem dritten Mal sprang der Anrufbeantworter an. Zu hören war eine laute Männerstimme, die eine Nachricht hinterließ. Selbst wenn Kate nicht hätte zuhören wollen, ließ sich jedes Wort gut verstehen.

«Jim MacIntosh hier, Samphire Antiques. Tut mir leid, Mr Thomson, dass ich ihre Sachen gestern Abend nicht selbst in Empfang nehmen konnte, aber meine Assistentin hat mich über alles informiert. Wir hätten bereits einen Käufer für die Uhrensammlung ihres Großvaters. Er möchte Ihnen zweiunddreißigtausend Pfund bieten. Auch für den Siegelring und die Münzen wüsste ich jemanden. Rufen Sie mich bitte gleich an, ja?»

Kate glaubte ihren Ohren nicht zu trauen. Gestern Abend? Hatte Mike nicht gerade betont, seit vier Wochen keinen Kontakt mehr zu Lewis Grenville gehabt zu haben? Dass Grenvilles Zimmer im Seniorenheim nach wenigen Stunden bereits offiziell leer geräumt worden war, davon war nicht auszugehen. Wie konnte Mike dann so schnell an die Uhren und den Siegelring gelangen? Andererseits, wenn sein Großvater ihm diese Schätze schon vor vier Wochen geschenkt hatte, hätte Mike doch sicher nicht erst gestern Abend einen Händler aufgesucht, oder?

Als er wieder auftauchte, trug er eine Papiertüte in der Hand, in der sich die Makrele befand. Kate nahm sie entgegen und bedankte sich. Zusammen gingen sie ins Haus, und Kate beschloss, die Uhren mit keinem Wort zu erwähnen. Stattdessen kam sie noch einmal auf Aprils geheimnisvolles Leben zurück. Da es in England keine Meldepflicht gab, hatte bisher nicht einmal die Polizei die Stationen des Paars während der vergangenen Jahre rekonstruieren können, das wusste Kate von DCI Scott. Vielleicht konnte Mike wenigstens einen Anhaltspunkt liefern.

«Hast du tatsächlich keine Ahnung, wo April und Jason in Cornwall gelebt haben?»

«Nein. April sprach nur vage von Freunden, bei denen sie wohnten und die ihnen zwei Zimmer überlassen hätten. Dafür würden sie dem Freund öfter helfen.»

«Wobei?»

«Mein Gott, Kate!» Mike wurde erneut laut. «Ich weiß es nicht, okay?!» Als er ihr Erschrecken sah, fügte er schnell hinzu: «'tschuldige, aber ich habe nachher eine Zahnbehandlung, da bin ich immer schlecht drauf.»

Kate lächelte versöhnlich, obwohl ihr nicht danach war. «Ich muss sowieso gehen. Vielleicht magst du uns mal auf der Farm besuchen.»

«Mal sehen. Wenn du mir nicht wieder mit der Polizei kommst …»

«Es war ja nur ein Vorschlag. Nicht auszusagen macht einen nur verdächtig.»

«Hab's kapiert.»

Sie näherten sich der Haustür. Als sie am Küchenschrank vorbeikam, entdeckte sie auf dem Bord daneben eine lange Reihe von Teepäckchen. Und auf der Anrichte lagen drei ungeöffnete Briefe mit dem Aufdruck der Barclays Bank.

Während Mike die Eingangstür öffnete, machte er einen unbeholfenen Eindruck. «Tja, dann …» Offenbar wusste er nicht so recht, wie er sie verabschieden sollte. «Nett, dass du hier warst.»

«Es war mir ein Bedürfnis», antwortete Kate, während sie die Tüte mit dem Räucherfisch anhob. «Und danke dafür!»

«Gern geschehen.»

«Ach, warte!» Mit dem Griff ihrer freien Hand in die Gesäßtasche zog Kate ihre Visitenkarte hervor und überreichte sie Mike. «Hier, falls dir noch was Wichtiges einfällt.»

«Okay.» Er nahm die Karte, trat einen Schritt vor und umarmte sie hastig. «Mach's gut.»

Als sie draußen auf den schützenden Heckenwall zuschritt, hörte sie, wie die Tür ins Schloss fiel. Während sie ihr Auto aufschloss, piepte ihr Handy und ließ sie wissen, dass eine neue Mail auf sie wartete. Absender war Onkel Brian. Aufgeregt öffnete sie seine Nachricht. Wenn es das war, worauf sie seit Stunden wartete, würde sich jetzt viel entscheiden.

10.

UNTERSUCHUNG DER EINGEREICHTEN PROBE K/323

Prof. Brian Doyle, Institut für Biowissenschaften, Universität Plymouth

Am 15. August d. J. wurden uns 97 ml einer Flüssigkeitsmenge (mutmaßlich Tee) zur toxikologischen Analyse eingereicht. In Zusammenarbeit mit meinem Kollegen Dr. William Curnow (Pharmakologie und Toxikologie) ergab sich folgender Befund:

Die Vermutung, dass es sich bei der Flüssigkeit um Tee handelt, konnte bestätigt werden. Auch für den Verdacht, dass dem Tee ein toxischer Stoff beigefügt worden war, konnten wir den Nachweis erbringen.
Wir identifizierten das Gift als Aconitin, dessen im Tee vorhandene Intensität auf Benutzung von Blättern und Wurzeln der Wildstaude Blauer Eisenhut *(Aconitum napellus)* hinweist. Aconitin kann zu Benzoylaconin und Aconin hydrolisiert werden. Unser Nachweis erfolgte über die Dragendorff-Reagenz, die sich aus Bismutoxidnitrat (Bismutsubnitrat), Weinsäure und Kaliumiodid zusammensetzt. Linear zur ursprünglichen Aconitinkonzentration erfolgte dann eine Farbreaktion nach Orange, die photometrisch bestimmt werden konnte.

Nach Dr. Curnows Berechnung ist davon auszugehen, dass als Giftmenge 9–10 mg Aconitin verwendet wurden. Aconitin ist als Neurotoxin wirksam, womit die Blut-Hirn-Schranke im Gehirn leicht überwunden werden kann. Damit entfaltet es seine Wirkung im zentralen und peripheren Nervensystem.
Da es sich bei diesem Alkaloid um ein Kontaktgift handelt, das über die Schleimhäute aufgenommen wird, dürfte die verheerende toxische Wirkung der hier festgestellten Menge sehr schnell eingesetzt haben.

gez. Brian Doyle

11.

Auch Emily hatte Brians Mail erhalten. Ja, Brian war immer flott. Das Ergebnis der Analyse überraschte sie kein bisschen. Sie hatte am Tatort nur die verkrampfte Haltung der beiden Toten sehen müssen, um zu wissen, dass Gift im Spiel war. Edward hatte über die Mordfälle bei Gericht immer gesagt: *Man erkennt es sofort – Kampf oder Krampf. Gewalt oder Gift*. Zu seiner Zeit gab es allerdings noch jede Menge mordender Hausfrauen, die sich auf E 605 verließen.

In Aprils Fall also Blauer Eisenhut. Du liebe Zeit, was für ein Kaliber! Da musste schon jemand ganz besondere Kenntnisse gehabt haben, um die richtige Menge von Blättern und Wurzeln dieser Pflanze unter die Teeblätter zu mischen. Eisenhut gehörte zu den giftigsten Pflanzen überhaupt.

Emilys erster Gedanke war, sich über Mike an die Familiengeschichte der Thomsons heranzutasten. Doch wie sie Kate kannte, hatte diese Aprils Bruder bereits auf den Zahn gefühlt. Sie, Emily, konnte dann höchstens noch ihren Kontakt zu einem pensionierten Mitarbeiter der Schreinerei beisteuern, in der Mike sein Handwerk gelernt hatte.

Plötzlich war ihr eine bessere Idee gekommen.

Warum nicht zuerst im Seniorenheim ermitteln, sozusagen im Hinterzimmer des Mordfalls, auf das niemand besonders achtete? Da die Polizei Lewis Grenvilles Ableben als natürlichen Tod eingestuft hatte, müsste man sich höchstwahrscheinlich nur mit dem Leiter von Audley House verständigen, um einen Blick in Grenvilles Zimmer werfen zu können. Natürlich brauchte man dafür eine glaubhafte Erklärung.

Eine halbe Stunde später hatte Emily mit Mr Pollard, dem Chef des Heims, gesprochen. Ihre Bitte, im Zimmer ihres lieben Jugendfreundes Grenville ein paar Blumen auf den verwaisten Tisch legen zu dürfen, wies der Heimleiter jedoch ab. Grenvilles Zimmer war zwar noch nicht leer geräumt, aber es war Pollard nicht erlaubt, jemandem Zutritt zu gewähren. Erst musste ihm das Erbschaftsgericht einen offiziellen Erben nennen. Falls Emily ihre Blumen aber im Wald ablegen wolle – an der Stelle, an der Lewis Grenville gestorben war –, könne sie das natürlich gerne tun. Pollard klang sehr mitfühlend. Emily vermutete, dass er scharf darauf war, auch sie irgendwann in das Heim zu locken. Aber da hatte er die Falsche im Auge.

Ruckzuck hatte Emily alles für einen kleinen Ausflug organisiert. Sie mochte es, wenn die Rädchen des Lebens wie geschmiert ineinandergriffen. Jetzt steckten in ihrer Handtasche eine Lupe, drei Plastiktütchen samt Pinzette, zwei Paar frische Gummihandschuhe und andere nützliche Kleinigkeiten für die Ermittlungsarbeit. Auch der Rest war schnell organisiert. Pünktlich um fünfzehn Uhr klingelte Morwenna breit grinsend an der Tür des Cottages und holte sie ab.

Die Idee, ihre jüngste Enkelin mit einzubeziehen, war Emily spontan gekommen. So konnte Mo ein bisschen über *verdeckte Ermittlung* lernen. Raffinierte Morde, vor allem Giftmorde, kannte die Dreiundzwanzigjährige vermutlich nur aus alten Fernsehkrimis. In den Actionfilmen, die Morwenna gerne sah, wurde ausschließlich geballert. Da Mo heute Nachmittag vorlesungsfrei hatte, war sie Emilys Einladung begeistert gefolgt und mit ihrem zerbeulten Ford von Plymouth nach Looe gekurvt. Sie sah süß aus, als sie Emily die Autotür aufhielt und schnell noch ein paar schmutzige Socken vom Sitz räumte. Heute mit Brille statt mit Kontaktlinsen. Die Ärmel ihres weiten gelben Pullis waren dreifach aufgekrempelt. Emily hatte ihn ihr zu Weihnachten geschenkt, wissend, dass sie ihn aus Prinzip zwei Nummern zu groß wählen sollte.

Der erste Stopp der beiden war ein Blumenladen. Auf dem Weg dorthin musste Morwenna die Elbow Street befahren, deren tiefe Schlaglöcher seit Tagen den Gemeinderat beschäftigten. Es war wieder einmal zu sehr gespart worden. Morwenna lachte sich kringelig darüber, dass ein verärgerter Anwohner kurzerhand ein großes handgemaltes Schild am Straßenrand aufgestellt hatte: *Achtung, Schlaglöcher voraus! Gebiss rausnehmen und BH strammziehen!* Amüsiert erzählte Emily ihr, dass hier der neunzigjährige Admiral Liddell seinen Unmut zum Ausdruck gebracht hatte.

Vom Blumenladen aus waren es nur noch fünf Minuten bis zum Seniorenheim. Sie hatten Glück und konnten direkt vor dem Eingang parken. Das Gebäude wirkte gewollt zeitlos, mit grauem Putz. Emily betrachtete das architektonische Elend mit Spott. Alte Leute sollte man nie spüren lassen, wie die Zeit vergeht, mochten die Bauherren gedacht haben.

«Wo schnüffeln wir zuerst, Grandma?», wollte Mo wissen, während sie die Autotür zuschlug. «In seinem Zimmer?»

Emily erklärte ihr, dass das leider nicht möglich sei, aber sie konnten ja unauffällig Leute befragen.

«Kapiert», meinte Mo und hielt Emily die Tür zur gläsernen Eingangshalle von Audrey House auf. Sie marschierten hinein und blickten sich um. Im Gegensatz zum Gebäude außen schien die Halle mit Gewalt alle Vorurteile gegenüber Seniorenheimen widerlegen zu wollen. Eher ähnelte sie einer Hotellobby, mit Sitzecke, Rezeption und einem Flachbildschirm an der Wand, auf dem die News der BBC liefen. Doch irgendetwas Verräterisches gab es immer. In diesem Fall einen Metallständer mit Gehhilfen und drei leere Rollstühle neben dem Lift. Emily sah darüber hinweg, zauberte beim Eintreten einen kleinen bunten Blumenstrauß hinter ihrem Rücken hervor und trat zusammen mit Mo an die Rezeption.

«Guten Tag. Wir möchten hier eines lieben verstorbenen Verwandten gedenken», sagte sie mit trauriger Miene. «Mr Grenville.»

«Oh, dann sind Sie sicher Mrs Doyle», antwortete der weißhaarige Rezeptionist. Am Revers des dunkelblauen Sakkos trug er ein kleines Namensschild: J. Riffle. «Mein Beileid, Ma'am. Ich soll Ihnen den Weg durch den Garten zeigen.» Er kam hinter seinem Tresen hervor. «Wenn Sie mir bitte folgen würden.»

Mit steifem Gang durchquerte er die Halle und ging auf eine Glastür rechts neben dem Fahrstuhl zu, durch die man den Garten bereits sehen konnte. Seine schwarzen Lederschuhe knarrten. Emily und Morwenna folgten ihm dichtauf.

«Ist Onkel Grenvilles Zimmer denn noch so, wie es war?», fragte Mo mit unschuldiger Stimme. «Man geht doch hoffentlich pietätvoll mit seinen Sachen um?»

Das war ziemlich clever, fand Emily. Und das Beste war, es funktionierte.

Mr Riffle blieb stehen und drehte sich zu den beiden Frauen um. «Ich denke, ja. Der Arzt und die Pflegerin haben nur ein paar Möbel umgestellt, als der Sarg ...» Er hüstelte. «Na ja, und die Unordnung in seinem Zimmer hatte Mr Grenville ja selber gemacht, bevor er mit dem Rollstuhl in den Garten fuhr.»

Morwenna und Emily warfen sich stumme Blicke zu. Emily reagierte sofort. Sie standen direkt neben der grünen Sitzecke. Mit leidender Miene schob sie ihr Gesicht vor das des Rezeptionisten. «Warten Sie ... sind Sie mir böse, wenn ich mich eine Minute setze, bevor wir rausgehen? Meine Krampfadern ...»

«Oh nein, natürlich nicht», beeilte sich der Rezeptionist zu sagen. «Lassen Sie sich Zeit, Ma'am.»

«Danke!» Emily übergab den Blumenstrauß an Mo und ließ sich seufzend auf die Couch fallen, während der Rezeptionist und Morwenna vor ihr stehen blieben. «Was für eine Wohltat! Haben Sie auch schon Krampfadern, Mr Riffle?»

«Ja, die ersten», antwortete dieser in vertraulichem Ton. «Vom vielen Stehen.»

«Gott ja.» Emily nickte verständnisvoll. «Ich war mal Tänzerin …»

«Sie sprachen gerade von Unordnung», hakte Mo nach. «Ich meine, in Onkel Grenvilles Zimmer.»

Mr Riffle zog sein zugeknöpftes Dienstsakko glatt. «Na ja, nicht wirklich Unordnung. Aber Mr Grenville war an dem Tag wohl etwas durcheinander. Als ich ihm morgens um neun Uhr die Post aufs Zimmer brachte, war noch alles perfekt aufgeräumt. Er saß im Sessel und las, redete aber kaum. Ich legte ihm den Brief auf den Schreibtisch, sagte ihm noch, dass das Mittagessen heute auf der Veranda stattfindet, und ging dann wieder. Aber er fehlte beim Lunch. Gegen 14:30 Uhr hat man ihn dann tot im Wald gefunden. Als ich später die Bestatterin zu Mr Grenvilles Zimmer führte, wo man den Toten aufgebahrt hatte, stand die Schreibtischtür offen und einige Papiere lagen auf dem Boden. Der Arzt vermutete, dass Mr Grenville einen Schlaganfall und erste Aussetzer hatte, bevor er in den Garten fuhr.»

«Das wäre natürlich möglich.» Emily hielt ihre Handtasche vor sich auf dem Schoß. «Also war der Arzt noch anwesend, als Sie mit der Bestatterin das Zimmer betraten?»

«Ja, Dr. Stanhope stellte am Tisch gerade den Totenschein aus. Er betreut viele unserer Patienten.»

«Oh, ich kenne ihn», sagte Emily. «Ein guter Arzt, mein Mann war ebenfalls Patient bei ihm.»

Tatsächlich hielt sie den sechzigjährigen Adrian Stanhope für einen Mediziner, dem man vollstes Vertrauen entgegenbringen konnte. Seine ruhige, zuverlässige Art machte ihn bei allen beliebt. Emily suchte ihn nur deshalb nicht mehr auf, weil sie seine vorlauten Sprechstundenhilfen nicht leiden konnte ... Sie streckte Morwenna ihre rechte Hand entgegen. Der Rezeptionist hatte wahrscheinlich alles gesagt, was er wusste. Mehr war aus ihm nicht herauszuholen.

«Komm, mein Kind», sagte sie sanft lächelnd. «Wir sollten Mr Riffle nicht zu lange aufhalten ...»

«Natürlich, Grandma.» Mit mühsam unterdrücktem Grinsen zog Mo sie von der Couch. Wenn Riffle gesehen hätte, wie munter Emily gestern beim Picknick über den Strand geturnt war, hätte er sehr gestaunt.

Während Emily mit der Handtasche über dem Arm ihr graues Kostüm richtete, wies Mr Riffle zur Glastür. «Dann werde ich Sie jetzt zum Wäldchen begleiten», erklärte er. «Durch diese Tür bitte.»

Er öffnete die Glastür und ließ die Damen an sich vorbei nach draußen treten. Emily war noch nie hier gewesen, aber die parkähnliche Anlage mit viel Rasen, üppigen Blumenrabatten, einem kleinen Teich und den zahlreichen weißen Bänken war von ihren Bekannten immer gelobt worden. Ihre Nachbarin Rose Cox hatte einmal ernsthaft mit dem Gedanken gespielt, hier einzuziehen, aber dann war ihr das Apartment doch zu teuer gewesen. Der Garten, so hatte sie befunden, wäre das Geld aber wert gewesen. Im milden Klima Cornwalls und durch die geschützte Lage vor dem Wald gediehen zahlreiche Palmen, ein Hang voller Rhododendren und Rondelle aus bunten Dahlien. Die Heimbewohner schienen die Pracht zu genießen, jedenfalls waren alle Bänke mit Weißschöpfen besetzt. Nur die vielen parkenden Rollatoren störten Emily. Der einzige Mensch, den sie interessant fand, war ein

Gentleman mit feinem weißem Bart und Panamahut, der auf der Bank vor den Rhododendren saß und sein Gesicht in die Sonne hielt. Der Rollstuhl, in dem er offensichtlich bis zur Bank gerollt war, stand leer daneben. Als Emily an ihm vorbeiging, nickte er ihr charmant lächelnd zu.

Mr Riffle schritt wacker aus und erinnerte durch seinen steifen Gang an einen Butler im Dienst. Nach etwa hundert Metern zweigte ein breiter Pfad in den kleinen Wald ab. Im Grunde war es nur ein Waldstück, Emily kannte es vom Spazierengehen. Man konnte den Wald nämlich auch über einen zweiten Weg erreichen, der das Seniorenheim umging und in Looe rechts vom Fluss begann, vorbei an kleinen Gärten. Auf diesem Weg war Emily schon öfter hierher gewandert. Der Wald bestand aus Fichten und Tannen, nicht sehr dicht, mit romantischen Heidelbeerteppichen und Moosflächen zwischen den Stämmen, sodass die Luft herrlich nach erdiger Feuchtigkeit roch.

Mr Riffle blieb stehen, sie hatten den Waldrand erreicht. «So, das ist die Stelle. Hier muss Mr Grenville ins Rollen gekommen sein und ist dann da vorne mit dem Kopf auf den Felsen geprallt.» Mit ausgestrecktem Arm zeigte er auf einen Felsbrocken, etwa zwanzig Meter entfernt. Der graue Granit war etwa drei Meter hoch und reckte sich mitten auf dem Weg aus dem Boden, sodass sich der abschüssige Pfad teilen musste, um den Stein zu umgehen. Solche Riesensteine waren Relikte aus der Gletscherzeit.

«Wie schrecklich.» Emily griff in ihre Handtasche und holte zwei Zehnpfundscheine heraus, die sie Mr Riffle zusteckte. «Danke, Mr Riffle! Das war eine interessante Führung. Ab jetzt kommen wir allein klar.»

Riffle ließ das Geld in seiner Jackentasche verschwinden. «Wenn Sie meinen, Ma'am. Danke! Und Sie wissen ja, wo Sie mich finden.»

«Natürlich.»

Da stand er nun also, Lewis Grenvilles Schicksalsfelsen. Von der Stelle, an der Emily und Morwenna sich jetzt befanden, verlief der Pfad ganz ordentlich abwärts. Sie waren allein, weit und breit kein Spaziergänger. Links vom Pfad standen die Fichten sehr dicht, auf der rechten Seite gab es eine kleine grasbewachsene Lichtung, die jetzt am Nachmittag von glitzernden Strahlen der Sonne erhellt wurde.

«Fast ein bisschen viel Idylle», murmelte Emily, während sie auf den Granitbrocken zuhielten. «Dass hier ein Felsen steht, wusste doch auch Grenville. Warum rollt er trotzdem darauf zu, nachdem er schon einmal in den Teich gefahren war?»

«Angeblich war er ja schon etwas durcheinander», überlegte Mo. «Er schätzt die Lage falsch ein, kann nicht mehr richtig bremsen und prallt auf. Das klingt doch glaubhaft.»

«Mich irritiert, dass Dokumente auf dem Boden lagen, als Mr Riffle mit der Bestatterin in sein Zimmer kam», antwortete Emily. «Als hätte jemand nach etwas gesucht. Warum hätte Grenville selbst alles durcheinanderbringen sollen? Mit einem frischen Schlaganfall wird man nicht hyperaktiv.» Sie wusste, wovon sie sprach. Edward hatte damals nur stumm im Zimmer gestanden, als es so weit gewesen war …

«Vielleicht lassen sich hier draußen noch Blutspuren feststellen.» Morwenna hatte den riesigen Gesteinsbrocken als Erste erreicht. Er ragte wie ein grobes Denkmal aus dem Boden. Sie ordnete kurz die Blüten in Emilys Blumenstrauß und platzierte ihn vor dem Stein. Dann trat sie zwei Schritte zurück, stellte sich neben ihre Großmutter und ließ ihre Blicke über den massigen Felsbrocken wandern. Ihr jugendliches Gesicht zeigte Respekt. «Oh Mann, da möchte man nicht mit dem Kopf aufschlagen.»

«Grenville ist aus dem Garten gekommen», sagte Emily. «Also müsste sich das Blut auf dieser Seite befinden, direkt vor uns.»

Sie setzte ihre Lesebrille auf, fischte ihre mitgebrachte Lupe aus der Handtasche und nahm sie zur Hand. «Wollen wir mal sehen …» Akribisch begann sie, die Felsoberfläche abzusuchen.

Auch Mo trat wieder an den Felsen. «Ich suche an den Seiten. Muss die Stelle rot sein, Grandma?»

«Nein, das ist ein Märchen», erklärte ihr Emily mit den Augen über dem Vergrößerungsglas und zitierte aus dem Lehrbuch *Ermitteln leicht gemacht*. «Die roten Blutkörperchen enthalten Eisen. Gerät das Eisen an die Luft, rostet es. Das Blut wird braun.»

«So einfach ist das?», fragte Mo ungläubig.

«Alles ist einfach, wenn es richtig erklärt wird», antwortete ihre Großmutter, während sie sich beim Untersuchen des grauen Steins immer weiter aufrichtete. Jetzt blickte sie schon in Schulterhöhe durch ihre Lupe. «Aber das sagen sie einem leider erst nach der Schule.»

Plötzlich stoppte sie, um eine Stelle mit den bloßen Augen zu betrachten. Sie brauchte nur ein paar Sekunden, um den bräunlichen Fleck zu identifizieren.

«Na bitte, da haben wir es ja.»

«Echt jetzt?» Mo trat staunend neben Emily. Der Blutfleck, den Emily an der Vorderseite des Felsens entdeckt hatte, war nicht groß, aber deutlich sichtbar, zudem hatte er sich nach unten hin in zwei langen Fäden über den Stein verteilt. Die bräunliche Spur ließ keinen Zweifel. Genau hier musste Lewis Grenville mit dem Kopf aufgeprallt sein.

Morwenna studierte die Stelle einen Moment, dann schaute sie kritisch zu ihrer Großmutter. «Für einen Sturz vom Rollstuhl ist der Fleck ja viel zu weit oben.»

Emily lächelte triumphierend. «Bravo, Mo! Gut beobachtet.» Tatsächlich befand sich das Blut in Brusthöhe von Emily, also in etwa ein Meter fünfzig Höhe. Sie trat einen Schritt vom Felsen zurück und deutete mit der Hand die Sitzhöhe eines Rollstuhls an.

«Was passiert, wenn ein gebrechlicher alter Mann ruckartig aus dem Rollstuhlsitz nach vorne geschleudert wird?»

Mo musste nicht lange überlegen. «Sein Kopf schlägt in einem Bogen nach unten auf, maximal einen Meter über der Erde», antwortete sie. «Physikalisch ist das nicht anders möglich.»

«Ausgezeichnet», lobte Emily, während sie ihre Lupe in die Handtasche fallen ließ. «Und jetzt brauche *ich* einen Rollstuhl.»

«Warum das denn?», fragte Mo irritiert, während sie sich umblickte. «Und wo soll ich den herkriegen?» Sie waren noch immer mutterseelenallein im Wald, nur ein Stück hinter der Lichtung hörte man Männerstimmen und das Einsetzen einer Motorsäge.

«Frag den Gentleman mit dem Panamahut. Vielleicht leiht er uns seinen.»

Morwenna hob begeistert einen Daumen und rannte los. Emily nutzte die Zeit, um zwanzig Meter auf dem Pfad zurückzulaufen und den Felsen noch einmal aus der Ferne zu betrachten. Das Gefälle bis dorthin durfte man nicht unterschätzen.

Als Morwenna tatsächlich mit dem Rollstuhl zurückkehrte, war sie außer Atem. Das Gefährt sah edler aus als andere Modelle, stellte Emily amüsiert fest, offenbar hatte sich der Panamahut einen Senioren-Mercedes gegönnt. Mo reichte ihr grinsend eine Visitenkarte. «Mr Townsend würde dich gerne zum Tee einladen. Er kann auch laufen, wir sollen den Rollstuhl in der Halle abgeben.»

«Das fehlt mir noch», antwortete ihre Großmutter, «dass ich jetzt daten muss.» Sie drehte den Rollstuhl so, dass er Richtung Felsen ausgerichtet war, und ließ sich auf den Sitz fallen. «Jetzt gib mir mal einen kräftigen Stoß.»

«Du wirst doch nicht ...» Morwenna kam nicht weit mit ihrem Satz.

«... doch, ich werde. Man nennt das Selbstversuch.»

«Ich werde für dich beten», sagte Mo und gab ihrer Großmutter einen kleinen Schubs. Emily hatte diese Zaghaftigkeit erwartet. Kaum rollte sie auf den Felsen zu, fasste sie in die Greifringe und trieb die Räder mit aller Kraft an. Als sie nur noch fünf, sechs Meter vom Felsen entfernt war, hörte sie Morwenna hinter sich aufschreien. Surrend verrieten die Gummiräder des Rollstuhls, mit welch hoher Geschwindigkeit das Gefährt dahinrollte. Dennoch löste Emily ihre Hände von den Griffen und überließ das Fahrzeug seinem Schicksal.

Dann passierte das, wovon sie im blinden Vertrauen ausgegangen war. Da der Pfad kurz vor seiner Teilung eine starke Neigung nach rechts bekam, neigte sich auch der Rollstuhl plötzlich dorthin und raste auf dem rechten Pfad am Felsen vorbei auf die Lichtung zu. Dort kamen die Räder im Grasboden zwischen Tannenzapfen und herabgefallenen Ästen zum Stehen. Als Morwenna angerannt kam, hatte ihre Großmutter sich bereits wieder aus dem Feuerstuhl befreit. Stolz klopfte sie ein paar hochgeflogene Tannennadeln von ihrem Kostüm.

«WAHNSINN!», rief Mo und strahlte ihre Großmutter voller Bewunderung an. Dann schob sie den Rollstuhl auf den Weg zurück. «Grenville wäre also an dem Felsblock vorbeigerollt, selbst wenn er ohnmächtig gewesen wäre! Warum haben das die Polizisten nicht bemerkt? Das fällt doch auf.»

«Weil sie den Fall schnell abhaken wollten.» Emily maß die Dinge immer an ihrer Lebenserfahrung. «Und weil man im Altersheim gefälligst am Schlaganfall zu sterben hat.»

Jetzt war in Morwenna endgültig die Detektivin erwacht, genau wie Emily gehofft hatte. Mit jugendlicher Begeisterung dachte sie sofort weiter. «Also muss Grenville sich außerhalb des Rollstuhls befunden haben, als sein Kopf aufschlug. Jemand könnte ihn vom Sitz gezerrt, mit Wucht an den Felsen gestoßen und den Schwerverletzten dann wieder in den Rollstuhl gesetzt haben …»

«Bravo! Richtig gedacht, Mo. Das nennt man Mord.»

«Uhhh …» Morwennas betroffenes Schweigen hielt ein paar

Sekunden an. Emily konnte gut nachvollziehen, dass ihre Enkelin einen Augenblick brauchte, um der bitteren Wahrheit ins Gesicht zu sehen. Doch dann hatte sie sich wieder gefasst. «Wer hat Grenville gefunden?»

«Die Forstleute. Sie haben auch Dr. Stanhope angerufen.»

«Also könnte die Tat jemand aus dem Seniorenheim begangen haben. Ein Bewohner, ein Pfleger …»

Emily widersprach. «Das macht keinen Sinn. Wenn wir weiterhin vermuten, dass der Mord an Grenville mit dem Mord an April und ihrem Freund zusammenhängt – und so sieht es doch aus –, dann war es eher jemand von außerhalb.»

Wieder dröhnte die Motorsäge und auf der kleinen Lichtung stapften zwei der Forstarbeiter herum. Den Jüngeren von ihnen, ein kräftiger Mann mit rotem Vollbart, erkannte Emily. Es war Bill Byrne. Sein Vater hatte jahrelang den Garten der Doyles in Ordnung gehalten.

Emily zeigte auf ihn. «Fragen wir doch mal Bill.»

Mit Morwenna im Schlepptau marschierte sie quer über die Lichtung auf die beiden Männer zu. Der Boden unter ihren Füßen war erstaunlich fest, wenn auch an einzelnen Stellen sandig. Dazu passte, dass Mo auf halber Strecke stehen blieb und Emily auf Fahrspuren eines Rollstuhls aufmerksam machte. Offenbar schätzten auch Heimbewohner den sonnigen Platz im ansonsten eher schattigen Wald.

Als Bill Byrne Emily erkannte, kam er ihr entgegen. Während er seine ledernen Handschuhe auszog und nachlässig in die Weste stopfte, rief er: «Schönen Nachmittag, Mrs Doyle!»

«Hallo, Bill! Das ist meine Enkelin Morwenna.»

Der Forstarbeiter hob die rechte Hand. «Hi.»

Mo tat ganz lässig. «Hi.» Emily entging nicht, dass sie den muskulösen Bill interessiert beäugte.

«Na, Spaziergang gemacht?», fragte Byrne, der jetzt vor ihnen stand. Am oberen Rand seiner Warnweste hingen zwei Ästchen von den Schneidearbeiten.

«Wir sind wegen Lewis Grenville hier», erklärte ihm Emily. «Wir haben ihm ein paar Blumen hingelegt. Ich kannte ihn von früher. Ein Drama, dass er sich da drüben den Kopf eingeschlagen hat.»

«Das können Sie laut sagen», bestätigte der Waldarbeiter. «Als wir mit dem Jeep ankamen und ausstiegen, haben wir ihn blutüberströmt in seinem Rollstuhl hängen sehen.»

«Direkt vor dem Felsen?», hakte Morwenna nach.

«Ja, vor dem Felsen.»

«Haben Sie sonst jemanden gesehen? Im Wald oder auf dem Weg zum Seniorenheim?»

«Nein, es war Tee-Zeit, da futtern alle auf der Veranda ihren Kuchen. Nur Mr Grenville war noch draußen. Hier auf der Lichtung.»

«Sie meinen wegen der Reifenspuren?» Emily zeigte auf die Abdrücke neben ihren Füßen. «Das könnte auch jemand anders gewesen sein, denke ich …»

«Nein.» Bill Byrne drehte sich zu seinem Kollegen um, steckte zwei Finger in den Mund und pfiff. Als der Kollege zu ihm schaute, rief er: «Die Tüte, Ben!»

Emily war gespannt, was jetzt kam. Sie beobachtete, wie der Kollege zum Jeep eilte, die Autotür öffnete, eine Plastiktüte hinter dem Sitz hervorzog, dann kam er zu ihnen.

«Danke, Ben», sagte Bill. «Die kannst du gleich Mrs Doyle geben.» Und mit dem Blick zu Emily: «Vielleicht können Sie die Sachen an der Rezeption abliefern?»

«Was ist das?», fragte Emily, während sie die Tüte entgegennahm und der Kollege zu seiner Arbeit zurückkehrte.

«Das haben wir vorhin gefunden. Da, unter dem Baum. Schauen Sie mal rein. Das kann nur Mr Grenville verloren haben.»

Morwenna öffnete die Tüte und Emily warf einen Blick hinein.

Darin befand sich ein dünnes Buch, in dem ein weißer Briefumschlag steckte. Sie zog das Buch heraus – *Roms mächtige Mauern. Römische Funde in England* – und fing an zu blättern. Der Druck musste schon sehr alt sein, denn die vielen Fotos von historischen Mauerresten waren schwarz-weiß und teilweise vergilbt. Mo nahm ihr das Buch ab und Emily öffnete den oben aufgerissenen Briefumschlag. Er war an Lewis Grenville adressiert.

«Lass uns nachschauen, von wem er ist. Dreh ihn mal um», meinte Mo. Emily tat es und erschrak. In schöner, gleichmäßiger Schrift war dort als Absenderin vermerkt: April T.

Mehr nicht, kein voller Name, keine Adresse.

Bill Byrne schaute unruhig auf seine stählerne Armbanduhr. «Wir müssen noch einen Baum fällen, Mrs Doyle», erklärte er. «Ist alles klar? Sie geben die Tüte ab?»

«Machen wir», sagte Mo lächelnd. Da sie aus Cornwall stammte, wusste auch sie, dass man aus einem Naturburschen wie Bill nicht mehr herauskriegen konnte. Immerhin machte Byrne ihr noch ein Kompliment. Er zeigte auf ihren weiten gelben Pulli. «Cooles Teil!» Dann stapfte er zu seinem Traktor zurück.

«Danke, Bill», rief Emily ihm hinterher. «Und säg dir nicht ins Bein!»

Ohne sich umzudrehen, hob der Forstarbeiter die Hand.

Aufgeregt, wie sie war, beschäftigte Morwenna sich bereits wieder mit dem Brief. Sie zeigte auf die Briefmarke, die über Lewis Grenvilles Adresse klebte.

«Hier, abgestempelt in Plymouth. Vorgestern. Das könnte der Brief sein, den Mr Riffle ihm gestern Morgen aufs Zimmer gebracht hat. Grenville muss den Umschlag und das Buch mitgenommen haben, als er hierhin gefahren ist.»

«Dann wollen wir mal reinschauen.» Gespannt fasste Emily in den Briefumschlag. Als Erstes zog sie einen kleinen gelben Zettel hervor. Auf ihm hatte April notiert:

Lieber Grandpa, hier wie besprochen das Foto. Es darf NIEMAND sehen! Du musst es gut verstecken. Den Schlüssel vom Ferienhaus schicke ich dir übermorgen ebenfalls mit der Post. Morgen Abend treffe ich Kate Doyle am Strand. Wenn wir jemandem vertrauen können, dann ihr. Ich erkläre es ihr wie besprochen. Bleib gesund!
Love you, April

Emily reichte den Zettel an Morwenna weiter. Lewis Grenville hatte also gewusst, dass Kate und April sich treffen wollten. Hatte ihn seine Enkelin auch in ihre kriminellen Aktivitäten eingeweiht? Und hatte sie vorgehabt, Kate in etwas einzuweihen? Wenn Grenville ein Kerl mit Anstand gewesen wäre, dachte Emily, hätte er ja auch sie als Kates Großmutter anrufen und sie vorwarnen können. Ihre Telefonnummer hatte sie ihm damals auf der Straße gegeben …

Entschlossen zog Emily den weiteren Inhalt des Briefumschlags hervor. Es war ein Hochglanzfoto, das den Umschlag fast ausfüllte. Sie nahm es vorsichtig in die Hand und hielt es so, dass auch Mo es gut betrachten konnte.

Was sie sahen, wirkte auf den ersten Blick profan. Es war eine längliche Baugrube, ein am Rand stehender Meterstab zeigte 1,20 Meter Tiefe. Am Boden der Grube sah man mehrere quadratische und offensichtlich sehr alte Mauerreste oder Steinwälle, die ein Stück weit aus der Erde ragten. Könnten sie römischer Herkunft sein? Genau so sahen die Grabungsstellen am Hadrianswall in Northumberland aus. Auch in Cornwall hatten Archäologen Überreste römischer Forts sichern können. Die Mauerreste auf dem Foto umschlossen sandigen Boden, auf dem zwei zerbrochene tönerne Vasen zu erkennen waren. Das Ganze erinnerte Emily an ihren Besuch in der römischen Ausstellung des Londoner Dockland-Museums. Gut, ein römischer Fund. Aber was war daran so geheimnisvoll, dass Grenville nicht darüber sprechen sollte?

«Ups», machte Morwenna. «Sieht nach echt wertvollem altem Zeug aus! Vielleicht haben sie den Hadrianswall beklaut.» Von dort wurden immer wieder Funde von römischen Alltagsgegenständen gemeldet.

«Möglich», stimmte Emily ihr zu. Doch durch ihren Kopf schoss ein ganz anderer Gedanke. Nein, dahinter muss etwas Größeres stecken. Etwas, das sogar Lewis Grenville beunruhigt hatte, wenn er dafür das alte Buch aus dem Schrank geholt hatte.

Sie betrachtete das Foto noch einmal allein. Was direkt neben den Vasen aus dem Erdreich ragte, ähnelte einer kräftigen hellen Wurzel, die bei der Grabung wahrscheinlich aus Versehen freigelegt worden war. Am Ende der Wurzel gab es Verzweigungen, die wie kleine knochige Finger auf dem Boden ruhten.

Aufgeregt zog Emily wieder ihre Lupe aus der Tasche und hielt sie über das Foto. Schon beim ersten Blick spürte sie, wie ihre Arme und ihr Rücken von Eiseskälte überzogen wurden. Es waren *Finger*, kleine weiße Fingerknochen. O Gott, dachte sie, noch eine Leiche! Der Anblick der fahlen Knochen war nicht schön. Mit Schaudern musste Emily daran denken, dass auch sie demnächst so ausgesehen hätte, wenn der Rollstuhl nicht im letzten Moment vor dem Felsen abgebogen wäre …

12.

Seinen einzigen Schafsbock im Anhänger nach Bodmin transportieren zu müssen, um ihn dort in den weiß gefliesten Behandlungsraum des Tierarztes zu führen, war David nicht leichtgefallen. Sinclair war nur widerwillig und leise schnaubend an der Leine hinter ihm her gestakst. Mit sicherem Instinkt wusste er, dass man ihm ans Fell wollte. In seinem Fall ans linke Auge. Den Splitter, der seit einer Rangelei im Augenlid steckte, musste der Tierarzt operativ entfernen. Auch Sinclairs Hornhaut sah verletzt aus. Nach der OP wollte Dr. Blenshore ihn hier noch zwei Tage mit Antibiotika versorgen.

David war erleichtert, als er den Abschied von Sinclair überstanden hatte und wieder auf der Straße stand. Es war windig geworden, ein Ostwind, der aus dem Bodmin Moor herüberwehte und den Duft von Gräsern mitbrachte. David mochte die hübsche Kleinstadt Bodmin. Die Lage des Ortes am Rand des Hochmoors mit endlosen Heideflächen, Granithügeln, Steintürmen und Wasserlöchern erschien ihm wie der kleinere Ableger des Dartmoors. Auch über Bodmins Mooren waberten oft Nebelschwaben, und schon manch ein Wanderer hatte sich dort verirrt. Wer sich dabei an einem einsamen Gehöft oder einer Herde wilder Ponys orientieren konnte, stand wenigstens noch auf sicherem Boden.

Er beschloss, seinen überfälligen Kaffee in der Fore Street zu trinken, zwei Gassen weiter. Während er die Kreuzung vor der Tierarztpraxis überquerte, zog er sein Handy aus der Tasche. Jetzt, da er sich nach der Übergabe von Sinclair so schlecht fühlte, hatte er Sehnsucht, Kates Stimme zu hören und ihr von Dr. Blenshores Plänen zu berichten. Noch bevor er wählen konnte, stellte er fest, dass sie ihm eine Nachricht auf die Mailbox gesprochen hatte.

Ihre Stimme klang aufgeregt. In großer Eile berichtete sie ihm von Onkel Brians Giftanalyse und von Mike Thomsons seltsamem Verhalten. Beim Abhören musste er schmunzeln. In ihrer stürmischen Art, Dinge vorwärtszutreiben, konzentrierte sie sich gerne auf die vermeintlich großen Brocken und betrachtete die scheinbar weniger wichtigen Ereignisse als zweitrangig. Ihn dagegen beschäftigte immer noch die Frage, warum April Thomson sich vorgestern telefonisch an Kate gewandt hatte. Vermutlich kannte sie Kates Krimi-Podcast. Oder hatte sie geahnt, dass ihr bald etwas zustoßen würde? Wollte sie deshalb mit Kate Kontakt aufnehmen? Der sorgenvolle Ton, der Kate in Aprils Stimme aufgefallen war, signalisierte David, dass man auch in diese Richtung denken musste. Kate besaß eine gute Menschenkenntnis, zudem arbeitete sie viel mit ihrer Logik. Davon besaß sie eine ganze Menge. Und dass Brian Doyle große Mengen von Blauem Eisenhut als Gift ermittelt hatte, überraschte David nicht. Sein Verdacht war von Anfang an in diese Richtung gegangen.

Als er zwei Minuten später durch Bodmins belebte Hauptstraße schlenderte, kam ihm ein Gedanke. Er könnte Sally anrufen. Sally McTavish arbeitete als Sekretärin bei der Polizei in Bodmin. Kate nannte Sally zwar die größte Plaudertasche Cornwalls, und man musste immer gut überlegen, was man ihr anvertraute, aber sie hatte ein großes Herz, wie David wusste. Wen sie mochte, den mochte sie für immer. Sie war die Freundin von Phil Rattle, seinem Forschungskollegen am Institut für Verhaltensforschung in Exeter. Dort lehrte David neben seiner Arbeit als Farmer einmal in der Woche als Dozent das Fach *Kognitive Intelligenz bei Schafen*.

David rief Sally an und fragte, ob sie sich spontan mit ihm auf einen Kaffee treffen wollte.

Sally wollte nicht mal wissen, worum es ging. «Na klar!», krähte sie fröhlich ins Telefon. «Aber du musst ins Moor kommen. Ich habe heute zwei Führungen.»

David hatte ganz vergessen, dass Sally in ihrer Freizeit Touren durch das Bodmin Moor organisierte. So verdiente sie sich ein bisschen was dazu und baute regelmäßig ihre Überstunden bei der Polizei ab. Deshalb befand sie sich momentan auch nicht in der Stadt, sondern stand zehn Meilen entfernt auf dem Parkplatz des Wirtshauses *Jamaica Inn.*

David reagierte schnell. «Bin schon unterwegs! Kannst schon mal Scones für uns bestellen.»

«Ich liebe aufmerksame Männer», antwortete Sally bewundernd.

Davids Fahrt nach Bolventor dauerte nur eine knappe Viertelstunde. Der Blick aus dem Auto über die borstige Heide und die karstigen baumlosen Hügel rechts und links der Straße ließ erahnen, in welche Wildheit sich das Moor steigern konnte. Auch ein paar Schafe ließen sich entdecken. In seiner Jugend war David oft an den einsamen Tümpeln fischen gegangen, natürlich illegal. Heute wusste er die Landschaft als besonderes Geschenk zu schätzen, zumal sie einige der widerstandsfähigsten Schafspopulationen hervorgebracht hatte. Auch an das graue Granitgebäude des Jamaica Inn und das große altmodische Schild an der Straße hatte er gute Erinnerungen. In seiner Kindheit hatte es keine Wanderung im Moor gegeben, ohne dass man nicht dort eingekehrt war. Noch heute stand das Wirtshaus so einsam in der Wildnis wie im achtzehnten Jahrhundert. Es gab niemanden in Cornwall, der nicht Daphne du Mauriers historischen Roman über Mord und Schmuggel im Jamaica Inn gelesen hätte. Und dass es vor dem riesigen verrauchten Steinkamin und in den

Zimmern spukte, wusste ohnehin jeder. Sallys Lebensgefährte Phil war eines Abends Zeuge geworden, wie an der Bar von unsichtbarer Hand fünf Gläser in hohem Bogen von einem Bord geschleudert worden waren …

David stellte seinen Wagen auf dem Parkplatz des Wirtshauses ab und ging zum gepflasterten Innenhof hinüber. Auf dem windgeschützten Platz verteilten sich robuste Holztische, Bänke und Stühle. Jetzt am Nachmittag war kaum was los. Die weißen Sonnenschirme standen zusammengeklappt neben den Tischen, von denen nur einer besetzt war – der von Sally. Ihre walkürenhafte Gestalt mit dem eindrucksvollen braunen Lockenschopf konnte man nicht übersehen. Vor Sally standen zwei unberührte Teller mit kornischen Scones. Gerade zog sie vor dem Handspiegel noch ihren Lippenstift nach. Als sie David im Spiegel kommen sah, steckte sie das Schminkzeug weg, stand auf, drehte sich zu ihm um und breitete die Arme aus.

«Da bist du ja! Was für eine tolle Idee!»

«Ein bisschen überraschend, aber …»

«Ich hab mich echt gefreut.»

«Ich mich auch.»

Sie umarmten sich. Sally trug eine gefütterte grüne Wanderjacke, aus deren Taschen allerlei hervorlugte, darunter eine gefaltete Landkarte, ein großes Taschenmesser und eine kleine Flasche Wasser. Während sie Platz nahmen, zeigte Sally auf die Teller.

«Scones sind schon da, Kaffee kommt gleich.» Sie gab der Kellnerin, die sich vor der Tür zur Gaststube zeigte, einen Wink. Dann wandte sie sich wieder an David. «Und jetzt erzähl. Was machst du in Bodmin?»

David berichtete ihr von seinem Besuch bei Dr. Blenshore, mehr musste er nicht antippen. Im Nu hatte Sally ihm erzählt, dass auch ihre Katze Patientin bei Dr. Blenshore war und dass der

Tierarzt schon mal eine ihrer *Spooky Tours* mitgemacht hatte. Sie konnte reden wie ein Wasserfall. Man musste höllisch aufpassen, dass man nicht in ihrem fröhlichen Strudel aus Tratsch, Nebensächlichkeiten und begeisterten Ausrufen unterging.

«Spooky Tours? Was ist das denn?», fragte David amüsiert.

Sallys Gesicht blieb ernst. «Ich zeige den Leuten, wo es Geister gibt. Zum Beispiel drüben an der Bar. Oder im Gästezimmer, in dem ein zwölfjähriges Mädchen umgeht. Ich kenne drei Leute, die es gesehen haben. Deshalb legt der Wirt immer Spielzeug neben das Bett.»

David kannte solche Geschichten. Viele Menschen in Cornwall beschworen, in historischen Gemäuern oder alten Privathäusern Geister gesehen zu haben. Es schien, als müsse man sich in diesem Landstrich mit ihnen arrangieren.

«Was ist mit dem Moor?», fragte er. «Wohin gehst du da?»

«Wir wandern zum Hügel, auf dem Archie Goodwin spukt. Du weißt, der Bauer, der unschuldig wegen Viehdiebstahls gehenkt wurde. Und natürlich sind wir auf Spurensuche nach der Bestie von Bodmin.»

«Oh ja, natürlich, die Bestie.»

«Da gibt es nichts zu grinsen. Es gibt genügend Menschen, die sie beobachten konnten.»

«Ich weiß», sagte David und wurde wieder ernst. «Phil und ich glauben bestenfalls an eine entlaufene Wildkatze.»

Tatsächlich hatte man seit 1978 immer wieder Spuren eines gewaltigen Tiers im Bodmin Moor gefunden. Eine der Theorien besagte, dass es sich dabei um drei Pumas aus dem Zoo von Plymouth handelte.

«Wie auch immer», meinte Sally, während sie begann, die *clotted cream* auf ihre Scones zu streichen. «Das hier lenkt mich schön vom Büro ab.»

«Wie ist die Stimmung in Bodmin?»

«So lala. DCI Scott ist okay, aber sie ist streng. Zum Glück arbeite ich für ihren Stellvertreter.»

«Du weißt, dass Kate mit dem Fall April Thomson zu tun hat? Sie hat die Tote gefunden.»

«Ja. So was Verrücktes!» Sally rückte ihren Teller beiseite, damit die Kellnerin das Tablett mit den beiden Cappuccini, der Zuckerdose und zwei Gläsern Wasser auf den Tisch stellen konnte. «Ich hätte sie morgen sowieso angerufen», plapperte sie weiter. «Die Arme! Wie muss sie sich gefühlt haben, als sie in das Ferienhaus kam! Wird sie einen Podcast darüber machen?»

«Momentan hat sie das nicht vor», erklärte David. «Angesichts ihrer Nähe zu April ist das auch besser so.»

Sally flüsterte verschwörerisch. «Aber ein bisschen ermitteln will sie schon, oder? Na komm, gib's zu.»

David grinste. «Ein bisschen, ja.»

«Also, was wollt ihr wissen?»

«Dass die Opfer vergiftet wurden, haben wir selbst herausgefunden. Mit Blauem Eisenhut. Hab ich recht?»

Der Ausdruck in Sallys Gesicht zeigte Verblüffung. «Echt jetzt? Dann wisst ihr mehr als wir. Unser Laborbericht kommt vermutlich erst morgen.»

«Aber DCI Scott wird wohl auch an Gift gedacht haben, oder?»

«Ja, sie und mein Chef haben darüber gesprochen. Zumal die Gerichtsmedizin bei den Toten keine Anhaltspunkte für körperliche Gewalt finden konnte. Nur, dass Jason O'Connor eine alte Schusswunde am Unterschenkelknochen hatte. Aber das wusste die Polizei bereits.»

David wurde hellhörig. «Wieso war das bekannt? DCI Scott sagte, man wisse nicht viel über O'Connor.»

«Na ja ...» Sally blickte sich verschwörerisch um, als könnte auf diesem leeren Hof ernsthaft jemand mithören. «Er war mal

Polizist, mit neunzehn. Schon nach einem Jahr wurde er unehrenhaft aus dem Polizeidienst entlassen.»

«Was ist passiert?»

Sally schaute ihn nachdenklich an. «Schwörst du mir, dass ihr diskret mit dieser Info umgehen werdet? Sonst macht man mich einen Kopf kürzer und ich gehe hier selbst bald als Geist um …»

David versprach es. Er trank einen Schluck von seinem Kaffee und lehnte sich geduldig zurück, während Sally zu erzählen begann. Es wurde die Geschichte eines Neunzehnjährigen aus Dover, der voller Enthusiasmus in den Polizeidienst eingetreten war, um seinen schwierigen Familienverhältnissen zu entgehen. So jedenfalls stand es in einem psychologischen Gutachten der Kent Police, das Sally gestern bei O'Connors alter Polizeiakte entdeckt hatte. Seine Schusswunde hing mit dem Fall zusammen, der ihn am Ende seine weitere Karriere gekostet hatte. Während einer Streife war er von einem Kollegen angeschossen worden, der behauptete, O'Connor dabei erwischt zu haben, wie er in einer alten Lagerhalle von einem Drogendealer Geld genommen hatte. O'Connor hätte ihn mit seiner Dienstwaffe bedroht und der Schuss hätte ihn kampfunfähig machen sollen. Jason O'Connor wiederum erzählte die Story genau andersherum. Er habe den älteren Kollegen zusammen mit dem Dealer erwischt und eine weitere Streife dazuholen wollen. In dieser Situation hätte der Kollege voller Panik auf ihn geschossen und ihn nur durch einen Zufall verfehlt. Sosehr O'Connor danach seine Unschuld beteuerte und den Kollegen belastete, am Ende glaubte die Polizeijury dem angesehenen und erfahrenen Kollegen. Jason musste gehen. Als der Dealer vier Wochen später mit einer Überdosis Schlaftabletten in der Themse gefunden wurde, kam der Fall endgültig zu den unrühmlichen Akten. Von da an hat sich die Spur zu Jason O'Connors Leben weitgehend verloren.

David kannte solche Geschichten zur Genüge. Streifendienste steckten voller Gefahren und Versuchungen. Der Lernprozess für junge Polizisten war schwer. Aber eines war auch klar – in vielen Zweifelsfällen wurde am Ende den dienstälteren Kollegen geglaubt.

«Was heißt das, man hat seine Spur *weitgehend verloren*?», hakte David nach. «Wo war O'Connor denn zuletzt?»

«Vor ein paar Jahren muss er sich länger in Spanien aufgehalten haben. Wie auch April Thomson. Beide haben zur gleichen Zeit beim britischen Konsulat in Madrid ihre Pässe verlängern lassen.»

«Was weiß man sonst über April Thomson?»

Sally hatte inzwischen ihre beiden Scones vertilgt und schleckte genüsslich den Teelöffel mit der restlichen Konfitüre ab. «April? Die hat eine Weile in Canterbury gelebt und dort zwei Jahre in einer Buchhandlung gearbeitet. Gleich danach war dann wohl Spanien dran.»

«Das hilft uns sehr, Sally», sagte David und meinte seine Dankbarkeit auch so. «Damit hebt sich der Schleier ein bisschen. Wie ich Kate kenne, wird sie inzwischen ebenfalls mehr über April wissen. Wir nennen die Methode *Das Mosaik*.»

«O mein Gott! Ihr seid euch immer so wunderbar einig!», schwärmte Sally. «Ich wünschte, bei Phil und mir wäre das auch so. Jedes Mal, wenn ich mit Kate telefoniere, sagt sie, wie sehr ihr euch liebt.»

David musste schmunzeln. «Deshalb werden wir auch irgendwann heiraten.»

«Hör auf!» Sally war so aus dem Häuschen, dass sie ihre Tasse, aus der sie gerade trinken wollte, zurück auf den Tisch stellte. «Wann denn?»

«Lass dich überraschen. Und bitte kein Wort zu Kate!»

«Ihr Glücklichen! Mann, wie ich euch beneide! Gibt es vorher eine Verlobung?»

David musste lächeln. «Jetzt wirst du mir zu neugierig.»

«Na ja, so wünscht man sich das eben als Frau …» Sally brach ab. Ihre Augen füllten sich wie auf Knopfdruck mit Tränen, die sie schnell mit dem Handrücken wegwischte. «Egal. Jedenfalls hast du alles richtig gemacht.»

David begriff. Er schaute Sally mitfühlend an. «Du würdest auch gerne heiraten, oder? Und Phil springt nicht drauf an?»

Sie nickte stumm.

«Aber zusammenbleiben möchtet ihr schon?»

«Natürlich!», erklärte Sally. «Das ist ja das Verrückte. Phil würde sofort heiraten. Der Klammeraffe von uns ist ja er. Aber auch der Zauderer. Am liebsten wäre ihm, wenn das Standesamt ihn anschreiben und ihm mitteilen würde, wann man ihn für die Trauung eingeteilt hat.»

«Dann sag du es ihm doch.»

«Nein, das tue ich nicht», antwortete Sally bockig. «Ich stamme aus dem zwanzigsten Jahrhundert, ich will romantisch gefragt werden.» Sie schaute David mit flehendem Lächeln an. «Bitte, David, gib ihm einen Stoß. Ach was, ein Stößchen. Von Mann zu Mann. Er wird vom Baum fallen wie eine reife Frucht.»

David versprach es. In der kommenden Woche hielten Phil und er zusammen ein Seminar für Studienanfänger zum Thema Verhaltensbiologie ab. Danach ging es meist noch in einen Pub. Bei dieser Gelegenheit konnte er Phil geschickt auf den Zahn fühlen …

Es war Zeit, zur Farm zurückzufahren, auch Sally musste los. Am Treffpunkt hinter dem Jamaica Inn warteten acht Wanderer auf sie. David zahlte schnell noch am Tresen die Rechnung für sie beide. Als er wieder auf den Hof zurückkam, band Sally sich gerade ein buntes Tuch um den Hals. Wenn David es richtig sah, waren weiße Gespenster auf den Stoff gedruckt.

«Mir ist noch was eingefallen», sagte sie. «Zu April Thomson.

Sie hatte was in die Unterwäsche eingenäht. Drei kleine Perlen aus Mosaikglas und einen antiken Goldring. Crazy, was?»

«Wie äußert sich die Forensik zum Schmuck?»

«Großes Rätselraten.» Sally zog mit einem Ratsch den Reißverschluss ihrer windfesten Jacke zu. «Man vermutet, dass die Sachen römischen Ursprungs sind. Sie sollen eine Menge wert sein.» Sie verzog das Gesicht. «Wenn du mich fragst – ich hätte lieber ein paar Tausend Pfund in meinen Slip genäht.» Ohne Davids Antwort abzuwarten, fiel sie mit ausgestreckten Armen über ihn her und gab ihm links und rechts einen Schmatz auf die Wange. «Danke für die Scones! Und bitte denk an Phil! Am liebsten würde ich im Mai heiraten.»

Winkend marschierte sie davon, über den Parkplatz und hinaus auf die Wiesen. Wenn die oft beschworenen Moorgeister vor dieser Frau keinen Respekt hatten, vor wem dann?

13.

Kate stand am Weidezaun, hielt Willow auf dem Arm und drückte ihn liebevoll an sich. Sie hatte das Lamm von der Koppel geholt, weil es gleich im Haus seine Vitaminpillen und eine Flasche mit süßer Medizin bekommen musste. Neben dem Kamin gab es einen Platz, auf dem der kleine Bock liegen durfte, wenn er medizinisch behandelt wurde. Das war leider nötig. Es war nichts Schlimmes, David hatte aber festgestellt, dass Willow Mangelerscheinungen zeigte, sein Vorbesitzer hatte ihn offensichtlich nicht richtig ernährt.

Kate blieb noch einen Moment mit Willow auf dem Arm am Zaun stehen. Gemeinsam beobachteten sie, wie die schlaue Camilla nach dem Verschwinden des Bocks ihren Wirkungskreis auf der Weide erweitert hatte und jetzt frech gegen das Leitschaf opponierte. Für kurze Zeit drückten die beiden Auen sogar ihre Hörner aneinander. Ja, dachte Kate, ihr alter Tierarzt hatte recht – Schafe sind auch nur Menschen.

Kate liebte diese Momente der Ruhe. Vor allem hier, an der Koppel, wo der Geruch der Schafe zu ihr herüberwehte und über der benachbarten Heide die Lerchen zwitscherten. Früher, während ihrer Zeit in Londoner Verlagen, hatte sie beim Thema Landwirtschaft nur dreckige Stiefel, Misthaufen und grantige Bauern vor sich gesehen. David hatte ihr amüsiert erzählt, dass es ihm nicht anders gegangen war, bevor er die Farm geerbt hatte. Erst hier draußen war ihnen klargeworden, wie kontemplativ Natur wirken konnte.

«Hallo, ihr beiden!» Vom Hof kommend, lief David auf die Koppel zu, in der Hand noch den Autoschlüssel.

«Wie geht's Sinclair?», rief Kate ihm entgegen. «Wie hat er es verkraftet?»

David hatte sie erreicht und drückte sie kurz an sich. «Wie ein Mann.»

«Also jammernd», witzelte Kate. «Ich kann mir seinen hängenden Kopf gut vorstellen.»

«Dr. Blenshore meint, das Auge wird wieder vollständig regenerieren.» David streichelte Willow über das weiche Fell. Schmatzend leckte ihm das Lamm die Hand. Die winzigen Hörner, die aus dem Fell schauten, würden schon bald kräftig weitersprießen. «Gehen wir ins Haus, ich will hören, was ich heute verpasst habe.»

«Eine Menge», meinte Kate lächelnd. «Das volle Doyle-Programm.»

Während sie gemeinsam Richtung Hof schlenderten, behielt Kate das Lämmchen auf dem Arm. Da Willow das Farmgelände inzwischen gut kannte, hatte er herausgefunden, wie er in Kates Bauerngarten gelangen konnte, wo die saftigsten Blumen blühten. Morgens hatte Kate ihn sogar dabei ertappt, wie er sich über die Erdbeeren hermachte.

Sie betraten das Haus und gingen durch bis zum Wohnzimmer. Willows Platz neben dem Kamin war eine alte Decke. Ihr Geruch schien den kleinen Bock beruhigend daran zu erinnern, dass hier schon viele Lämmer aufgepäppelt worden waren. Geduldig wie ein Hündchen nahm er Platz, ließ sich von David die Vitamintabletten ins Mäulchen schieben und anschließend von Kate das Fläschchen mit der Medizin geben. Schmatzend trank er alles aus. Dann streckte er gemütlich alle viere von sich. Es war Zeit für sein Verdauungsschläfchen.

David holte zwei Gläser mit Weißwein aus der Küche, und sie nahmen beide vor Kates Schreibtisch Platz, wo der Laptop stand. In der wuchtigen Balkendecke über ihnen knackte das Holz, die beruhigende Melodie alter Bauernhäuser. Mit einem liebevollen Blick auf das Lamm hob David sein Glas.

«Cheers, Darling! Und, wie macht sich Willow auf der Weide?»

«Bestens. Er ist selbstbewusst. Wer sonst springt aus einem fahrenden Lastwagen?»

«Nein, er spürt, wie vertrauensvoll du mit ihm umgehst. *Das* gibt einem Tier Selbstbewusstsein.»

«Danke.» Kate gab ihm einen Kuss. «Das habe ich ja von dir gelernt.» Noch eine seiner guten Eigenschaften, fand Kate. Er behielt immer die Ruhe. Selbst jetzt, da er bestimmt vor Neugier über die letzten Ereignisse platzte, gab er ihrer Partnerschaft und den Tieren Vorrang. Sie stellte ihren Laptop an und rief die E-Mail von Onkel Brian mit dem Gift-Gutachten auf. David beugte sich nach vorne.

«Jetzt bin ich gespannt.»

Sie vergrößerte den Text und ließ David die Einzelheiten lesen. Die Art des Giftes und die vermutete Giftmenge hatte sie rot hervorgehoben.

«Mein Gott, was für ein qualvoller Tod.» David schüttelte den Kopf. «Wer das getan hat, muss eiskalt sein. Blauer Eisenhut gehört zu den tödlichsten Giften Europas. Früher hat man ihn aus gutem Grund Würgling genannt.»

«Wie schrecklich! Wo befindet sich das Gift? In den Blättern?»

«In der Knolle und in den Blättern. Es ist ein Kontaktgift, es wirkt über die Schleimhäute. Schon kleinste Berührungen können die Haut taub werden lassen. Die wenigsten Menschen wissen das. Im Mittelalter wurde damit viel gemordet.»

Kate überlegte. «Du meinst, der Täter kannte sich gut damit aus?»

«Ja. Und er konnte davon ausgehen, dass seine Opfer ihm vertrauten, denn er selbst muss den Tee zubereitet haben. Vermutlich hat er in der Küche des Ferienhauses Teile der Wurzel und der Blätter in die Kanne getan. Mit Gummihandschuhen ginge das ... Aber warum gerade Eisenhut?»

Jetzt begriff Kate, was David meinte, wenn er manchmal davon sprach, dass Forensiker Mordfälle gerne als Geflecht unterschiedlicher Strukturen interpretierten. Kannte man das Gift, musste man sofort danach fragen, welche Gründe der Mörder gehabt haben könnte, ausgerechnet diese Todesart zu wählen. Dass Morde im Zeitalter perfekter Labortechnik unentdeckt blieben, davon konnte nicht einmal ein Dummkopf ausgehen.

«Also war die Brutalität Teil des Plans? Die beiden sollten leiden?»

«Vermutlich. Vielleicht war der Mörder sogar derjenige, bei dem sie untergeschlüpft waren. Oder er war ein Komplize.»

«DCI Scott geht davon aus, dass es keine Komplizen gab. Höchstens Hehler, denen sie das Diebesgut verkauften.»

«Was ist mit Aprils Bruder?»

Kate beschrieb ihm, wie sie Mike Thomson einschätzte – als labil und etwas durch den Wind. Auch dass er geldgierig war und seiner Schwester feindlich gegenüberstand, war bei ihrem Besuch deutlich geworden. Aber ein raffinierter Giftmord? Dafür müsste man ihm erst einmal nachweisen können, dass er sehr wohl gewusst hatte, wo seine Schwester sich versteckt hielt. Aber bitte, vielleicht hatte es ihm ja sein Großvater verraten ...

Ergänzend erzählte Kate, was Grandma und Mo im Seniorenheim herausgefunden hatten. David konnte nur staunen.

«Woher nimmt Emily nur ihre Energie? Unglaublich. Aber sie hat recht. Dass Grenvilles Tod so einfach von der Polizei abgehakt wurde, ist ein klares Versäumnis.»

«Aber am geheimnisvollsten ist das hier.» Kate klickte das Gift-

Gutachten weg und rief stattdessen das Foto von der vermutlich römischen Mauer mit den Tonscherben auf, das April per Post an ihren Großvater geschickt hatte und das von Morwenna schlauerweise abfotografiert worden war. Sie zeigte mit dem Finger auf den Bildschirm. «Sind das hier menschliche Knochen? Was sagt der Forensiker?»

David griff zur Computermaus und vergrößerte die Aufnahme. «Das wird ja immer schlimmer! Ja, ganz eindeutig, Fingerknochen. Hier drei Endglieder, dort Mittelglieder und Grundglieder …» Er zögerte, zoomte das Bild noch einmal heran. «Allerdings bin ich nicht sicher, ob es sich um Knochen aus unserer Zeit handelt. Theoretisch könnten sie genauso alt sein wie diese Mauern … Das können nur Gerichtsmediziner klären.»

Kate klickte das Foto wieder weg, erleichtert, dass es sich hier nicht zwangsläufig um ein weiteres Mordopfer handelte. «Und das Gemäuer? Was denkst du?»

«Die Tonscherben könnten tatsächlich auf die Römerzeit hinweisen. Dir ist hoffentlich klar, dass ihr das Foto DCI Scott überlassen müsst?»

«Das hat sogar Grandma vermutet. Aber wie soll man dieses Grab finden?»

«Wir brauchen mehr Informationen über Aprils Leben. Anders wird es nicht gehen.»

Natürlich wollte David auch hören, was die Videokonferenz der Familie ergeben hatte. Kate beschrieb ihm, wie die Familienmitglieder mit Schwung in die Pedalen gestiegen waren und jeder sich an den Ermittlungen beteiligen wollte. Besonderes Vergnügen bereitete David Kates Beschreibung von Grandmas grandioser Taktik, Entscheidungen immer nach ihren Wünschen ausgehen zu lassen. Er kannte das schon. Die Doyles waren kluge, aber auch enthusiastische Menschen, die sich seit Generationen in der Pflicht sahen, auf irgendeine Weise der Gesellschaft zu dienen. Das klang altmodisch, war in Cornwall aber Tradition. Urgroßvater William P. Doyle hatte Kate schon als Kind beigebracht, stets freiwillig Verantwortung zu übernehmen. Daraufhin hatte sie sich in der Grundschule für drei Monate Tafeldienst gemeldet.

Schließlich ließ David seine eigenen Neuigkeiten vom Stapel, schilderte sein Treffen mit Sally McTavish und was sie ihm über Jason O'Connor verraten hatte.

«Er war Polizist?», fragte Kate ungläubig. «Deshalb ist DCI Scott so verschlossen! Vielleicht befürchtet sie, dass jemand von der Polizei darin verwickelt ist.»

«Daran habe ich auch schon gedacht.»

Kate streichelte seinen Arm. «Danke, dass du uns unterstützt. Ich glaube, jetzt geht es mit dem Fall erst richtig los.»

Wie auf ein Stichwort klingelte ihr Handy. Der Anrufer war Seine Heiligkeit, Onkel Francis. Kate stellte das Telefon laut, damit David mithören konnte.

«Gott mit dir, Kate», begrüßte sie der Bischof. Seine Stimme wirkte äußerst munter, auch wenn es bei ihm etwas hallig klang. Sicher befand er sich gerade in seiner Kathedrale. «Du sollst es als Erste erfahren. Ich bin fündig geworden! Wir haben das Kloster ermittelt, in dem sich April Thomson aufgehalten hat.»

«Nein! Und, wo war sie?»

«Auf den Scilly-Inseln. Fast zwei Jahre lang. Bei unserem Orden Schwestern der Milde.»

David nickte Kate zu und hob anerkennend den Daumen.

«Glückwunsch, Onkel Francis, auch von David, der gerade mithört! Sagst du es auch den anderen?»

«Aber klar.» Die Stimme des Bischofs wurde etwas lauter, als im Hintergrund ein Kirchenchor zu proben begann. «Ich bin gleich unterwegs nach Mount Edgcumbe, wo dein Vater und Anne auf mich warten. Es sind die Einzigen unserer Meute, die sich gut auf den Scillies auskennen.»

«Eine tolle Idee!» Kate war begeistert. «Auf euch ist doch immer Verlass!»

«Na ja», meinte Seine Heiligkeit mit hörbar mildem Lächeln. «Ich halte mich lieber an Römer 8, Vers 32: *Ist Gott für uns, wer kann wider uns sein?*»

«Oder so», sagte Kate amüsiert.

14.

Gilbert war gerade auf dem Weg, im historischen Esszimmer von Mount Edgcumbe die Stuckreparatur zu kontrollieren, als ihm in der Halle seine Assistentin entgegenkam. Lächelnd wedelte sie mit einer dünnen Unterschriftenmappe.

«Mr Doyle! Sie können gleich hierbleiben!»

«Warum?»

Wie meistens im Dienst trug Jessica Morgan ein klassisches Kostüm, heute aus beigefarbenem Tweed. Neben ihnen drängten die letzten Touristen durch die Eingangstür nach draußen, bevor das Herrenhaus in zehn Minuten geschlossen wurde. Nur das Parkgelände blieb im Sommer bis zwanzig Uhr geöffnet.

«Der Bischof und Ihre Schwester sind schon bei der Einfahrt. Der Pförtner wird sie hochbringen.»

«So schnell?» Gilbert verzog erstaunt das Gesicht. «Glauben Sie, dass Bischöfe fliegen können?»

Seine Assistentin lächelte. «Gut möglich.» Obwohl sie demnächst ihren fünfzigsten Geburtstag feierte, war Jessica gertenschlank und trug ihr rotbraunes Haar als Wickelzopf, was sehr mädchenhaft wirkte. Sie klappte die Mappe auf und hielt sie ihrem Chef hin. «Hier, der Förderantrag an das Council.»

Irgendwo in den hinteren Räumen des Herrenhauses setzte das stoßweise Geräusch eines lauten Bohrers ein. Hausmeister Stubbs war wieder am Werk.

«Danke.» Gilbert verzog angesichts des Lärms das Gesicht und kritzelte seine Unterschrift unter das Dokument. «Geht der Brief heute noch raus?»

«Ich kann ihn auf der Heimfahrt einwerfen.»

«Wenn Sie das tun würden, Jessica.» In den vergangenen Monaten hatte er ihr mehrfach angeboten, ihn einfach Gilbert zu nennen, da er ja auch Jessica sagte. Aber sie hatte es abgelehnt. Sie war stolz darauf, eine Assistentin der alten Schule zu sein, und zelebrierte das. Außerdem gab sie zu, sich hier gerne in die Arbeit zu stürzen, da ihr Mann für ein Ingenieurbüro in London arbeitete und während der Woche dort oft im Apartment der Firma übernachten musste.

Jessica dachte schon wieder einen Schritt weiter. Sie war nahezu perfekt. «Wo möchten Sie mit Ihrem Besuch sitzen?», fragte sie, während sie sich die Unterschriftenmappe unter den Arm klemmte. «Wie wär's oben rechts neben der Treppe? Stubbs hat dort gestern den Marmortisch und die roten Samtstühle aufgebaut. Da wären Sie ungestört.»

«Gute Idee. Mein Cousin liebt Samt, das wird ihm gefallen. Und sagen Sie Stubbs, er soll aufhören, noch länger diesen Lärm zu machen.»

«Das wird er gerne hören.» Jessica Morgan blickte ihren Chef mitfühlend an. «Was machen Ihre Rückenschmerzen? Soll ich Ihnen ein Aspirin holen?»

«Nein, danke, geht schon wieder.» Gilbert hob beide Arme, tat verschmitzt und drehte sich demonstrativ hin und her. «Sehen Sie? Fit wie ein Turnschuh!»

Jessica musste lachen. «Und warum kneifen Sie dann Ihre Lippen zusammen?» Sie ging auf die Tür zu den Verwaltungsräumen zu. «Also dann, bis morgen!»

Da Jessica wusste, dass die beiden Toten in Kendreath von den Doyles entdeckt worden waren, hatte sie ihm heute auf den Kopf zugesagt, dass seine Verspannungen vermutlich damit zu tun hatten. Gilbert ahnte, dass sie richtiglag. Hinter ihrer Fassade aus Perfektion und Pflichtbewusstsein konnte sie erstaunlich einfühlsam sein, das hatte er schon öfter bemerkt. Plötzlich hatte er das Bedürfnis, ihr etwas Gutes tun zu müssen.

«Jessica?»

Sie drehte sich im Weggehen um. «Ja, Mr Doyle?»

«Waren Sie schon mal in Dublin?»

«Nein, noch nie. Warum fragen Sie?»

«Wir dürfen jemanden zur irischen Tourismusmesse entsenden. Für zwei Tage. Ich dachte, das wäre was für Sie.»

«Dublin?» Jessica strahlte. «Das habe ich mir schon lange gewünscht. Sam und ich wollten vor zwei Jahren zum Hochzeitstag hin, aber dann starb meine Mutter und …»

«Gut, dann werde ich Sie dafür anmelden.»

«Danke, Mr Doyle. Und ich sage dem Pförtner, dass er Ihre Gäste nach oben dirigiert.»

Beschwingt verließ Jessica die Halle und ließ Gilbert allein. Das Geräusch ihrer Stöckelschuhe verlor sich irgendwo hinter dem Infostand für die Besucher. Wenn er ehrlich war, musste er sich eingestehen, dass er Jessicas Gegenwart wie eine leichte, angenehme Brise empfand, die ihm guttat. Zum Glück hörte das laute Bohren auf. Von einer Sekunde zur anderen wurde die menschenleere Halle in absolute Stille getaucht.

Erleichtert, das historische Gebäude wieder ganz für sich allein zu haben, ohne Hunderte von durcheilenden Touristen, stieg Gilbert die breite Treppe hinauf. Die gelungene Wiederherstellung des prachtvollen Treppenhauses war sein ganzer Stolz. Die beigefarbenen Wände mit den Ahnengemälden der vielen Edgcumbes mündeten in Höhe des oberen Stockwerks in einer offenen Galerie. Das Treppengeländer wie auch alle anderen Hölzer in der Halle war von der gedeckten Wandfarbe abgesetzt. Im ersten Stockwerk befanden sich Räume wie der Living Room, die Bibliothek, der Schreibraum, das Boudoir und die Schlafzimmer.

Gilbert arbeitete schon seit Jahren als freiberuflicher Kurator für Mount Edgcumbe. Daneben beriet er mehrere Museen in Cornwall. In der Zeit davor hatte er zum Kunsthistoriker-Team der National Gallery in London gehört.

Über das Haus und den Park von Mount Edgcumbe waren seit der Erbauung im sechzehnten Jahrhundert zahllose Stürme hinweggefegt, reale wie zeitgeschichtliche. Die vielen Barone und Earls Edgcumbe und Edgcumbe-Piers waren fest mit der Geschichte Cornwalls verbunden. Bereits die Lage des Parks auf der Halbinsel Rame war atemberaubend. Er ragte auf dreihundertfünfzig Hektar direkt gegenüber von Plymouth in die Meeresmündung des Flusses Tamar. In der Mitte der Halbinsel thronte das eigentliche Juwel, das romantisch wirkende Herrenhaus – im Tudor-Stil erbaut, mit Erkern, gedrückten Spitzbogenfenstern und vier hohen Flankierungstürmen statt der üblichen vier Hausecken. Dass alle vier Ecktürme mit Zinnen versehen waren, gehörte zur Architektur dieser Epoche.

Vor allem der riesige Park mit jahrhundertealten Bäumen zog die Besucher an. Es gab Englische, Französische und Italienische Gärten sowie einen Hirschpark und die gläserne Orangerie. Gewaltige Mammutbäume gehörten ebenso zum Gelände wie Palmen, Himalajafichten oder Tulpenbäume. Daneben ließ Cornwalls subtropisches Klima viele seltene Gewächse und endlose Flächen bunter Blüten gedeihen. Es gab Serpentinenwege an den Klippen, geschlängelte Wege durch Wiesen und Wälder sowie aufregende Sichtachsen zur Küste mit der Flussmündung und dem Meer. Das alles – und besonders das Herrenhaus – wollte gut verwaltet werden.

Gilbert hatte gerade die Sitzecke im ersten Stock erreicht, als er unten die Portaltür aufgehen hörte. Kurz darauf erklang die laute Stimme seiner Schwester Anne in der Halle.

«Himmel, ist das prachtvoll geworden! Da hat Gilbert sich aber angestrengt!»

«Natürlich hat er das», antwortete Seine Heiligkeit. «Er ist eben Perfektionist. Ich glaube, wir müssen die Treppe hochgehen …»

«Du liebe Zeit! Diese vielen Stufen?»

Amüsiert beugte sich Gilbert über die weiße Brüstung und winkte hinab. «Hier bin ich!»

Selbst kleine Familientreffen gab es bei den Doyles nie ohne Getöse. Schließlich kam Annes chronisches Schnaufen immer näher und sie standen sich alle auf der Galerie gegenüber. Von Anne gab es schmatzende Küsschen, dann nahmen sie plaudernd Platz. Da Francis direkt aus der Kathedrale kam, war er wie alle Bischöfe ganz in Schwarz gekleidet. Jeder in der Familie wusste, dass er sich hin und wieder einen schwarzen Armani-Anzug gönnte. Als Bischof verdiente er gut und pflegte außer seinen Bücher- und Kunstkäufen keine teuren Hobbys. Unter dem Jackett leuchtete das Kollarhemd in Scharlachrot, um seinen Hals hing das bischöfliche Brustkreuz. Wäre nicht das Bischofshemd gewesen, hätte man Francis für einen gut aussehenden, dynamischen Anwalt halten können, der gerade aus dem Gerichtssaal kam. Anne dagegen bot den für sie üblichen Farbtupfer – heute in einem gelb-blau geblümten und viel zu weiten Kleid aus ihrer Nähmaschine.

«Und, was sagst du zu Francis' Neuigkeiten?», platzte sie los. «Ist das nicht der Hammer!»

Gilbert wusste noch nicht viel, da Francis ihm nur das Wichtigste gesimst hatte. «Ja, klingt nach einem guten Fortschritt.» Er wandte sich an seinen Cousin. «Wie hast du das Kloster gefunden?»

Seine Heiligkeit lächelte geheimnisvoll. «Ein kleiner inoffizieller Austausch. Der Erzbischof und ich haben zusammen studiert. Bei ihm laufen auch die Personalien der Klöster zusammen.»

«Ah, verstehe.» Gilbert verzog anerkennend den Mund. Francis war ein grandioser Taktiker und seit jeher bestens vernetzt. «Wie heißt der Orden, dem April Thomson angehörte?»

«Schwestern der Milde. Früher waren sie weitverbreitet, heute besitzen sie nur noch ein Kloster ...»

«Und das auf den Scillies, Gilbert!», krähte Anne dazwischen. «Auf unseren Scillies!»

Der Bischof hob beschwichtigend eine Hand, damit seine Cousine nicht dauernd dazwischenplapperte, was sie gerne tat. «Bitte Anne, der Reihe nach!» Er wandte sich wieder an Gilbert. «Also, Folgendes konnte ich herausfinden. Gleich nachdem April Thomson zusammen mit Kate die Schule beendet hatte, war sie ja wie vom Erdboden verschwunden. Selbst Kate hatte nie wieder etwas von ihr gehört. Kein Wunder, denn zu ihrem achtzehnten Geburtstag hatte sie die Nonnen angeschrieben und um Aufnahme in den Konvent auf den Scilly-Inseln gebeten. Dem wurde stattgegeben. Der Archivar des Erzbischofs hat mir den Brief gestern am Telefon vorgelesen. Allerdings blieb sie nur zwei Jahre dort im Kloster, dann verschwand sie unter seltsamen Umständen.»

«Was heißt das, *unter seltsamen Umständen*?», wollte Gilbert wissen.

«Es sollen sogar dramatische Umstände gewesen sein, leider wollte mir der Archivar nicht mehr verraten. Er verwies mich an das Kloster selbst.» Francis hob die dichten Augenbrauen. «Wenn ihr mich fragt – sie hat was angestellt. Damals bedeutete *dramatisch* meist *unmoralisch.*»

«Und nur die Schwestern können Details darüber wissen?»

«Ja.»

Anne mischte sich ein. «Sind Nonnen nicht zum Schweigen verpflichtet? Manche reden doch den ganzen Tag nichts und müssen unentwegt beten …»

Der Bischof lächelte geduldig. «Das sind die Trappistinnen, Anne. Ein katholischer Orden. Wir Anglikaner sind geschwätziger.»

«Ist das so? Dann könnte man die Nonnen also befragen?»

«Durchaus.» Francis zog zwei Exemplare eines farbigen Computerausdrucks aus dem Jackett und übergab sie an Anne und Gilbert. «Hier, Informationen von der Internetseite des Konvents. Die Schwestern sind in der Krankenpflege tätig. Kein leichtes Unterfangen auf den Scillies mit ihren vielen Inseln, wie ihr euch denken könnt.»

«Auf welcher Insel befindet sich das Kloster?», wollte Gilbert wissen.

«Auf St Mary's. In Hugh Town.»

«Hugh Town?», rief Anne überrascht aus. «O mein Go…!» Sie sprach das Wort nicht ganz aus, weil sie die erneut hochgehenden Augenbrauen des Bischofs sah. «Ist ja gut, Francis, ich sag's ja nicht.» Sie blickte gerührt zu Gilbert. «Hugh Town, unser liebes Ende der Welt!»

Gilbert quittierte ihre Begeisterung mit einem Augenzwinkern. «*Dein* liebes Ende der Welt, Anne. Ich war ja meistens genervt.»

«Oh ja, das warst du.»

Als Kinder hatten sie beide dort zweimal die Sommerferien verbringen müssen. Warum nur sie und keine anderen Kinder aus der Familie, wusste heute niemand mehr. Nicht einmal Grandma. Angeblich hatten sie damals regelmäßig unter Husten gelitten. In Wirklichkeit konnte das aber keine so große Rolle gespielt haben, sonst hätte man sie nicht in einer Kammer über dem staubigen Heuschober der Bauernfamilie Hicks untergebracht. Anne war damals noch in der Grundschule gewesen, ihr sechs Jahre älterer Bruder auf dem Internat. Wenn sie nicht unter der strengen Anleitung von Mrs Hicks auf dem Feld mithelfen mussten, waren sie stundenlang mit Fahrrädern über die Insel gekurvt. St Mary's war die größte der fünf bewohnten Scilly Islands. Dennoch konnte man selbst sie an einem Tag zu Fuß umrunden. Insgesamt gehörten einhundertvierzig kleine und kleinste Eilande zu dem Archipel, das wegen des azurfarbenen Meers, der weißen Strände und der tropischen Vegetation auch *Südseeinseln im Atlantik* genannt wurde. Es lag nur fünfzig Meilen vor der Küste von Land's End.

Es war Seine Heiligkeit, der ohne Umschweife die nächste Frage stellte. Sie war nur logisch. Er blickte von Gilbert zu Anne. «Also dann, wer von euch fährt? Ihr seid die Einzigen, die dafür infrage kommen.»

«Moment mal», sagte Anne. «Was schaust du mich so an? Ich besitze einen Laden, Francis, und ich muss diese Woche Inventur machen …»

«Kann das nicht dein Mann übernehmen?», fragte Gilbert. «Du wärst perfekt für die Reise, Anne. Ich kann hier nicht weg, Mount Edgcumbe bekommt morgen vier neue Lüster. Die Montage dauert eine Woche. Du wolltest doch immer mal wieder auf die Scillies.»

Anne schnaufte unwillig. «Und wie soll ich da hinkommen, bitte schön? Ihr wisst doch, dass mir auf Fähren übel wird. Außerdem nehme ich gerade ein neues Allergiemedikament, das muss drinbleiben, wenn du verstehst, was ich meine.»

Es war immer dasselbe mit Anne, dachte Gilbert. Ihre Überempfindlichkeit war ein Dauerthema. Allerdings hatte er Verständnis dafür, dass sie sich vor der Fährenüberfahrt nach St Mary's drückte. Von Penzance aus dauerte sie zwar nur zweidreiviertel Stunden, konnte aber ziemlich rau sein. Doch es gab ja eine Alternative. Gilbert suchte den Blick seines Cousins.

«Und wenn Francis und ich dir den Hubschrauberflug spendieren? Fünfzehn Minuten nach St Mary's, das schaffst sogar du.»

Annes Gesicht hellte sich schlagartig auf. «Das würdet ihr tun?»

Gilbert kam der Verdacht, dass sie nur darauf gewartet hatte, aber er blieb entspannt.

«Wenn Francis einverstanden ist?»

«Natürlich», bekräftigte der Bischof schnell. «Schließlich vertrittst du die Familie. Du fliegst morgens hin und abends wieder zurück.»

Annes Anspannung ließ sichtbar nach. Plötzlich sah sie sehr zufrieden aus. Ihr wohlgenährtes Gesicht mit den vor Aufregung geröteten Wangen zeigte ein erleichtertes Lächeln. «Wie spannend! Gut, dann steht meinem Flug wohl nichts mehr im Weg.» Sie zog ein kleines Büchlein mit angeklemmtem Bleistift aus der Handtasche und schlug es auf. «Lasst uns besprechen, wie ich vorgehen soll.»

Auch das war Anne. Erst machte sie um alles ein gewaltiges Tamtam, dann konnte sie überraschend pragmatisch sein. Immerhin war sie eine tüchtige Geschäftsfrau, deren Bioladen in Truro recht gut lief. Das Einzige, was man berücksichtigen musste, war ihr unberechenbarer Hang zum Chaos, sobald eine Sache ihr über den Kopf zu wachsen drohte. *(Anne kann nur mit dem Bauch denken*, sagte Grandma immer, *eine Blähung, und sie ist aus dem Konzept.)* Da Gilbert und Francis das wussten, begannen sie ohne Umschweife, einen Katalog von Fragen zusammenzutragen, die Anne den Nonnen stellen konnte, wie zum Beispiel: Welchen Charakter zeigte April Thomson während ihrer Zeit auf der Insel? Hatte sie Kontakte auf der Insel und außerhalb? Worum handelte es sich bei dem geheimnisvollen Ereignis, das ihren Rauswurf aus dem Kloster zur Folge gehabt hatte?

Anne kritzelte alles brav mit, insgesamt vier Seiten lang. Als sie mit allen wichtigen Punkten durch waren und weder Francis noch Gilbert weitere Anmerkungen hatten, klappte sie ihr Büchlein wieder zu. «Huh», stöhnte sie. «Ich hoffe, dass krieg ich alles so hin …»

«Das wirst du», beruhigte sie Gilbert. «Du kannst doch gut mit Leuten. Wann möchtest du fliegen?»

«Morgen Vormittag. Dann hab ich's hinter mir.»

Gilbert lächelte erleichtert. «Ich kümmere mich darum. Das Ticket lass ich dir aufs Handy schicken.» Er wusste, wenn seine Schwester erst mal in Bewegung war, konnte man sich auch auf sie verlassen.

«Und ich werde dir ein offizielles Empfehlungsschreiben für die Schwestern mitgeben», erklärte der Bischof. «Das wird dir alle Türen öffnen.»

«Wie aufregend!», rief Anne. Jetzt waren auch ihre Ohren gerötet. «Und bitte vergiss nicht reinzuschreiben, dass ich am liebsten Rohkost esse und jemanden bräuchte, der mich am Flughafen abholt.»

Gütiger, dachte Gilbert, hoffentlich haben die Nonnen gute Nerven.

15.

Morwenna saß mit ihrer Großmutter im Café *Springtime* in Fowey, in der halbrunden Nische, wo samstags der Gartenverein zu tagen pflegte. Jetzt, am Donnerstagvormittag, war nicht viel in dem Café los. So konnten die beiden ungestört überlegen, wie sie DCI Doyle beibringen sollten, dass sie auf eigene Faust im Seniorenheim recherchiert und Lewis Grenvilles Tod als kaltblütigen Mord entlarvt hatten. Die Angelegenheit erschien ihnen vertrackt. Offenheit war gut, aber Morwenna fand – quasi mit der jugendlichen Faust in der Tasche –, dass es nicht fair wäre, wenn die Polizei jetzt doch wieder alles an sich riss und die Lorbeeren einheimste. Emily amüsierte sich königlich darüber. Das richtige Maß an Aufmüpfigkeit hatte ihr schon immer imponiert.

Schließlich riefen sie Kate auf der Farm an und baten sie um Rat.

«Es hilft ja nichts», mahnte Kate, nachdem sie sich Morwennas Bedenken angehört hatte. «Ein Kapitalverbrechen darf man nicht verschweigen. Ihr müsst auch alles abgeben, was Bill Byrne euch im Park ausgehändigt hat. Fragt David, er wird es euch bestätigen.»

«Könnten wir es nicht noch ein oder zwei Tage behalten?», wollte Grandma wissen. «Das würde uns einen schönen Vorsprung verschaffen.»

«Nicht mal das», antwortete Kate. «Spuren müssen gesichert

werden, die Polizei muss Mitbewohner verhören, euer Mr Riffle muss aussagen … Ihr *müsst* es sagen, Grandma. Du kennst das doch aus Grandpas Akten.»

«Also gut. Wir werden uns was einfallen lassen.»

Nachdem Großmutter und Enkelin zwei weitere Zitronentörtchen verspeist, vier Tassen Kakao getrunken und sich die Köpfe heiß diskutiert hatten, stand die Lösung fest. Morwenna würde allein nach Bodmin fahren und dort in der Polizeizentrale ihre Aussage machen. Mit ihrem frechen Mundwerk würde sie es DCI Doyle nicht leicht machen. Außerdem, das sagten jedenfalls ihre Kommilitoninnen, konnte sie das perfekte Pokergesicht aufsetzen. Warum hatte die Polizei auch einen unfähigen Sergeant auf den Tod von Lewis Grenville angesetzt, der es ganz natürlich fand, dass ein Mann mit sechsundachtzig Jahren mit seinem Rollstuhl an einem Felsen landete?

Eine gute halbe Stunde später saß Morwenna vor DCI Scotts Schreibtisch, um ihre Aussage zu machen. Ihr Handy hatte sie wie zufällig auf einen dick zerknüllten Schal in ihre offene Handtasche gelegt. Kerstie Scott konnte ja nicht ahnen, dass Morwenna als Informatikstudentin einen Weg gefunden hatte, gleichzeitig Grandma und Kate über das eingeschaltete Handy mithören zu lassen.

Als Erstes händigte sie der Ermittlerin all das aus, was die Waldarbeiter neben dem Felsen gefunden hatten: Grenvilles Römerbuch sowie Aprils Brief an ihren Großvater samt dem geheimnisvollen Foto von den Römerresten und den grauslichen Fingerknochen. Alles sauber in Grandmas professionelle Spurentüten verpackt. DCI Scott sah Morwenna fassungslos an, riss sich dann aber zusammen und begann mit ihren Fragen. Nachdem sie zunächst fast kommentarlos alle Fakten zur Kenntnis genommen und notiert hatte – sodass Morwenna bereits Enttäuschung spürte –, platzte schließlich doch noch der Ärger aus DCI Scott heraus. Es war nicht so, dass Morwenna die Polizei nicht mochte, aber sie wusste von Kate, wie distanziert Kerstie Scott sein konnte und dass sie nicht einen Deut dafür dankbar gewesen war, wie sehr Kate und David sich bisher engagiert hatten.

SCOTT: Warum hat Ihre Großmutter mich nicht angerufen?

MO: Reden Sie nicht mit Studentinnen?

SCOTT: Natürlich, aber ganz offensichtlich war Ihre Großmutter im Seniorenheim die Hauptakteurin.

MO: Nur, weil Sie bei unserem Versuch im Rollstuhl saß? Bitte seien Sie nicht diskriminierend. Hätte Ihr Sergeant diesen Test gemacht, wäre ihm sofort aufgefallen, dass das Märchen vom Rollstuhlunfall nicht stimmen kann.

SCOTT: Wir werden das heute Nachmittag prüfen, falls Sie nicht alle Spuren zerstört haben.

MO: Nachmittags könnten die Spuren tatsächlich zerstört sein. Sie sollten auf Ihre Wetter-App schauen. Ab fünfzehn Uhr gibt es nämlich eine Regenwahrscheinlichkeit von siebenundsechzig Prozent.

SCOTT: Wir sind unterbesetzt, Miss Doyle! Wenn Ihre Familie das nur mal begreifen würde!

MO: Ich studiere in Plymouth auch das Fach Management. Mein Professor würde sagen: Dann lassen Sie Ihre Beamten weniger Strafzettel verteilen.

SCOTT: Nur mal zur Klarstellung. Der Sergeant, der im Seniorenheim ermittelt hat, ist eine Leihgabe aus Exeter. Er ist noch jung.

MO: Ich bin auch jung. Darf ich mich deshalb blöd anstellen?

SCOTT: Ah, eine kleine Kämpferin!

MO: Wenn Sie das *klein* bitte streichen würden? Ich bin kein Zwergkaninchen.

SCOTT: Ich werde es aus dem Protokoll entfernen. Sind Sie einverstanden, wenn ich Sie eine ganz Schlaue nenne?

MO: Ja. Und die *ganz Schlaue* hätte noch eine Frage. Warum hat man Lewis Grenvilles Leiche nicht zur Obduktion gebracht, nachdem klar war, dass er nur wenige Stunden vor dem gewaltsamen Tod seiner Enkelin verstorben ist?

SCOTT: Weil sein Hausarzt Dr. Stanhope ihm eine Schädelfraktur und einen Schlaganfall bescheinigt hat. Das war glaubhaft.

MO: Von meinem Großvater, der Richter am High Court war, habe ich gelernt, dass nur das glaubhaft ist, was man auch beweisen kann. Was ist, wenn Dr. Stanhope sich die Sache nur einfach gemacht hat?

SCOTT: Warum sollte er? Er ist ein angesehener Arzt.

MO: Und angesehene Ärzte haben immer recht?

SCOTT: Was soll die Frage?

MO: Laut einer Cambridge-Studie sind dreiundachtzig Prozent aller Todesbescheinigungen aus Unwissenheit fehlerhaft. Ich hoffe, Lewis Grenville wird wenigstens jetzt obduziert. Vielleicht ist er ebenfalls vergiftet worden.

SCOTT: Selbstverständlich wird sein Leichnam nun untersucht. Haben Sie sonst noch Fragen?

MO: Keine. War schön, sich mit Ihnen unterhalten zu haben, Chief Inspector. Falls Sie mal Nachwuchs-Informatiker brauchen …

SCOTT: Ich geb's weiter, Miss Doyle. Und sagen Sie Ihrer Großmutter, dass ich Sie beide wegen Beweisunterschlagung drankriegen könnte, weil Sie nicht schon gestern zu mir gekommen sind. Aber ich tu's nicht.

MO: Danke. Wir werden die Augen auch künftig offenhalten. Es geht doch nichts über eine gute Zusammenarbeit, Chief Inspector, oder?

SCOTT: Ach übrigens … (Sie beugte sich plötzlich grinsend über Morwennas offene Handtasche.) Wer immer das gerade auf dem Handy mitgehört hat – Miss Doyle hat ihre Sache hier nicht schlecht gemacht, finde ich. Weiter so!

Holy Shit, dachte Morwenna, als sie wenig später auf den langen Gängen der Polizeizentrale zum Ausgang zurückirrte, sie hatte Kerstie Scott total unterschätzt. Was war ein Pokerface wert, wenn es bei der Polizei nicht funktionierte?

16.

Als Peggy über die gekieste Auffahrt auf Sir Tyler Killigrews Landhaus zufuhr, sah sie den Baronet bereits vor der Haustür auf sie warten, im grünen Polohemd, den Kragen nach alter Polospielerart hochgestellt. Gut, dass sie so pünktlich war. Tylers Anruf heute Morgen hatte aufgeregt geklungen. Sie stellte den Motor aus, angelte noch schnell ein hübsch eingewickeltes Päckchen vom Rücksitz und verließ damit den Wagen. Sir Tyler kam ihr ein paar Schritte entgegen. Sein Polohemd spannte gewaltig am Bauch, aber so was störte ihn nicht.

«Hallo, Sir Tyler.» Mit der Energie eines Mannes, der zwar nicht mehr jung, aber immer noch voller Tatendrang war, streckte er ihr die Hand entgegen. Sie nahm sie und staunte einmal mehr, wie weich und empfindsam sie sich anfühlte. «Ich habe Ihnen etwas mitgebracht.»

Er blickte auf das Päckchen in ihrer Linken und hob erfreut die Augenbrauen. «Etwa meine Affen?»

«Ja, gestern aus London geliefert.» Peggy war ein bisschen stolz darauf, denn Sir Tyler hatte vor einer Woche seine geliebten drei Porzellan-Affen – *nichts sehen, nichts hören, nichts reden* – vom Schreibtisch fallen lassen, und sie hatte ihm versprochen, neue aufzutreiben. Schnell und zuverlässig zu sein gehörte zu ihrem Erfolg als Geschäftsfrau, damit konnte man jeden verblüffen.

«Himmel, sind Sie flott!», staunte der Baronet, während er ihr das Päckchen abnahm. «Kommen Sie rein. Ich kann kaum erwarten, mit Ihnen zu reden.»

«Sie machen es spannend, Sir Tyler.»

«Nein, ich bin nur ungeduldig.»

Lob konnte er schlecht vertragen, wie Peggy wusste. Er ging voraus, öffnete die wuchtige grüne Tür und ließ Peggy eintreten. Das Päckchen stellte er hinter der Haustür auf den Boden, damit er es später nicht vergaß. Wie es hier drin aussah, wusste Peggy. Die kleine Halle mit dem Stuckoval an der Decke war vollständig leer geräumt, jeder Schritt auf dem Parkett hallte. Es roch nach Staub. Rechts der Halle befand sich die Küche mit dem schweren schmiedeeisernen Aga-Herd, den nahezu jeder britische Adlige in seinem Landhaus unangetastet ließ. Daneben gab es ein kleines Bad sowie das traditionelle Spielezimmer, in dem sonst ein Billardtisch und das große Schachbrett standen. All das war für die Neumöblierung entfernt worden. Der Baronet ging an seinem Gast vorbei und riss die weiße Schiebetür zum Wohnzimmer auf. Seine Ungeduld war körperlich spürbar. Der Wohnraum war groß, mit ebenfalls hoher Decke und einer weißen, geschwungenen Holztreppe, die nach oben zu Tylers Arbeitsraum und den vier Schlafzimmern führte. Der taubenblaue Teppichboden verriet durch Flecke, dass er schon sehr alt war. Alles, was hier jetzt noch an Möbeln vorhanden war – das meiste hatte Sir Tyler ja bereits abtransportieren lassen –, stand aufgestapelt in einer Ecke. Ein zerkratzter Marmortisch, vier Stühle, zwei Sessel. Auch in diesem Haus gab es jenen Widerspruch, der nach Peggys Erfahrung typisch für den britischen Adel war. Das Ambiente ihrer Häuser war hochklassig, aber es wurde nur ungern etwas erneuert. Mottenlöcher in den Gardinen gehörten ebenso dazu wie Risse im Chintzbezug der Sessel. Peggy kannte einen Baumschulbesitzer, der König Charles in seiner alten Barbourjacke bei der Gartenarbeit beobachten durfte. So viele Flicken und genähte Risse hatte der Mann noch nie gesehen.

«Möchten Sie draußen sitzen oder im Haus?», fragte Sir Tyler. «Ich könnte uns hier Stühle hinstellen, wenn sie nicht muffig riechen. Die Polizei hatte die Möbel gestern wegen der Spurensuche vor die Haustür verbannt.»

«Gehen wir doch in den Garten», schlug Peggy vor.

Sir Tyler öffnete die beiden Flügel der quietschenden Terrassentür und führte Peggy über den perfekt manikürten Rasen zu einer weißen Bank. Ein Stück dahinter stand ein verglaster Pavillon. Auf dem Weg dorthin zeigte Killigrew auf ein frisch umgewühltes Blumenbeet. Ein Großteil der Dahlien mit roten und gelben Blüten lag zwischen Bergen von Erde am Boden.

«Das war die Polizei», erklärte er. «Man dachte, hier könnte was vergraben sein. Dabei hat nur ein Knochen unseres Labradors vor sich hingestunken. Sehen Sie sich diese Friedhofshaufen an», schimpfte er. «Jeder Maulwurf hätte die Arbeit besser durchgeführt.»

Peggy musste grinsen. «Sie sind ja mächtig in Fahrt», meinte sie. «Wird Zeit, dass Sie Dampf ablassen, glaube ich.» Sie wusste, dass Sir Tyler ein handfester Ton am liebsten war.

«Oh ja! Weiß Gott!» Der Baronet ließ sich auf die Bank fallen und rückte ein Stück zur Seite, damit auch Peggy Platz nehmen konnte. Als sie beide saßen, zog er ein Blatt Papier aus der Innentasche seines Jacketts und setzte sich die Lesebrille auf, die an einer Schnur um seinen Hals baumelte. Peggy konnte sehen, dass das Papier den Stempel der Polizeidienststelle Bodmin trug.

Doch zunächst sprach er nicht über dieses Papier, sondern über den gestrigen Polizeieinsatz. Der erneute Besuch der Spurensicherung hatte sich bis in die Nacht hingezogen. Hervorgerufen hatte den Einsatz Killigrews gestriger Anruf bei DCI Scott, so wie Peggy es ihm angesichts des eingeschlagenen Fensters geraten hatte.

«Was vermutet die Polizei?», fragte sie. «Wer könnte nach dem Mord hier eingebrochen sein?»

«Ein Komplize. Vielleicht sogar der Mörder. Wie gesagt, mein Haus war das letzte, in dem April Thomson und Jason sich mit ihrer Masche als Haushüter eingenistet hatten. Genau eine Woche vor ihrem Tod.»

«Also ist hier jemand eingestiegen, weil er annahm, dass die beiden etwas versteckt hatten?»

Sir Tyler nickte. «So scheint es. Und tatsächlich wurde hier gestern etwas entdeckt.»

«Lassen Sie mich raten? Drogen? Eine Waffe?»

«Nein. Die Spurenleute waren so clever, den Speicher des Druckers in meinem Büro zu kontrollieren. Zum Vorschein kamen ein paar meiner alten Rechnungen – und ein Foto, das April Thomson und ihr Galan dort kopiert haben mussten.»

Peggy wurde hellhörig. «Was war darauf zu sehen?»

«Etwas Seltsames.» Sir Tyler blies seine gemütlichen Churchillbacken auf. «Zunächst mal der Teil eines Gartens mit Springbrunnen. Im Hintergrund konnte man drei Säulen sehen, die zu einer Art überdachtem Wandelgang gehörten. Sie wissen, wie bei vielen unserer alten Herrenhäuser ...» Er brach ab und zeigte auf Peggys Handy in ihrer offenen Handtasche. «Ach, sehen Sie sich das Foto am besten selbst an. Ich hab's heimlich abfotografiert und Ihnen vorhin geschickt.»

Peggy rief das Foto bei sich auf und betrachtete es staunend. Links des Springbrunnens vor der genannten Villa war eine Grube ausgehoben, in der man alte Mauerreste erkennen konnte. Laut Sir Tyler vermuteten DCI Scotts Spezialisten, dass es sich um Überreste römischer Besiedlung handeln könnte. April und Jason könnten vorgehabt haben, die wertvolle Fundstelle zu räubern, die sich offensichtlich auf einem Privatgrundstück befand.

Vor Peggys Augen erschien augenblicklich die Mail, die Tante Emily und Morwenna nach ihrem Besuch im Seniorenheim an alle verschickt hatten. Auch darin war ein Foto mit Mauerresten erwähnt worden, allerdings in Großaufnahme. So hatte Grandma darauf auch noch die Finger eines toten Menschen zu erkennen geglaubt. Dieses Handyfoto gab das nicht her …

Peggy ließ sich nichts anmerken. «Sonst hat man nichts bei Ihnen gefunden?»

«Nein, nichts. Auch keine neuen Fingerabdrücke.» Killigrews Gesicht nahm einen verschwörerischen Ausdruck an. Plötzlich sah er wie ein großer Junge aus, der heimlich etwas ausgeheckt hatte. «Aber das hier, liebe Peggy, das ist eine Bombe!» Er hielt das Papier mit dem Polizeistempel hoch. «Die Liste mit den Namen der anderen zehn Leute, denen April und ihr Freund im Laufe der Zeit die Häuser leer geräumt haben! Der Sergeant hat sie mir dagelassen, damit ich ihm morgen sage, ob ich jemanden davon kenne. Alle auf dieser Liste wohnen in Cornwall oder Devon.» Er begann vorzulesen. Dabei baumelte die Schnur der Lesebrille neben seiner Nase hin und her. «Lord Battingham aus Plymouth, Lady Olivia Premm aus Zennor, Lord Dunborough aus Bodmin, Phyllis Craig von Craig-Zement in Tavistock, Sir Richard Humford aus Torquay, Lady Jane Pritchat …»

So ging die Liste weiter. Schon die ersten fünf Namen ließen Peggy begreifen, was Sir Tyler ihr mitteilen wollte: dass es sich bei den Bestohlenen ausschließlich um Mitglieder des englischen Adels oder Geldadels handelte. Das konnte kaum ein Zufall sein.

Der Baronet ließ die Liste sinken. «Klingt wie Klassenkampf – nur die sogenannte *old upper class* ist es wert, ausgenommen zu werden. Sie wohnt ja in schönen alten Häusern. Dabei ist das dämlich. Leute wie Lord Dunborough haben nur noch ihren Namen und ihre Erbstücke, bei Lady Olivia ist seit einem Jahr das Dach undicht. Sie musste gerade nach Schottland pilgern, um ihre Schwester anzubetteln. Für diese Zeit hatte sie die Haushüter engagiert …»

Durch Peggys Kopf schoss ein Gedanke. «DCI Scott erwähnte, dass April und Jason im Internet für ihren Service geworben haben. Immer mit neuen Firmennamen. Es können sich doch nicht nur Adelige auf ihre Anzeigen beworben haben, oder? Wie haben Sie denn damals den Kontakt aufgenommen?»

«Ein Bekannter hatte mir von der Haushüter-Methode erzählt und mir eine Internet-Annonce zugemailt. Wir kaufen beide im selben Teeladen …» Sir Tyler stutzte, brach ab und schaute Peggy mit großen Augen an. «Sie meinen …?»

«Wie heißt der Mann?» Peggy ahnte, dass diese Spur heiß sein könnte.

«Lewis Grenville», erklärte der Baronet. «Ehemaliger Vizekonsul. Lebt heute in einem Seniorenheim.»

Die Sekunden, die Peggy benötigte, um die Information zu verarbeiten, reichten aus, um ihr Gesicht so überrascht wirken zu lassen, dass der lebenserfahrene Baronet darin wie in einem Buch lesen konnte. Noch bevor Peggy den Mund aufmachen konnte, fragte er: «Kommen Sie, Sie glauben doch nicht, er hätte damit zu tun?»

«Er hatte», sagte Peggy leise. «Grenville war April Thomsons Großvater und ist jetzt ebenfalls tot.»

Nun war es raus.

Es dauerte einen Moment, bis Killigrew seinen ersten Schock überwunden hatte. Kopfschüttelnd blickte er einer Elster hinterher, die auf einem der zerwühlten Beete gelandet war und dort wild nach Käfern pickte. So sprachlos hatte Peggy ihren Auftraggeber noch nie erlebt. Schweigend hörte er sich an, was Emily und Morwenna bei ihren Recherchen im Seniorenheim über

Grenvilles Tod herausgefunden hatten. Nur über die Großaufnahme von den Römermauern und den Fingerknochen schwieg sie weiterhin.

Als die Elster fertig war, hatte Sir Tyler sich wieder gefangen. «Gut», fasste er zusammen, «ich war also ein Idiot. Ich kannte Grenville ja nur flüchtig. Was schließen wir daraus?»

«Dass die Sache System gehabt haben könnte. Vielleicht bekamen auch die anderen Geschädigten Tipps von Lewis Grenville.»

Sir Tyler lachte bitter auf. «Grenville als Komplize seiner Enkelin! Unfassbar!»

«Vielleicht hat das Duo ihn dafür bezahlt? Grenville soll ein Egoist gewesen sein.»

Mit einem Schlag zeigte Killigrew erneut seine tatkräftige Seite. Er sprang auf und zog sein Handy aus der Hosentasche. «Gut, dann legen wir los! Ich habe von allen die Telefonnummern. Am besten teilen wir uns auf. Ich rufe die ersten sechs Leute an, Sie die übrigen fünf.»

Die Idee gefiel Peggy. Es gab nur ein Problem. «Warum sollten Lady Olivia oder Sir Richard Humford mit mir reden? Sie kennen mich doch nicht?»

«Sagen Sie ihnen, sie seien meine Assistentin und es gehe um *VIPER*.»

Peggy wurde neugierig. «Was bedeutet das?»

Der Baronet fixierte sie zwei Sekunden, als würde er noch überlegen. Dann sagte er: «Schwören Sie, dass Sie es danach wieder vergessen.»

«Ich schwöre.»

«Es ist ein Codewort unter ... nun ja, gewissen Familien. VIPER bedeutet *Very Important Personal Research*.»

So macht der Adel es also, dachte Peggy überrascht. Kein Wunder, dass die Peers so lange ungestört unter sich bleiben konnten. Natürlich würde sie ihren Schwur auch halten, nur gegenüber ihrem Mann und bei Kate würde sie vielleicht eine klitzekleine Andeutung machen. Das durchlöcherte so einen Schwur bestimmt nicht wesentlich …

Sie legten los. Sir Tyler schrieb Peggy die Telefonnummern *ihrer* Adligen von der Liste auf, dann verteilten sie sich im Garten und riefen die Leute an. Während Killigrew bei einem der Blumenbeete telefonierte – die freie Hand lässig in der Hosentasche –, wanderte Peggy mit ihrem Handy und einem Zettel voller Nummern zum Pavillon hoch und setzte sich dort auf eine Mauer. Der Erste, den sie erreichte, war Sir Richard Humford. Er klang zwar nicht ganz nüchtern, war aber sehr nett und ließ den guten *Tylie* herzlich grüßen. Bereitwillig erzählte er, dass der Tipp mit den Haushütern von seinem Friseur stammte, der ihn wiederum von einem anderen Kunden erhalten hatte, einem Mr Grenville aus dem Seniorenheim in Looe. Peggy bedankte sich höflich, legte auf und rief Lady Jane Pritchat an. Bei ihr war die Sache anders gelaufen. Sie hatte früher als Sekretärin im Londoner Außenministerium gearbeitet und kannte Lewis Grenville von den Pensionärstreffen. Da sie für mehrere Wochen ihre Tochter in New York besuchen wollte, hatte er ihr die Internetseite der vertrauenswürdigen Haushüter *Mary & Mark* zugemailt. Nachdem Lady Pritchat dann ihr Desaster mit den beiden erlebt hatte und kräftig ausgeraubt worden war, mailte sie Lewis Grenville und berichtete ihm davon. Grenville schrieb bedauernd zurück, auf die Internetseite habe ihn ein Mitbewohner des Seniorenheims aufmerksam gemacht.

So ging es immer weiter. Auf irgendeine Weise war in fast allen Fällen Lewis Grenville beteiligt. Lediglich Phyllis Craig, eine wohlhabende Zementwerk-Unternehmerin, hatte nicht mit Grenville in Verbindung gestanden. Sie hatte den Hinweis auf die neu gegründete Haushüterfirma *Safe & Friendly* von ihrem Hausarzt Dr. Stanhope erhalten, dem sie wiederum von einer Patientin zugespielt worden war.

Zehn Minuten später hatte auch Sir Tyler seine Liste abtelefoniert. Sein Ergebnis klang ähnlich. Nur in zwei Fällen war Lewis Grenville nicht involviert gewesen. Dabei wurde deutlich, dass sich April und Jason nach jedem Raub einen neuen Firmennamen zugelegt hatten. Logischerweise waren auch ihre Telefonnummern höchst vergänglich, wie Sir Tyler durch die Polizei wusste. Sie hatten ausschließlich irische Prepaid-Handys benutzt. In ihrem kriminellen Geschäft schien es nur eine Konstante gegeben zu haben – Aprils Großvater als graue Eminenz.

«Ich versteh's nicht», räsonierte Sir Tyler, während er sein Handy einsteckte. «Warum hat ein Mann wie er so etwas getan?»

«Wir werden es herausfinden», versprach Peggy. «Vielleicht hat Tante Emily eine Erklärung.»

Bei Emily Doyles Namen hellte sich Killigrews Miene auf. Die beiden kannten sich aus den goldenen Jahren des Jachtclubs in Looe. «Sagen Sie Emily, ich zähle auf sie», bat er. «Vor dreißig Jahren hat sie mal grandios den Diebstahl von Segeln aufgeklärt. Ihr Gerechtigkeitssinn ist gewaltig.»

«Oh ja», stimmte Peggy ihm zu. «Selbst mit Mitte achtzig noch.»

Ein kleines ironisches Lächeln umspielte Sir Tylers Churchillmund. «Wir hatten früher einen Spruch, wenn die Doyles auftauchten: *Geht es um die Family, kämpft keiner so wie Emily.*»

Durchaus passend, dachte Peggy nicht ohne Stolz auf ihre Tante, aber viel zu harmlos. Wenn Sir Tyler ahnen würde, wie sehr Emily sich bereits in diese Mordfälle verbissen hatte …

17.

David nannte es augenzwinkernd *Das Wunder von Trewistle.* Das Findel-Lamm Willow entpuppte sich als Riesenüberraschung. Es hatte keinen Tag gebraucht, um sich in der Herde zu integrieren – und schon zeigte es Anführerqualitäten. Wann immer man auf die Weide kam, stand der kleine Bock im Kreis der anderen Lämmer, als würde er ihnen etwas Interessantes mitteilen. Danach dauerte es meist nicht lange, bis er seine stämmigen Romney-Beinchen in Bewegung setzte und auf irgendein Ziel zuhoppelte. Die anderen Lämmer folgten ihm stürmisch. Meist machten sie gemeinsam Unfug, etwa indem sie versuchten, am Drahtzaun hochzuspringen und ihn ein bisschen auszubeulen. Gerne übten sie auch Bockspringen und hüpften über herumliegende Schafe im Verdauungsmodus …

Kate hatte auch beobachtet, wie Willow versuchte, gleich über zwei Schafe hinwegzuspringen, ein neuer Rekord. Unerfahren wie er war, landete er am Ende ungebremst im Drahtschutz, der die Rinde des Apfelbaums vor dem Anknabbern schützte. Dort steckte er dann mit seinen Hörnchen fest. Erst Schaf Camilla konnte ihn mit einem geschickten Kopfstoß aus dem Dilemma befreien.

Überhaupt schien die intelligenteste Aue der Herde ganz vernarrt in den Neuzugang zu sein. Ständig behielt Camilla ihn im Blick. Dabei lag etwas Wohlwollendes in ihren großen Augen, als wollte sie sagen: *Ist er nicht süß! Und so mutig!* David vermutete, dass ihre Sympathie für Willow daher rührte, dass sie zwei Jahre lang kein Lamm geworfen hatte. Möglicherweise war Sinclair einfach der falsche Bock für sie.

Als Kate vormittags mit zwei neuen Lecksteinen auf der Weide erschien, lag die gesamte Herde beim Wiederkäuen. Es war die heilige Zeit der Verdauung. Dabei wurde das grob zermalmte Gras ein weiteres Mal für die ersten drei Mägen vorbereitet, bevor es im Labmagen endgültig verdaut wurde. Als einziges Schaf stand Camilla auf und schlenderte neugierig auf Kate zu. Ihre viele Wolle ließ sie groß wie ein Bock wirken. Willow lag mit umgeknickten Pfoten neben seinem besten Freund am Bauch einer kräftigen Aue und wiederkäute mit geschlossenen Äuglein vor sich hin. Wie rührend, dachte Kate, vielleicht träumte er beim Geruch der Zitzen von seiner verlorenen Mutter.

Das Aufhängen der Salzlecksteine war schnell gemacht. Mit routiniertem Blick kontrollierte Kate auch das Wasser der automatischen Tränke, dann konnte sie sich Camilla widmen. Als kluge Aue spürte Camilla von ganz allein, dass Kate heute etwas Besonderes mit ihr vorhatte. Es war wieder Zeit für ein *Schafsgespräch.* So nannte Kate ihre fiktiven Unterhaltungen mit Camilla, die sie seit einiger Zeit für die Zeitschrift *Literary Quarterly* schrieb. Die Leser liebten diese Rubrik. Durch sie, durch die Buchkritiken, die Kate für mehrere Magazine verfasste, und dank der Sponsorengelder für ihren erfolgreichen Podcast verfügte Kate über ein regelmäßiges Einkommen. Zusammen mit Davids Honoraren als Dozent für Verhaltensforschung in Exeter reichte ihr Geld, um die Farm solide zu unterhalten. Da sich die Wollpreise seit Jahren nicht aufwärtsbewegt hatten und David seine Tiere ausschließlich zur Zucht einsetzte, waren Kates literarische Einnahmen eine wichtige Quelle. Weitere Farmeinnahmen gab es nur noch aus der Verpachtung einer Scheune und zweier Wiesen.

Als erwiesenermaßen intelligentestes Schaf Cornwalls vermochte Camilla etwas, das David – ganz der Verhaltensforscher – *kognitive Höchstleistung* nannte. Sie schien sich außergewöhnlich schnell auf ihr Gegenüber – egal, ob Mensch oder Tier – einstellen zu können. So war Kate auf den Gedanken gekommen, Camilla Fragen zu stellen, dabei den Ausdruck ihrer großen, klugen Augen zu beobachten und daraus eine Antwort auf ihre Fragen herzuleiten. Natürlich, es war ein Spiel mit Kates eigener Fantasie. Aber David hatte sie liebevoll dazu ermutigt. Nach seiner Auffassung funktionierte die Kommunikation mit Tieren nur mithilfe von Einfühlungsvermögen und Fantasie.

Kate hatte Camilla eine Tüte mit Apfelstücken mitgebracht. Zum Glück achteten die anderen Schafe nicht weiter auf sie. Erwartungsvoll setzte sie sich vor Camilla ins Gras und hielt ihr das erste Apfelstück hin. Das Schaf nahm es, ließ es mampfend im Maul verschwinden und blickte Kate an. Die waagerechten Schafspupillen wirkten geheimnisvoll.

«Na dann», begann Kate und lächelte so einladend wie möglich. Schafe mögen es, wenn man lächelt, hatte ihr David beigebracht. «Legen wir los. Bist du so weit?»

Camilla leckte ihr über die Hand und bewegte die Ohren. Kate nahm es als Einverständnis.

Kate: Erste Frage: Sind alle nett zum neuen Lamm?

Camilla: Doch, sie geben sich Mühe. Der Kleine ist lustig. Aus ihm wird mal was. Hat Glück, dass der Bock nicht hier ist. Er gibt den Jungen gerne was auf die Hörner.

Kate: Vielleicht brauchen wir mal einen neuen Bock.

Camilla: Seien wir ehrlich. Niemand braucht den Bock das ganze Jahr. Warum schickst du ihn nicht nach dem Sommer kurz vorbei, er erfüllt seine Pflicht und verschwindet wieder?

Kate: Dann wäre es keine richtige Herde.

Camilla: Nicht jede hat so viel Glück wie du.

Kate: Wie meinst du das?

Camilla: Du hast einen netten Bock.

Kate: Du meinst David? Ja, er erfüllt mir jeden Wunsch.

Camilla: Gibt es viele Menschenböcke? Man sieht hier nicht oft welche.

Kate: Ja, in etwa kommt auf jede Menschenaue ein Bock.

Camilla: Oje! Ich wusste, dass ihr euch das Leben schwermacht. Uns reicht der Ärger mit den Krähen. Unerträglich, diese Mistvögel. Man müsste ihnen die Flügel abnehmen.

Kate: Ich denke, du hältst die Weide für einen friedlichen Ort?

Camilla: Ist sie auch. Die Sonne geht auf, die Sonne geht unter, dazwischen liegt ein Tag mit Grasen und Nachdenken. Wenn das nicht friedlich ist.

Kate: Wie philosophisch! Und worüber denkst du nach? Über Wind und Wolken?

Camilla: Nein. Wie ich den Mistkrähen die Flügel ausreißen könnte …

Tatsächlich schaute Camilla in diesem Moment einem vorüberfliegenden Vogel nach. Kate amüsierte sich bei dem Gedanken, dass die gute Camilla so etwas wie eben tatsächlich gesagt haben könnte. Es stimmte, in letzter Zeit waren die Krähen, die sich früher nur im Moor herumgetrieben hatten, tatsächlich eine Plage geworden. Besonders gerne machten sie sich über das gelegentlich verabreichte Kraftfutter der Schafe her.

Kates Handy in der Jeanstasche klingelte. Es war eine unbekannte Nummer. Schnell schüttete sie Camilla die restlichen Apfelstücke vor die Füße, strich ihr noch einmal über das wollige Fell und nahm den Anruf an. Vielleicht war es Peggy, die vorhin einen Termin im Landhaus von Sir Tyler gehabt hatte.

Doch es war nicht ihre Cousine. Die aufgeregt flüsternde Stimme gehörte jemand anderem.

«Kate? Kate? Hier ist Michael Thomson …»

«Mike! Was ist los? Wo bist du?»

Er klang verängstigt wie ein kleines Kind. «In der Räucherkammer. In meinem Haus läuft jemand rum … durchsucht alle Zimmer … Ich … ich habe gestern was ziemlich Schlimmes rausgefunden und …» Er hörte abrupt auf zu sprechen und schien zu lauschen. «O Shit, jetzt ist er in der Küche …»

«Mike.» Mit ruhiger Stimme versuchte Kate, ihn zu ermutigen. «Ich rufe jetzt die Polizei an, okay? Versteck dich an den Klippen und warte, bis man dich rausholt.»

Sie wollte schon auflegen, um den Notruf zu alarmieren, als Mike sie stoppte. «Nein, nicht die Polizei! Das will ich nicht! Ich versuche jetzt, ungesehen vors Haus zu schleichen, und komme zu dir, okay? Mein Rad steht hinter den Büschen, da sehen sie mich nicht …»

«Sie?», fragte Kate. «Es sind mehrere? Mike, bitte sag mir, wer es ist, damit wir was unternehmen können, um dich zu schütz…»

Doch es war nur noch das Tuten im Telefon zu hören. Mike hatte aufgelegt.

Tief beunruhigt überließ Kate Camilla ihren Apfelstücken und rannte von der Weide. Erschrocken sprang ein Teil der Herde auf und schaute ihr irritiert nach.

Als sie auf der Suche nach David die Futterkammer im Stall betrat, war er gerade dabei, Säcke mit Kraftfutter zu stapeln. Etliche der Tiere hatten sich in den vergangenen Wochen Infektionen eingefangen und sollten wieder kräftiger werden. David sah Kates aufgeregte Miene und wusste sofort, dass etwas passiert war.

Sie erzählte ihm von dem Anruf. Auch er fand es merkwürdig, dass Mike ausgerechnet sie um Hilfe bat, so abweisend, wie er sie noch gestern behandelt hatte. Für einen Moment waren sie drauf und dran, trotz Mikes Abwehr die Polizei zu benachrichtigen, aber vielleicht brachte ihn das erst recht in Schwierigkeiten.

Was hatte er wohl rausgefunden? Auf jeden Fall musste es etwas sein, das mit ihm selbst oder mit April zu tun hatte. Etwas Belastendes? Etwas, das er unter keinen Umständen mit der Polizei teilen wollte?

David blickte auf seine Uhr. «Von Looe bis hierher braucht er mit dem Rad eine knappe halbe Stunde. Hoffen wir, dass er ungesehen verschwinden konnte.»

«Ja.» Kate schüttelte nachdenklich den Kopf. «Wenn Mike nur nicht so labil wäre. Ich weiß nicht, was wir ihm glauben können.»

Jetzt hieß es abwarten. Sie beschlossen, nicht hier im Stall, sondern im Haus auf Mike zu warten. Denn ab jetzt lief die Uhr. Es war 11:48 Uhr. Sie gaben sich fünfundvierzig Minuten an Zeit. Falls Mike bis dahin nicht auftauchte, musste ihm etwas zugestoßen sein.

12:10 Uhr. Die Atmosphäre im Wohnzimmer des Farmhauses kam Kate wie etwas Tickendes, auf Erlösung Wartendes vor. David hatte sich in die Sitzecke neben dem Kamin verzogen und lenkte sich ab, indem er am Laptop seinen halbjährlichen Bericht an den Züchterverband aufzusetzen begann. Doch Kate konnte das nervöse Trommeln seiner Finger auf dem Sofa sehen. Sie selbst hatte vor Unruhe angefangen, ihren Schreibtisch aufzuräumen, war dann aber in die Küche gehetzt, um einen starken Kaffee aufzubrühen. Wir machen gerade einen Fehler, hämmerte es unaufhörlich in ihrem Kopf, wir hätten DCI Scott sofort informieren sollen. Warum tun wir es nicht jetzt?

Das Festnetztelefon klingelte. Kate rannte in den Flur, wo der altmodische Apparat stand.

«Mike? Wo bist du jetzt?»

Doch es war nicht Mike. Stattdessen erklang die freundliche Stimme der Sekretärin ihres Vaters. *Meine effiziente Jessica*, wie Gilbert sie neulich lobend genannt hatte.

«Hallo, Kate, hier ist Jessica Morgan. Bitte verzeihen Sie, dass ich Sie zu Hause störe, aber ich brauche Ihre Hilfe …»

«Es ist doch nichts mit Dad, oder?», fragte Kate erschrocken. «Ich meine, wegen seiner Rückenschmerzen?»

«Nein, nein, der Rücken ist okay.» Jessicas Stimme senkte sich, Gilbert Doyle schien sich ganz in ihrer Nähe zu befinden. «Angeblich … Aber wenn Sie mich fragen, spielt er nur den Helden.»

Kate mochte die Assistentin ihres Vaters sehr, besonders ihren Humor, doch jetzt passte ihr der Anruf gar nicht. «Darf ich später zurückrufen, Jessica? Wir sind gerade etwas unter Druck.»

«Nein, bitte nicht auflegen!» Jessicas Stimme wurde dringend. «Ihr Vater fliegt in zwei Wochen zum Kunstkongress nach Miami, und wir brauchen unbedingt seine Passnummer.»

«Warum sollte ich Dads Pass haben?», fragte Kate irritiert. «Den hat er doch sicher in seiner Wohnung.»

«Nein. Er sagt, er habe neulich eine Aktentasche mit Prospekten und seinem Pass in Davids Arbeitszimmer stehen lassen. Bitte, Kate, schauen Sie schnell nach. Heute läuft die Frist für die Anmeldung ab und wir … Sorry, aber hier ist wieder mal der Teufel los.»

«Okay.» Kate gab sich geschlagen. Sie wusste ja, was der tägliche Besucherandrang für die Mitarbeiter von Mount Edgcumbe bedeutete. «Ich flitze mal schnell nach oben.»

Sie rannte die Treppe hoch. Tatsächlich lag die schwarze Aktentasche auf einem Stuhl neben Davids Schreibtisch. Hastig suchte sie darin nach dem blauen Pass, fand ihn und raste zurück ans Telefon.

«Hab ihn.» Konzentriert las sie die Passnummer sowie das Gültigkeitsdatum vor, während ihr David im Hintergrund Zeichen machte, dass sie sich beeilen sollte. Doch Jessica ließ sich Zeit und wiederholte noch einmal alle Zahlen und Buchstaben, bevor sie endgültig zufrieden war.

«Tausend Dank, Kate! Vielleicht kann ich mich mal revanchieren, indem ich Sie ins Beach-Bistro auf einen Drink einlade. Da geht Ihr Vater oft mittags mit mir hin.»

«Sehr gerne. Das machen wir.» Für eine Sekunde schoss Kate durch den Kopf, dass Ihr Vater und Jessica sich vielleicht längst viel näherstanden, als es im Job üblich war. Wenn da mal nichts im Gange war! «Also, bis dann, Jessica! Und sagen Sie Dad, er soll besser auf seine Sachen aufpassen!»

Jessica lachte. «Oh, das wird schwer! Aber ich will's versuchen.»

Als Kate den Hörer auflegte, stand David bereits wartend in der geöffneten Haustür. «Die Zeit ist rum. Wir sollten draußen nachsehen. Falls Mike nicht hier ist, rufe ich DCI Scott an.»

Sie liefen raus und stellten sich dorthin, wo sie den Zufahrtsweg bis zur ersten Kurve einsehen konnten. Keine Spur von Mike. Währenddessen suchten Davids Augen das Farmgelände ab, die Wiese hinter dem Bauerngarten, die Baumallee, die Weiden.

«Das Weidetor steht offen!»

Sein alarmierender Ausruf ließ Kate herumfahren. Tatsächlich, das Gatter der ersten Weide war nur noch locker angelehnt. Zwar schienen sich alle Schafe auf der Koppel zu befinden, doch sie zeigten Panik – aufgeregt drängten sie sich im Pulk an die hintere Zaunseite.

David rannte als Erster los, Kate folgte ihm atemlos. Als sie auf der Weide ankamen, entdeckten sie, dass im Zaunstück neben dem Tor ein gefaltetes Blatt weißes Papier steckte. Kate spürte, wie ihre Finger zitterten, als sie es vorsichtig herauszog. Es war mit blauem Kugelschreiber und mit Druckbuchstaben bekritzelt:

WIR HABEN UNS EIN PFAND GEHOLT. HÖREN SIE AUF, SICH EINZUMISCHEN. ODER SOLL IHR LAMM EIN OPFERLAMM WERDEN?

«Oh nein!» Schockiert gab Kate den Zettel an David weiter. Sie konnte sehen, wie sein Gesicht blass wurde. Hektisch begannen ihre Augen die Weide abzusuchen und die Schafe durchzuzählen. David tat das Gleiche. Das Ergebnis war niederschmetternd.

«Willow fehlt», stellte David mit belegter Stimme fest.

Und so war es. Ihr kleines fröhliches Lamm war entführt worden.

Kate begann zu weinen. Die Vorstellung, dass das zutrauliche Böckchen brutal aus dem Kreis der anderen Schafe gerissen worden war, ließ sich kaum ertragen. Es war barbarisch. Und vor allem, was versprach sich der Entführer davon?

David verschloss das Tor und nahm Kate fest in die Arme. Wie immer wirkte seine Umarmung beruhigend auf sie, auch die innere Stärke, mit der er selbst in einer solchen Situation die Ruhe behielt. «Ich weiß», sagte er, ihren Rücken streichelnd. «Es ist kein großer Trost, aber es klingt nicht, als ob ein grausamer Mensch diesen Zettel geschrieben hat. Er will uns beunruhigen, mehr nicht. Hätte er brutaler sein wollen, hätte er nicht von einem Pfand gesprochen.»

Kate wischte ihre Tränen ab. «Wie meinst du das?»

«Dass es jemand ist, der uns kennt und weiß, wie sehr wir an den Tieren hängen. Er hat nicht die Absicht, Willow zu töten. Sonst hätte er es gleich getan.»

Das leuchtete ein. Plötzlich kam Kate eine Idee. «Und wenn es Mike war? Du weißt, dass ich ihm nicht traue. Wenn er doch der Mörder ist, hat er ein Interesse daran, uns abzulenken, indem er sich als Opfer darstellt und uns verunsichert.»

David dachte nach. «Wäre denkbar. Vielleicht wollte er sogar, dass wir die Polizei informieren, das hätte ihn gut dastehen lassen …»

Doch Kate hörte nicht mehr richtig zu. An einem Nagelkopf im Tor hatte sie zwei Büschel weißer Schafshaare entdeckt. Sie bückte sich und zupfte die Fellteile ab. Es waren eindeutig Haare von Willow, gelockte Romney-Schafhaare. Augenblicklich stellte sie sich vor, wie das Lamm hier in Eile aus dem Gatter gezerrt und in ein Auto verfrachtet worden war.

David schien denselben Gedanken zu haben. Er stellte sich unter die Bäume und suchte nach Spuren von einem Fahrzeug. Sein Urteil stand schnell fest. «Keine Reifenabdrücke. Demnach hat der Wagen weiter unten geparkt.»

«Dann lass uns dort suchen! Bitte! Vielleicht ist Willow noch da!»

Sie rannten erneut los, zurück zur Einfahrt, jede Minute konnte entscheidend sein. Der oder die Entführer mussten ihr Auto irgendwo unterhalb der Farm geparkt haben, anders war das schnelle Verschwinden des Schäfchens nicht zu erklären. Kein Laie wäre in der Lage, mit einem heftig zappelnden Lamm eine längere Strecke zu laufen. Da konnte schon der Weg bis zur Farmeinfahrt zur Qual werden. Sie hetzten am Stallgebäude vorbei, dem Zufahrtsweg folgend, der sich in Kurven abwärts bis nach Sealton schlängelte und von Büschen und Bäumen gesäumt war. Wenn sich hier ein Auto versteckte, vermutete David, dann hinter der ersten, maximal zweiten Kurve. Von weiter unten wäre die Entfernung zur Farm zu weit gewesen.

Sie entdeckten die Katastrophe kurz vor der zweiten Kurve. Ein Auto war nicht zu sehen, aber mitten auf dem Weg lag ein furchtbar zugerichtetes Elektrofahrrad. Lenker und Vorderrad mussten mit großer Wucht ineinandergeschoben worden sein, ein verbeulter Torso, umgeben vom abgerissenen Sitz, Blechteilen und Glasscherben.

Während Kate fassungslos stehen blieb und eine Schrecksekunde brauchte, um zu begreifen, dass dies vermutlich Mike Thomsons Fahrrad war, bemerkte sie, dass David mit schnellen Schritten auf eine hohe Fichte am Straßenrand zuging.

«Hier rüber!», rief er ihr zu.

Sie folgte ihm, doch erst als sie vor dem Baum stand, sah sie, was David so schockierte. Unter den ausladenden Zweigen der Fichte lag Mike Thomson mit geschlossenen Augen im Gras. Sein Hals und seine Kleidung waren voller Blut, am Bauch und an der Schulter sickerte es immer noch aus dem Körper hervor.

David legte die Finger an Mikes Hals und fühlte den Puls. «Er lebt noch. Ruf den Notarzt! Ich muss ihn anders hinlegen, damit er das übersteht.»

«Was sind das für Verletzungen?», fragte Kate, während sie aufgeregt die Nummer tippte.

«Stichwunden, drei oder vier. Zuvor hat man ihn mit dem Auto angefahren haben, wie es aussieht.»

Sekunden später hatte Kate die Leitzentrale erreicht. Krankenwagen und Notarzt konnten in weniger als einer Viertelstunde da sein, auch die Polizei wollte man alarmieren.

Als zwölf Minuten später der Krankenwagen den Weg hochschoss, hatte Kate den armen Mike bereits mehrmals in Gedanken um Vergebung gebeten. So konnte einem das Misstrauen den Blick vernebeln … Aprils Bruder war tatsächlich in Gefahr gewesen.

Ein falscher Verdacht ist schneller als ein Wiesel, hieß eine kornische Weisheit. Kate hatte noch nie so schmerzhaft empfunden, wie viel Wahrheit darin steckte.

18.

Die beiden Stunden nach dem Auffinden des schwer verletzten Mike Thomson gehörten DCI Scott und ihrem Spurenteam. Während zwei Beamte aus allen Blickwinkeln *den Unfallort* fotografierten, wie die blutige Stelle in neutraler Polizeisprache hieß, stand DCI Scott mit Kate und David zusammen. Auf dem Clipboard in ihrer Hand klemmten ihre Aussageprotokolle. Neben ihr durchkämmten Männer der Spurensicherung die Büsche. Das Weiß ihrer Anzüge erinnerte Kate an Astronauten. Zehn Meter weiter unten, wo der Zufahrtsweg aus einem Stück Wald führte, hatten die Forensiker bereits Abdrücke besonders breiter Autoreifen entdeckt, die zum Täterfahrzeug gehören könnten. Das geschrottete Fahrrad lag immer noch auf der Straße.

Die Ermittlerin wirkte blass und überarbeitet. Auch als sie auf Davids Frage nach dem Stand der Spurensicherung antwortete, wirkte sie seltsam müde.

«Es war wohl, wie Sie bereits vermutet haben – die Täter haben Mr Thomson mit dem Auto verfolgt und ihn dann hier eingeholt. Der Crash mit dem Rad muss mit voller Wucht erfolgt sein. Trotzdem konnte Thomson noch aufstehen und sich bis zu dem Baum schleppen. Dort – und nur dort – wurde dann auf ihn eingestochen.»

«Warum sind Sie sicher, dass es mehr als ein Täter war?», wollte Kate wissen.

«Weil die Kollegen zwanzig Meter weiter oben auf dem Weg Schuhabdrücke im Sand gefunden haben, die eindeutig Richtung Farm weiterführten. Kurz vor Ihrem Stall gibt es noch andere Abdrücke.»

Kate durchfuhr ein Stich. «Heißt das, diese Leute haben auch unser Lamm gestohlen?»

«Sieht ganz so aus. Vermutlich haben sie es gleich in ihrem Fluchtwagen mitgenommen.»

«Nicht zu fassen.» David schüttelte angewidert den Kopf. «Wie kaltblütig muss man sein, um so auf einen Menschen einzustechen? Und anschließend noch ein unschuldiges Lamm direkt von unserem Hof zu holen, quasi vor unseren Augen …»

«Sie kennen doch die Antwort, Mr Pennymore», antwortete DCI Scott. Neben ihnen steckte der größere der beiden Spurensicherer gerade ein Stück Plastik und Metall in eine Tüte. «Täter dieser Sorte fühlen sich mächtig. Nur sie sind das Maß aller Dinge.»

Auch Kate hatte noch eine Frage. «Sie werden sicher Mike Thomsons Haus durchsuchen, oder? Mit dem Einbruch bei ihm hat offensichtlich alles angefangen.»

«Ja, mein Sergeant wird das übernehmen. Es gab heute Nacht eine schlimme Schießerei in St Austell, und wir müssen sehen, wie wir das alles trotz Personalmangels hinkriegen …»

Kate mochte nicht, wenn jemand über zu viel Arbeit jammerte, kein Doyle mochte das. Sicher, die britische Polizei war längere Zeit von der Politik im Stich gelassen worden, aber laut David besserte sich die Situation langsam wieder. Also überging sie die Bemerkung und wies Kerstie Scott darauf hin, dass Mike Thomson die Täter gekannt haben musste, was er ja in seinem Anruf angedeutet hatte.

«Wir waren ohnehin dabei, Thomsons Umfeld zu durchleuchten», erklärte die Ermittlerin. «Er hat Schulden bei einem Wettbüro und auf dem Haus liegen Hypotheken, die im September fällig werden. Da haben ihm der Mord an seiner Schwester und der Tod seines Großvaters nur recht sein können.»

Kate berichtete, wie ihr Besuch bei Mike abgelaufen war. Sie blieb sehr sachlich und hütete sich vor Spekulationen. Nur dass sie vermutet hatte, dass Mike unmittelbar nach dem Tod seines Großvaters in dessen Wohnung gewesen sein musste, um sich Grenvilles Uhren- und Münzsammlung zu sichern, deutete sie an.

«Richtig vermutet», bestätigte DCI Scott. «Der Mann vom Empfang im Seniorenheim, ein Mr Riffle, war von Mike Thomson dafür bestochen worden, ihn sofort anzurufen, falls Lewis Grenville einmal das Zeitliche segnete. Dass hat Riffle dann auch getan und Thomson heimlich ins Zimmer des Toten gelassen. Dort hat sich der Enkel dann ausgiebig bedient.»

Kate war erleichtert, dass sie keinen falschen Verdacht geäußert hatte. Immerhin ergab sich daraus, dass Mike nichts mit dem Mord an seinem Großvater zu tun hatte. Sonst hätte ihn ja der Rezeptionist nicht informieren müssen.

David mischte sich ein. «Dass die Täter auf Mike einstachen, könnte damit zu tun haben, dass er sie gut kannte und deshalb eine Gefahr für sie darstellte. Aber wer nimmt danach das Risiko auf sich, ein Lamm zu stehlen? Was soll diese Warnung an uns?»

Kerstie Scotts Blick wurde kämpferisch. «Oh, ich würde sagen, man hat bemerkt, dass auch Sie recherchieren.» Sie blickte von David zu Kate und wieder zurück. «Das tun Sie doch weiterhin, oder? Und zwar ausgiebig, wie mir die Aktion Ihrer Großmutter im Seniorenheim gezeigt hat.»

«Sie kannte Grenville eben», versuchte Kate abzuwiegeln.

Das Handy der Ermittlerin klingelte. Sie zog es aus einer Art Halfter an ihrem Gürtel, drückte den grünen Knopf und hielt es an ihr Ohr. «Ja, Paul?» Sie hörte einen Augenblick zu. «Gut, das wird uns weiterhelfen. Danke.»

Sie beendete das Telefonat und wandte sich an David, als würde nur er ihre Arbeit richtig würdigen können. «Ein Archäologe hat die Fotos der römischen Mauerreste analysiert. Ja, sie sind römisch, erstes Jahrhundert nach Christus. Da unser Mann alle britischen Ausgrabungen aus dieser Zeit kennt, vermutet er eine illegale Grabung. Die Mauern dürften hier irgendwo auf einem Privatgrundstück stehen. Viele Eigentümer melden das nicht, denn römische Funde stehen sofort unter Denkmalschutz. Vielleicht wollten April Thomson und Jason O'Connor die Artefakte verkaufen.»

«Und die Handknochen?», fragte Kate.

«Wohl nicht aus unserer Zeit. Ihrem Verfall nach tippt der Pathologe auf frühes Mittelalter.»

«Wenigstens das ist eine gute Nachricht», meinte David.

«Herrgott, ist dieser Fall kompliziert!» Scotts Ausruf klang verärgert. Sie schien sich sehr unter Druck zu fühlen, wollte sich aber nicht noch mehr in die Karten schauen lassen und erklärte die Vernehmung für beendet. «Ich denke, das war's ...» Ihr fiel noch etwas ein. «Nein, warten Sie, eine Sache noch.» Sie zog eine Plastiktüte aus der Tasche, in der sich ein silberfarbener Knopf befand, dessen Rand rot eingefasst war. Er ähnelte einem kleinen Jeansknopf oder dem Knopf von einem exklusiven Markenhemd. «Ihnen gehört der nicht, oder?»

«Nein», bestätigten Kate und David wie aus einem Mund.

Scott steckte die Tüte wieder ein. «Gut, dann stammt er vielleicht von einem der Täter.» Sie blickte auf die Uhr. «Ich brauche Sie dann nicht mehr. Wir filmen jetzt noch den Tatort und fahren anschließend nach Bodmin zurück. Ich melde mich wieder.»

19.

Auch wenn Kate den Rest des Tages lieber übersprungen hätte, wartete auf David und sie noch eine heilige Pflicht. Heute war Grandpa Edward Doyles sechster Todestag. Traditionell traf sich die Familie dazu nachmittags auf dem Friedhof von Truro, wo die Doyles seit hundert Jahren ein Familiengrab besaßen. Aber selbst dieses Gedenktreffen ging anders vonstatten als bei anderen Familien. Richter Edward Doyle hatte in seinem Testament angeordnet, dass nur ein einziges Mal Trauerworte über ihn gesprochen werden durften, nämlich bei der Beerdigung, und danach nie wieder. Humorvoll wie er gewesen war, wollte er, dass sich die vitalen Doyles seiner auch vital erinnerten. Jedes Jahr an seinem Todestag musste am Grab mit einem Singapore Sling angestoßen werden, seinem Lieblingsgetränk. Schließlich hatten Emily und er in Singapur ihre Flitterwochen verbracht.

Pünktlich um sechzehn Uhr waren die Doyles an der Grabstelle versammelt. Zum Glück blieb der angekündigte Regen aus. Das hohe Marmorkreuz und die steinerne Tafel mit den Namen der Verstorbenen befanden sich in einem weiß gekiesten Rondell, in dem drei bemooste Steinbänke standen und das von einer halbhohen Hecke umgeben war. Bis auf Tante Anne und Peggy war der engste Kreis anwesend: Grandma, ihre Söhne Brian und Gilbert, Kate und David, Morwenna, der Schwere Harvey und Bischof Francis, der ein Gebetbuch in der Hand hielt.

Bevor es richtig losging, berichtete Kate den Familienmitgliedern in knappen Worten von dem Überfall auf Mike Thomson und von Willows Entführung. Jeder war entsetzt. Um die Familie zu beruhigen, wiederholte Kate das, was David ihr vorhin zum Trost gesagt hatte: Es gab Hoffnung, das Lamm wiederzusehen, denn die Täter wollten mit der Entführung offenbar eine Drohkulisse aufbauen. Grandma Emily sah das genauso.

Als sich alle wieder beruhigt hatten, trat sie einen Schritt vor. Sie trug das fliederfarbene Kostüm, das Edward besonders an ihr gemocht hatte, obwohl es unterhalb des Revers einen großen schwarzen Brandfleck gab, der von Edwards Zigarre stammte. Kate wusste, dass Grandma fand, Edward sollte sich diesen Fleck ruhig ein Mal im Jahr ansehen.

«Liebe Meute», begann sie, «danke, dass ihr hier seid. Anne und Peggy sind entschuldigt. Anne geistert gerade in unserem Auftrag auf den Scillies herum und Peggy hat einen Geschäftstermin.» Sie wendete sich dem Marmorkreuz zu. «Und nun zu dir, Edward. Auch wenn ich nicht Buch darüber führe, kann ich doch sagen, dass sich unsere Familie seit letztem Jahr gut geschlagen hat. Die schreckliche Sache mit April Thomson und …» – Emily hüstelte kurz – «… Lewis Grenville hast du ja sicher mitbekommen. Deshalb lass mich lieber von den erfreulichen Dingen reden. Morwenna hat mit Erfolg die Zwischenprüfung bestanden, Kate und David produzieren ununterbrochen Lämmer …» Alle lachten, sodass Grandma sich lächelnd korrigierte. «Na ja, natürlich machen sie die nicht selbst. Und unser Brian ist für den wichtigsten britischen Forschungspreis in Biologie nominiert worden.»

Während Grandma fortfuhr und ein Resümee über die vergangenen zwölf Monate im Leben der Doyles hielt, fragte sich Kate, ob sie gerade richtig beobachtet hatte, dass Emily bei der Erwähnung von Lewis Grenville für einige Sekunden ihren Blick vom Marmorkreuz abgewendet hatte. Oder hatte sie sich geirrt?

Als Grandma am Ende ihrer Ansprache angekommen war, hatte sie mit Stolz jedes Familienmitglied einmal erwähnt. Da war sie sehr penibel.

«Du siehst also, lieber Edward», schloss sie, während sie ein letztes Mal seinen in Gold geschrieben Namen auf der Tafel fixierte, «wir machen unsere Sache nicht schlecht. Jetzt wird Francis für uns ein kurzes Gebet sprechen, dann wollen wir gemeinsam singen.»

Seine Heiligkeit trat vor und schlug sein Gebetbuch auf. Kate wusste, dass ihr Onkel als pragmatischer Doyle gerne Bibelstellen zitierte, die nicht allzu schlechte Laune verbreiteten. Er zog das Bischofskreuz unter dem schwarzen Sakko zurecht und erhob seine laute, kräftige Stimme. Vor Schreck flüchteten zwei Amseln aus der hohen Hecke am Nachbargrab. «Lieber Onkel Edward, liebe Meute, was predigt man einer Familie, die seit Generationen für ihren Tatendrang bekannt ist? Findet Ruhe und lauschet Gottes schöner Natur? Macht ihr ja doch nicht!»

«Hört, hört!», rief Brian, Edwards jüngster Sohn, während die anderen lachten.

Seine Heiligkeit zwinkerte ihnen zu und fuhr fort: «Deshalb habe ich heute ein paar Zeilen aus Prediger drei für euch mitgebracht.» Seine Stimme wurde noch lauter und schallte über die anderen Gräber hinweg. «‹Ein jegliches hat seine Zeit, und alles Vorhaben unter dem Himmel hat seine Stunde: Geboren werden hat seine Zeit, sterben hat seine Zeit; pflanzen hat seine Zeit, ausreißen, was gepflanzt ist, hat seine Zeit; töten hat seine Zeit, heilen hat seine Zeit; abbrechen hat seine Zeit, bauen hat seine Zeit; weinen hat seine Zeit, lachen hat seine Zeit; klagen hat seine Zeit, tanzen hat seine Zeit …›»

Kate bekam mit, wie Emily, die sich ziemlich schnell nach Beginn der Lesung neben Francis geschoben hatte, ihrem Neffen zuflüsterte: «Komm mal zum Schluss!»

Der Bischof sah kurz von seinem Gebetbuch auf und blickte sie irritiert an, folgte aber ihrem Rat und übersprang ein paar Zeilen. Er wusste, wenn seine Tante einen Plan verfolgte, konnte sie nicht einmal Gottes Wort aufhalten.

«‹Streit hat seine Zeit, Friede hat seine Zeit. Was geschieht, das ist schon längst gewesen, und was sein wird, ist auch schon längst gewesen; und Gott holt wieder hervor, was vergangen ist.›»

«Amen», rief Grandma in die Runde. Zum Dank für sein Verständnis klopfte sie Onkel Francis dankend auf die Schulter und winkte dann in Richtung Nachbargrab. Sekunden später erschien Morwenna im Rondell, auf der Schulter ein schwer beladenes Tablett, auf dem acht Gläser mit Singapore Sling standen. Sie hatte die Getränke in ihrem Auto mitgebracht und die Gläser auf dem Parkplatz gut gefüllt.

Während Mo die Gläser verteilte, begannen Gilbert und Brian als gute Söhne Grandpas Lieblingssong anzustimmen: *Always Look on the Bright Side of Life.* Er stammte von Monty Python, deren erste Auftritte Grandpa in einem Fernsehstudio miterlebt hatte. Von da an war er ein großer Fan der Gruppe geblieben.

Schnell fiel auch der Rest der Meute in das Lied mit ein, sogar Seine Heiligkeit, denn bei ihm ging Doyle eindeutig vor Dogma. Besonders begeistert krähte Emily mit, deren Singstimme im Alter rau geworden war. Sie liebte diese anarchisch klingenden Zeilen:

You'll see it's all a show
Keep 'em laughin' as you go
Just remember that the last laugh is on you
And always look on the bright side of life
Always look on the right side of life

Auch Kate und David schmetterten mit Inbrunst die Hauptzeilen, wobei Harveys brummiger Bass jede Harmonie torpedierte. Dennoch hätte die Lautstärke der Doyles jedem Pub Ehre gemacht. Kate bemerkte mit Schrecken, dass auf dem Hauptweg des Friedhofs ein Trauerzug mit schwarz gekleideten Menschen vorbeizog, einem braunen Eichensarg folgend. Angeführt wurde die Prozession von dem Geistlichen der Friedhofskirche. Fassungslos starrten die Trauernden zu den ausgelassenen Doyles hinüber. Bischof Francis hatte sich gerade noch rechtzeitig hinter dem großen Marmorkreuz verstecken können, damit ihn der Geistliche nicht entdeckte. Dieser raffte entrüstet sein weißes Gewand und gab den Sargträgern Zeichen, etwas schneller zu gehen.

Als die Prozession vorbeigezogen war und die Doyles ihren herzhaften Gesang beendet hatten, hoben alle ihre Gläser in Richtung Kreuz. Das hatte Tradition.

«Auf deine Seele, Dad!», riefen Gilbert und Brian gleichzeitig. «Du fehlst uns!»

Niemand schien zu bemerken, wie unruhig Emily heute wirkte. Klar, äußerlich ließ sie sich nichts anmerken. Sie war wie immer perfekt frisiert und lächelte souverän, während sie Brian den Arm tätschelte oder Harvey liebevoll in die Wange kniff, weil sie meinte, dass er schon wieder zugenommen hatte. Dass sie in Wirklichkeit unkonzentriert war, erkannte Kate daran, dass sie entgegen ihrer sonstigen Gewohnheit nur am Singapore Sling nippte und das Glas dann am Rand der Steinbank abstellte, von wo es fast heruntergefallen wäre, wenn Morwenna es nicht in letzter Sekunde aufgefangen hätte. Auch David hatte es bemerkt und riet Kate, sich um Grandma zu kümmern.

Kate trat neben ihre Großmutter. «Was ist los, Grandma? Wo drückt der Schuh?»

Emily blickte sie nachdenklich an. «Kein Schuh», meinte sie, «den kann man ausziehen. Aber ich habe eine Entdeckung gemacht.»

«Inwiefern?», raunte Kate, denn Harvey kam mit dem Glas in der Hand vorbei und blieb unschlüssig in ihrer Nähe stehen. «Im Hinblick auf die Morde?»

«Ja. Das heißt, eher mit Blick auf die Raubzüge, die April und ihr Freund begangen haben. Tyler Killigrews Erlebnisse haben mich darauf gebracht.»

«Willst du es mir erzählen?»

«Natürlich. Aber eigentlich sollten es alle erfahren, wenn wir schon gemeinsam ermitteln …»

Emily schaute sich um. Wie jedes Jahr hatte die Familie im Rondell und davor kleine Grüppchen gebildet. Im Hintergrund war die Beerdigungsprozession endlich an ihrem Ziel eingetroffen – ein offenes Grab am Südende des Friedhofs. Entschlossen klatschte Grandma in die Hände und rief in die Runde: «Zuhören, Kinder! Ich möchte euch etwas mitteilen!»

Augenblicklich stellten sich alle Ohren auf und jeder schaute sie erwartungsvoll an. Alle hatten noch ihre Gläser mit den Strohhalmen in der Hand. Harvey war der Einzige, der beim Saugen schlürfende Geräusche machte. Grandma straffte sich, hob den Kopf und erklärte: «Es geht um unsere Ermittlungen. Durch Kate wisst ihr von dem Drama um Mike Thomson, und Peggy hat euch von Tyler Killigrew erzählt.»

«Wie geht es Mike Thomson?», rief Morwenna. Kate fand sympathisch, dass ihre Cousine erst an den Menschen selbst dachte.

Grandma blickte zu David, der neben Kate stand. «David? Willst du uns was dazu sagen?»

David nickte. «Mike liegt im Koma. Die Ärzte wissen nicht, ob er durchkommt, geben die Hoffnung aber nicht auf.»

«Mein Gott», warf Gilbert kopfschüttelnd ein. «Was haben April und ihr Großvater da bloß angerichtet!» Er schaute kurz zum Marmorkreuz, wo selbst er als Intellektueller die Seele seines Vaters verortete. «Pa hatte recht, die menschliche Moral ist ein Käse mit Löchern.»

«Lassen wir diesen Käse», meinte Grandma zweideutig. «Ich möchte euch etwas ankündigen.» Sie holte tief Luft. «Durch Tyler Killigrews Aussage ist mir klar geworden, dass all die historischen Wertsachen, die April und Jason aus den Häusern der Adligen gestohlen haben, nur von einem besonderen Hehler verkauft werden konnten. Vom Besten der Besten unter den Gaunern, wie Edward immer sagte. Nun, zufällig kenne ich den Besten persönlich, das hatte sich mal vor Edwards Gericht so ergeben. Er lebt hier in Truro und könnte Aprils Hehler gewesen sein. Deshalb habe ich beschlossen, ihn aufzusuchen und ihm ein bisschen auf den Zahn zu fühlen. Hatten April und Jason vielleicht Auftraggeber? Gibt es Drahtzieher im Hintergrund? Drückt mir die Daumen!»

«Du willst dich mit einem Kriminellen treffen?» Es war Onkel Brian, der das entsetzt fragte. «Was ist, wenn er mit den Morden zu tun hat?»

«Das will ich ja gerade herausfinden.»

Auch Kate wollte nicht schweigen. «Wollen wir das nicht DCI Scott überlassen, Grandma? Oder soll nicht wenigstens David mitkommen?»

«Niemand kommt mit», entschied Grandma. «Ich treffe Mr X ganz allein.»

Wenn das Entsetzen der Familienmitglieder Geräusche gemacht hätte, wäre Truros Friedhof im Lärm ertrunken. Kate raunte David zu, dass er eingreifen sollte, doch dieser fand, das stehe ihm als Familienfremdem nicht zu. Nur Gilbert als alter MI5-Hase schien die Ruhe zu bewahren.

«Weswegen hat der Mann gesessen?», fragte er seine Mutter. «Nur wegen Hehlerei?»

Grandmas Antwort kam zügig. «Wegen schwerer Hehlerei in

siebzehn Fällen, Betrug in neun Fällen und schwerer Körperverletzung.»

«Na dann», sagte Gilbert mit der ihm eigenen Ironie. Wie alle Doyles wusste auch er, dass seine Mutter nur selten eine Entscheidung revidierte. Außerdem hielt er sie wegen ihrer Willenskraft für eine eiserne Lady. «Viel Glück, Mum. Er scheint ja was von seinem Fach zu verstehen.»

20.

Die Fahrt von Truros Friedhof zum Old Regent Club legte Emily in ihrem alten Jaguar zurück. Der Wagen war fast dreißig Jahre alt und schnatterte beim Anfahren wie eine heisere Gans. Er hatte die einstündige Fahrt von Looe zum Friedhof gemeistert, da würde er es auch noch ein paar Straßen weiter schaffen. Normalerweise fuhr Emily mit dem treuen Gefährt nur noch zum Shoppen. Gilbert drängte sie, den Wagen zu verkaufen und ausschließlich Taxi zu fahren, doch das kam gar nicht in die Tüte. Der Wagen war ihr ganzer Stolz. Sie wollte ihn lenken, bis entweder er oder sie selbst durchgerostet war.

Die Idee, in Truro den Mann aufzusuchen, den man während seiner Gefängnisaufenthalte *Black Ben* genannt hatte, war Emily vormittags gekommen. Sie hatte im Garten unter der großen Zeder gesessen, über Peggys brisante Mail nachgedacht und dabei in der Zeitschrift *Country Life* geblättert. Wie immer war die Aufmachung des Magazins brillant gewesen. Einer der Artikel beschäftigte sich mit den Londoner Gentlemen's Clubs. Es gab sie seit dem achtzehnten Jahrhundert. Hier konnten die Mitglieder eine vornehme Spielzeugwelt für Männer aufbauen, wie Emily immer gespottet hatte, mit Salons, Ledersesseln, wichtigtuerischen Gesprächen und vielen Drinks. Auch Edward war Mitglied in einem Club gewesen, dem feinen Lansdowne Club in Mayfair. Das war für Emily akzeptabel gewesen, da dieser Club als einziger Frauen aufnahm. Neben den erlesen ausgestatteten Räumen war hier der Sportbereich die Attraktion, mit riesigem Schwimmbad, einem Fechtboden und Squashräumen. Im kleinen Salon hinter der Bar hatten sie liebe Freunde getroffen und in der historischen Halle – wo einst die Unabhängigkeitserklärung der USA unterzeichnet worden war – hatten sie an Charity-Veranstaltungen teilgenommen. Hin und wieder hatten sie sogar in einer der kleinen Suiten übernachtet, wenn es allzu spät geworden war. Ja, so hatte ihre Londoner Welt ausgesehen. Später, als Edward nicht mehr am High Court beschäftigt war, hatte er immer bedauert, dass es einen vergleichbaren Club nicht auch in Cornwall gab. Es existierte zwar ein Club in Truro, der Old Regent Club, aber Edward wusste, dass sich dort auch dubiose Herrschaften breitgemacht hatten. Zum Beispiel Männer wie Ben Crowdy, der siebzehnmal wegen Hehlerei in London vor Gericht gestanden hatte.

Ben Crowdy! Der Name war in Emilys Kopf hängen geblieben. Plötzlich sah sie ihn wieder vor sich, den jovialen schwarzlockigen Mann mit Brille, der in London und später in Cornwall ein Netz von Hehlern für Diebesware aufgezogen hatte. Insgesamt sechs Jahre hatte er dafür einsitzen müssen. Später war er nach Truro gezogen und hatte einen Buchladen eröffnet. Ein bescheidener älterer Herr, der im Old Regent Club ein und aus ging. Vor zwei Jahren hatte man ihn sogar zum Club-Sekretär gewählt. Crowdy musste heute Ende siebzig sein.

Hatte Kate nicht davon gesprochen, wie hilfreich es wäre, wenn man wüsste, an wen April und Jason ihre Diebesware losgeworden waren? Nun, Ben Crowdys Profil passte perfekt zu ihren Raubzügen. Wie wäre es, hatte Emily sich gefragt, wenn sie Ben Crowdy heute einen kleinen Besuch abstatten würde? Es war nicht ganz ungefährlich, ihn so offen zu verdächtigen, aber er würde sie schon nicht umbringen. Immerhin waren sie sich in den vergangenen Jahren zweimal auf Beerdigungen von gemeinsamen Bekannten über den Weg gelaufen.

Voller Tatendrang hatte Emily ihren Platz unter der Zeder verlassen, war ins Haus gegangen und hatte dort ein altes Foto vom Kaminsims genommen. Es zeigte Edward bei seiner Verabschiedung aus dem Richterstand, er im Smoking, wie es an diesem Tag üblich war, vor ihm auf Stühlen sitzend drei kräftige Männer und eine schmale Frau. Emily war auch dabei gewesen, konnte sich aber nur an den Namen einer Person erinnern. An den des Mannes auf dem linken Stuhl: Ben Crowdy.

In Londoner Richterkreisen zirkulierte dieses Foto als Rarität. Edwards Kollegen hatten ihm mit britischem Humor zum Abschied ein skurriles Mittagessen geschenkt. Es war ihnen gelungen, vier ehemalige Delinquenten aufzutreiben (natürlich keine Schwerverbrecher), die ihre Knastjahre längst hinter sich gelassen hatten und jetzt behaupteten, nur durch Richter Edward Doyles harte Strafe zu besseren Menschen geworden zu sein. Wer's glaubt, wird selig, hatte Emily damals gedacht. Am lautesten hatte sich Ben Crowdy als geläuterter Mann gezeigt. Zum Beweis hatte er Edward eine Gesamtausgabe mit den Werken des Philosophen John Locke aus seiner neuen Buchhandlung mitgebracht. Um das gesellschaftliche Gefälle nicht allzu sichtbar werden zu lassen, hatten sich bei diesem Lunch alle mit Vornamen angeredet. Edward war das schwergefallen, hatte sich jedoch nach Zureden seiner Kollegen darauf eingelassen.

Das alles war Emily heute Vormittag wieder eingefallen. Immer noch vor dem Kamin stehend, hatte sie das vergilbte Foto ein letztes Mal in ihren Händen gedreht, dann war ihre Entscheidung gefallen. Es musste sein. Sie würde Ben Crowdy im Old Regent Club aufsuchen.

Sie tat es unmittelbar nach der Gedenkfeier für Edward. Kate, David und Gilbert wussten inzwischen, dass es sich bei Mister X um Crowdy handelte. Emily hatte ihnen schwören müssen, nicht zu viel zu wagen. Aber waren Schwüre für Menschen über achtzig überhaupt noch gültig?

Die Entfernung vom Friedhof bis ins Zentrum von Truro betrug noch nicht mal eine Meile, aber Emily hatte keine Lust zu laufen und suchte sich einen Parkplatz nahe der Kathedrale. Dann schnappte sie sich ihre Handtasche vom Rücksitz, schloss den Wagen ab und marschierte zur Boscawen Street. Die Häuser im Georgianischen Stil erinnerten an die bedeutende Zeit, als die Stadt noch ein wichtiges Wirtschaftszentrum war.

Der große gepflasterte Platz am Ende der feinen Boscawen Street war Emilys Lieblingsort in Truro. Wenn sie Zeit hatte, trank sie in Charlotte's Tea Room über der historischen Coinage Hall – dem Zinngeldlager – einen feinen Oolong. Heute hatte sie dafür leider keine Zeit. Um zum Eingang des Old Regent Clubs zu gelangen, musste sie nur den Platz überqueren. Auch der Club verbarg sich in einem Gebäude aus Georgianischer Zeit. Die weiße Fassade mit den hohen eleganten Fenstern wirkte wie ein dezentes Privathaus. Dennoch verbargen sich darin zahlreiche Clubräume, ein Ballsaal und die beiden kleinen Restaurants.

Die schwarz lackierte und mit goldenem Knauf und goldener Klingel versehene Eingangstür des privaten Clubs war verschlossen. Emily straffte sich, hob angriffslustig den Kopf und klingelte. Es dauerte nur Sekunden, bis eine Art Butler im dunklen Anzug die schwere Tür öffnete.

«Ma'am?»

«Ich möchte Ihren Club-Sekretär sprechen. Mr Crowdy», sagte sie lächelnd. Sie wusste, dass Ben Crowdy heute hier war, denn sie hatte vor der Abfahrt kurz im Büro des Clubs angerufen.

«Wen darf ich anmelden, Ma'am?», fragte der Bedienstete höflich. Sein Gesicht blieb undurchschaubar. Es schien, als wolle er nach Emilys Antwort gleich wieder die Tür schließen und sie draußen warten lassen. So was wäre in einem Londoner Club undenkbar gewesen.

«Ich bin Mrs Emily Doyle. Ich werde in der Halle warten.»

Ohne seine Reaktion abzuwarten, schritt sie, immer noch lächelnd, an ihm vorbei und hielt auf das rote Plüschsofa zu, das zwischen dem Eingang zur Bar auf der linken Seite und dem Empfangsschalter rechts stand. Hinter dem Schalter hantierte ein grauhaariger Concierge herum. Am Ende der Halle führte eine breite, mit blauem Teppich belegte Holztreppe nach oben.

Kommentarlos begab sich der Butler an den Schalter, um von dort Ben Crowdy anzurufen. Dann kehrte er zu Emily zurück, plötzlich weitaus höflicher.

«Mr Crowdy wird gleich hier sein, Ma'am. Was darf ich Ihnen zu trinken bringen?»

Emily musste nicht lange überlegen. Bei Angebern sollte man nicht allzu bescheiden sein. «Ein Glas Champagner. Gerne Dom Pérignon, wenn Sie haben.»

Es dauerte nicht lange, und der Barkeeper servierte ihr den Champagner. Im selben Moment erschien Ben Crowdy auf der Treppe, stilvoll gekleidet in einem blauen Blazer mit Goldknöpfen und einer hellen Hose. Mit den rahmengenähten braunen Schuhen aus Pferdeleder hatte er schon früher gepunktet. Sein Gesicht war inzwischen faltiger geworden und der Schädel bis auf einen weißen Haarkranz kahl. Vermutlich, um von seinem Alterungsprozess abzulenken, trug Crowdy ein modernes dunkelrotes Brillengestell von Gucci.

Er verließ die Treppe und streckte seinem Gast die ausgebreiteten Arme entgegen. «Emily Doyle!» Mit kräftiger Stimme tat er so, als wären sie zusammen zur Schule gegangen und hätten sich seither nie mehr gesehen. «Ist das eine Überraschung!»

Emily blieb sitzen und reichte ihm die Hand. «Kriegen Sie sich wieder ein, Ben! Können wir hier sitzen bleiben?»

«Möchten Sie nicht, dass ich Ihnen unsere Räumlichkeiten zeige?», fragte dieser erstaunt.

Emilys Antwort war knapp. «Nein, ich komme wegen einer heiklen Angelegenheit und möchte nur kurz mit Ihnen reden.»

Crowdy gab auf, setzte sich neben sie und schaute sie bewundernd an. «Natürlich wie immer mit fünfhundert PS», stellte er fest. «Kompliment, Sie sehen großartig aus.»

«Danke.» Sie hob ihr Champagnerglas und prostete ihm zu. «Cheers! Ein ansehnlicher Club. Sie haben es weit gebracht, Ben. Mein Edward würde staunen.»

«Ach, unser lieber Richter Doyle!» Ben seufzte. Es klang echt. «Damals hatte die Justiz noch Herz. Wenn ich an unser schönes Mittagessen denke – wo gäb's das heute noch?»

«Das sagen auch nur die, die damals nicht gehenkt wurden», antwortete Emily trocken. Sie dachte an die Fehlurteile, die es auch am High Court gegeben hatte. «Bleiben wir lieber in der Gegenwart.»

Crowdy lehnte sich zurück, legte seine Arme rechts und links ausgestreckt auf die Rückenlehne und blickte Emily prüfend an. «Gut, dann schießen Sie los.» Sein Gesicht hatte sich nur um Nuancen verändert, doch plötzlich war alle Jovialität verschwunden. Er schien zu wittern, dass es um seine Vergangenheit ging. Sofort konnte Emily sich wieder vorstellen, wie er früher als Hehler seine Kunden taxiert hatte.

Sie stellte ihr Champagnerglas auf dem Glastisch ab, zog einen Zeitungsartikel über den Mord an April und ihrem Freund aus der Handtasche und hielt ihn Ben hin. «Sind Sie über den Fall informiert?»

«Wer nicht?», antwortete Crowdy, während er dem Butler Zeichen gab, ihm ebenfalls ein Glas Champagner zu bringen. «Entsetzliche Sache. Wir haben hier im Club einen Staatsanwalt, der uns auf dem Laufenden hält. Natürlich ohne Details, aber …»

«April Thomson war eine Freundin meiner Enkelin Kate.»

«Die mit dem Krimi-Podcast?» Crowdy schien erstaunlich gut informiert zu sein.

«Ja. Deshalb ermitteln wir jetzt selbst ein bisschen in der Sache.» Emily beschloss, ihn sofort mit dem zu konfrontieren, was sie von ihm wollte. Er war ja kein Lämmchen, das man erst anfüttern musste. «Es geht um die Arbeitsweise von Jason und April. Wir wissen, dass sie gezielt Häuser adliger Familien ausgeräumt haben. Ich muss Ihnen nicht sagen, was sich in diesen Häusern über die Jahrhunderte angesammelt hat.»

Ben verzog spöttisch den Mund. «Glauben Sie nicht alles, was man erzählt, Emily. Diese Leute sind Blender. Die meisten sind pleite, da helfen auch kein *Sir* und keine *Dame*.»

«Mag sein, Ben. Dennoch weiß die Polizei genau, was bei den elf Diebeszügen abhandenkam. Silber- und Goldgegenstände, altes Porzellan und teure Möbel. Alles sorgsam ausgewählt und abtransportiert. Von wem? Wer hat damit im Stillen gehandelt? Wir reden hier über Hunderttausende Pfund …» Sie lächelte wie unter guten Freunden. «Gab es das Geschäftsmodell der *Haushüter* schon zu Ihrer Zeit?»

«Nein, nicht in dieser Form.» Ben Crowdy blickte kurz auf. Der Butler erschien und stellte das zweite Champagnerglas auf den Tisch. Die linke Hand hatte er vorschriftmäßig hinter dem Rücken versteckt. «Danke, Tony.»

«Ich muss wissen, wer als Hehler infrage kommt.» Emilys Ton wurde ernst. «Sind Sie es? Sind es Freunde von Ihnen? Bevor Sie etwas sagen – ich verspreche, dass ich das für mich behalten werde. Mich interessiert nicht die Ware, nur der Hintergrund. Wir glauben, dass es Drahtzieher gibt, in deren Auftrag April und Jason gehandelt haben. Ist das so?»

Ben Crowdy schien für Sekunden die Maske des netten Gastgebers abzulegen und nur noch er selbst zu sein. Er nahm seine rote Brille ab, drehte sie in der Hand und lächelte jungenhaft. «Das denken Sie also? Dass ich immer noch in diesem Geschäft bin? Interessant ...» Er setzte die Brille wieder auf und wurde ernst. «Nein, Emily, die Zeiten sind vorbei. Ich bluffe nicht. Jetzt haben Banden aus Holland und aus dem Osten das Geschäft in ihrer Hand.» Er seufzte. «Alles ist schmutziger geworden, hinterhältiger.»

Emily glaubte ihm sogar, sein Ton war eine Spur entspannter gewesen als zuvor, als wäre er dankbar, einmal nichts als die Wahrheit sagen zu dürfen. Warum sollte er sich diesen Zirkus mit Ende siebzig auch noch antun?

«Dann bitte ich Sie um etwas anderes, Ben», sagte sie. «Wenn es stimmt, dass Edward Ihr Leben zum Guten verändert hat, dann kriegen Sie für mich raus, wer Aprils und Jasons Waren vertickt hat.» Der Ausdruck gefiel ihr, er kam öfter in Gerichtsprotokollen vor. Sie setzte ein hilfloses kleines Lächeln auf. «Wenn Sie wollen, haben Sie dafür später bei mir einen Tanz im Jenseits gut. Sie wissen, ab achtzig sollte man immer seine Ballettschuhe anhaben.»

Statt zurückzulächeln oder ihr eine Antwort zu geben, musterte Ben Crowdy sie durchdringend. Er schien intensiv nachzudenken. Der Kragen seines offenen weißen Hemdes hatte sich beim Sitzen über das Revers des blauen Blazers gelegt, was ihn ein klein wenig rebellisch aussehen ließ. Als er schließlich den Mund öffnete, sprach er überraschend leise.

«Warten Sie hier. Ich bin gleich wieder da.»

Er erhob sich, zog seinen Blazer zurecht und holte sein Handy aus der Innentasche. Dann verschwand er in einem Raum hinter dem Concierge. Emily hatte die Tür vorher gar nicht bemerkt.

Sie vertrieb sich das Warten, indem sie ihren Champagner austrank und das Dekor der Halle betrachtete. Neben dem Eingang hing eine Messingtafel mit den Namen großzügiger Spender für die drei Jahre zurückliegende Modernisierung des Clubs. Auch Ben Crowdys Name befand sich darauf. Seine Spende: zehntausend Pfund. Erstaunlich für einen kleinen Buchhändler, fand Emily. Wenn er tatsächlich nicht mehr als Hehler arbeitete, machte er jetzt höchstwahrscheinlich andere krumme Geschäfte.

Die Tür ging auf und Crowdy kam wieder auf Emily zu. Er lächelte, als gäbe es gleich eine hübsche Überraschung für sie. Kaum hatte er Platz genommen, griff er nach seinem Champagnerglas, hob es an und prostete ihr zwinkernd zu. «Auf Ihr Wohl, Sherlock Doyle! Sie werden heute bei Ihrer Familie Punkte machen.»

«Sie haben einen Namen?» Emilys Herz schlug schneller, und das trotz ihrer Betablocker.

«Ja. Zum Glück nicht den Namen, den ich befürchtet hatte. Das wäre ein Freund aus alten Brixton-Zeiten gewesen.» Brixton war das Gefängnis, in dem er damals eingesessen hatte. «Nein, es ist eine Newcomerin.»

«Eine Frau?», wiederholte Emily erstaunt. «Womit dealt sie?»

«Normalerweise mit Second-Hand-Möbeln und altem Geschirr. Plötzlich ist sie auch im Exportgeschäft tätig, vor allem in die Schweiz. Mit Silbersachen, Goldschmuck und wertvollen Lampen. Kein Wunder, dass die Spezialisten hellhörig wurden.»

Emily war klar, wer mit *Spezialisten* gemeint war. Die Sprache der Unterwelt konnte auf sehr bürgerliche Weise harmlos klingen. Vermutlich hatten sämtliche Hehler Südwestenglands vor Wut in ihre teuren Brokatstühle gebissen, als sie erfahren hatten, dass sich jetzt eine Frau in ihren Gefilden tummelte. Mit einem Blick, den Männer früher an Emily «bezaubernd» genannt hatten, strahlte sie Crowdy dankbar an. Irgendetwas Nettes musste sie ihm ja zukommen lassen, und Blicke kosteten zum Glück nichts.

«Danke, Ben! Ich weiß, dass Sie das Überwindung gekostet

hat. Aber wenn es um Mord geht, muss man da nicht handeln? Wenn Sie noch so nett wären, mir den Namen der Dame zu nennen?»

Crowdy beugte sich ihr entgegen, Emily konnte sein herbes Rasierwasser riechen. In diesem Punkt hatte er offensichtlich keinen so schlechten Geschmack. «Samantha Innes», sagte er leise. «St Ives.»

«Schon gespeichert.» Lächelnd erhob sich Emily vom Sofa. «Familie Doyle dankt.» Sie war bemüht, ihre Freude nicht allzu sehr zu zeigen. Das hier war ein Spiel, bei dem sie nur mithalten konnte, weil sie so viel über Bens Vergangenheit wusste. Er wiederum machte gute Miene dazu, weil er die Laus Emily nicht länger im Pelz haben wollte.

Auch Crowdy stand auf. «Es war mir eine Freude. Und Sie wollen die Clubräume wirklich nicht sehen?»

Ihre Antwort kam schnell und ein klein wenig spöttisch. «Nicht nötig. Ich weiß ja, wie sich Männer einrichten.»

«Dann begleite ich Sie jetzt nach draußen.» Er schien erleichtert zu sein, dass er hier nicht länger mit ihr gesehen wurde. Das eine oder andere feine Mitglied hätte Mrs Edward Doyle möglicherweise sogar erkannt.

Er ging vor, öffnete die Eingangstür und ließ seinen Gast auf die gepflasterte Straße treten. Emily, ihre Lederhandtasche über dem Arm, streckte ihm freundlich die Hand entgegen. Er nahm sie.

«Danke, Ben. Ich weiß das sehr zu schätzen. Und ich werde diskret sein.»

«Davon gehe ich aus. Sonst könnte es ungemütlich für mich werden.»

«Fahren Sie eigentlich noch Ihren Bentley?», wollte Emily wissen. Der Wagen war immer sein Stolz gewesen. Er hatte das teure silberfarbene Gefährt bereits besessen, als er in Brixton einsaß.

Einmal die Woche musste ein Freund den Wagen so vor dem Gefängnis parken, dass Ben ihn aus seiner Zelle genießen konnte.

Crowdy strahlte. «Oh ja, es gibt ihn noch! Sehen Sie, er steht am Ende des Platzes vor meinem Laden.»

Emily spähte Richtung Kathedrale und entdeckte das Luxusgefährt. «Wie schön! Ich mag, wenn Dinge Bestand haben.»

«Dann viel Glück bei Ihren Recherchen.» Ben Crowdy verbeugte sich. «Und bleiben Sie gesund.»

Als die schwarz lackierte Tür hinter ihm zufiel, wusste Emily, dass das hier gerade ein Abschied gewesen war. Ab jetzt würde er alles tun, um ihr nicht noch einmal über den Weg zu laufen.

Beschwingt ging sie auf der Boscawen Street zurück und hätte am liebsten einen Luftsprung gemacht. Leider spielten da ihre Knie nicht mehr mit. Ihr war es tatsächlich gelungen, den Namen der Hehlerin zu erfahren! Sobald sie wieder im Auto saß, würde sie Kate davon in Kenntnis setzen. Kate wusste immer, was mit wertvollen Informationen anzufangen war.

Doch eine kleine Freude wollte sie sich noch gönnen – einen Blick in den Bentley werfen. Der noble Wagen parkte unübersehbar vor dem Schaufenster der Buchhandlung *Crowdy Books*. In der rechten Ecke der Windschutzscheibe klebte die rote Marke für das Sonderparkrecht. Der Laden war kein Antiquariat, dennoch ruhten auf einer Art samtbezogenem Tablett zwei alte ledergebundene Buchexemplare aus dem neunzehnten Jahrhundert im Schaufenster: *Nicholas Nickleby* von Charles Dickens und *Sturmhöhe* von Emily Brontë. Wie ein Schild verriet, handelte es sich bei beiden Büchern um besonders wertvolle Erstausgaben. Der Dickens sollte 2300,00 Pfund und der Roman von Emily Brontë 2100,00 Pfund kosten. Das war sicher angemessen. Dennoch war Emily erstaunt, dass Crowdy eine so erlesene Ware anbieten konnte. Kate, die ja nun wirklich etwas von Büchern verstand, hatte ihr einmal erklärt, wie umkämpft der Markt um seltene Erstausgaben war und wie er zum Teil von den großen US-amerikanischen Auktionshäusern beherrscht wurde.

Sie wandte sich dem Auto zu, dessen altmodisch-ästhetische Form eine Augenweide war. Es handelte sich um einen bildschönen Bentley Brooklands aus den Neunzigerjahren, dessen Kühlerhaube im typischen Bentley-Design geradezu royal wirkte. Durch die Silberfarbe wirkte er noch edler. Erstaunlich, dass Crowdy den Wagen immer noch besaß, fand Emily. Vielleicht kannte er ja doch so etwas wie Treue. Sie stellte sich an ein Seitenfenster und spähte ins Innere. Zu ihrer Verblüffung lag ein vergoldeter Lampenständer im Empire-Stil auf der Rückbank, der offenbar nicht in den Kofferraum gepasst hatte.

Also doch, Ben ist noch in seinem alten Business aktiv. Emily schüttelte den Kopf. Wie hätte er auch sonst so schnell den Namen der Hehlerin rauskriegen können? Er und die anderen Platzhirsche ließen eine Newcomerin über die Klinge springen, um selbst im Schatten bleiben zu können. Sie blickte sich um. Die Straße war weitgehend leer. Beste Gelegenheit, einen kurzen Blick in den Kofferraum zu werfen.

Gut, dass sie vorbereitet war. Dass Crowdy immer noch das alte Bentley-Modell fuhr, machte die Sache leicht, denn in modernen Kofferräumen befanden sich auch moderne Schlösser. Dagegen war das Schloss dieses Wagens relativ leicht zu knacken. Gilbert hatte Emily einmal verraten, wie man früher beim CI5 Autoschlösser aufbekommen hatte. Sie hatte es sich gut gemerkt.

Während sie ihre Handtasche öffnete und einen gelben Tennisball hervorholte, checkte sie sicherheitshalber noch einmal die Umgebung. Es war niemand in der Nähe. Schnell ging sie nach hinten zum Kofferraum und suchte auf dem Tennisball nach dem Loch, das sie zu Hause hineingeschnitten hatte. Dann drückte sie das Loch fest auf das Kofferraumschloss und drückte kräftig zu.

Doch nichts passierte. Sie zwang sich zur Ruhe, wiederholte das Ganze und achtete diesmal darauf, mehr plötzlichen Druck zu erzeugen.

Die Kofferraumklappe sprang auf! Ohne zu zögern, hob Emily sie an und warf einen Blick auf das, was im Kofferraum lag. Er war prall gefüllt, aber nicht mit Silber- oder Goldwaren, sondern mit Büchern. Sehr alten, ledergebundenen Exemplaren.

Enttäuscht beugte Emily sich so tief über die Fracht, dass ihre Frisur durcheinandergeriet. Aber das war ihr egal. Denn was sie bei näherer Betrachtung entdeckte, war mehr als aufregend. Vorsichtig nahm sie einige der Bücher in die Hand, las die Titel und legte sie dann wieder zurück. Allein ein Stapel der in hellbraunem altem Leder gebundenen Bücher bestand aus zwanzig Exemplaren von *Nicholas Nickleby*, exakt die gleichen wie das im Schaufenster, alle versehen mit dem aufgeklebten Sticker: *Charles Dickens! Erstausgabe! Rarität!* Daneben erhob sich ein Berg mit Emily-Brontë-Ausgaben, ebenfalls in Leder gebunden. Sechzehnmal der gleiche Titel: *Sturmhöhe.* Auch auf diesen Büchern klebte ein Sticker mit einem Hinweis: *Seltene Erstausgabe – Rarität!*

Himmel, staunte Emily, Ben Crowdy fälschte antiquarische Bücher! DAS war sein neues Geschäftsmodell. Jeder seriöse Antiquar hätte sich glücklich geschätzt, ein oder zwei Erstausgaben dieser Schriftsteller in die Hände zu bekommen.

Mit einem lauten Plopp ließ Emily die Kofferraumklappe zufallen.

Dicht hinter ihr erklangen Schritte. Erschrocken drehte sie sich um, immer noch den gelöcherten Tennisball in der Hand. Vor ihr standen zwei Polizisten in den gelben Westen der Straßenbeamten. Ihre staunenden Blicke wechselten zwischen der betagten Emily und dem Einbruchswerkzeug in ihrer Hand hin und her.

«Hallo», sagte Emily, locker lächelnd. «Na, geht's wieder auf Streife?»

Doch den Polizisten war nicht nach Plaudern zumute. Der ältere, dessen kräftiger Bauch die Polizeiweste zu sprengen drohte, zeigte auf den gelöcherten Tennisball.

«Haben Sie damit gerade Mr Crowdys Kofferraum aufgebrochen, Ma'am?», fragte er, während er auf Emilys Handwerkszeug deutete. «Sie brauchen es nicht abzustreiten, wir haben es aus dem Laden da vorne beobachtet.»

«Ich wollte nur ...» In der Eile fiel Emily nichts mehr ein, also ließ sie es. «Ja, das habe ich. Aber ich kann es Ihnen erklären ...»

«Das werden Sie wohl besser auf dem Revier tun, Ma'am», meinte der jüngere Polizist. «Wenn Sie bitte mitkommen wollen? Es ist nicht weit, nur bis zur Pydar Street.»

In Emilys Augen flammte Kampfeslust auf. «Und wenn ich mich weigere? Ich könnte es Ihnen doch genauso gut hier erklären. Es war nur ein Spiel. Ich hatte den Tipp mit dem Loch im Ball aus dem Internet und wollte die Sache mal ausprobieren. Mr Crowdy und ich sind Freunde, schon seit Langem ...»

«Meine letzte Aufforderung», mahnte der Beamte mit dem kräftigen Bauch. «Machen Sie uns keine Probleme, Ma'am, so sind nun mal die Regeln.»

Emily zog ihr Handy aus der Tasche, vielleicht sollte sie jetzt doch besser David anrufen, er kannte sich mit Polizeiregeln aus. In der Hektik drückte sie den Knopf für die Mails und sah, dass Anne gerade ihren Bericht über das Kloster geschickt hatte. Also war sie wieder zurück.

Plötzlich begann Emily der Teufel zu reiten. *Wenn schon ein Auftritt, dann ein richtiger*, hatte ihr alter Ballettmeister immer gesagt. Warum sollte das nicht hier gelten? Mit funkelnden Augen streckte sie dem kräftigen Polizisten ihre aneinandergelegten Handgelenke entgegen, immer noch das Telefon zwischen den Fingern. «Bitte», sagte sie energisch. «Dann möchte ich aber auch Handschellen haben. Sonst macht die Sache ja keinen Spaß.»

«Das können wir Ihnen bieten.» In der Stimme des Polizisten schwang Sarkasmus mit. Er nahm Emily das Telefon ab und ließ die Handschellen zuklicken, die ihm sein Kollege gereicht hatte. «Ist es recht so, Ma'am?»

21.

Mail an: Grandma, Gilbert, Francis, Brian, Kate, Peggy, Harvey, Morwenna

RECHERCHEN AUF DER INSEL ST MARY'S, SCILLY ISLANDS

Bericht von Anne Doyle

Heli-Airport, 18:35 Uhr

Hiermit will ich von meiner Recherche berichten. Dankt Gott, dass ihr nicht im Hubschrauber sitzen musstet! Nicht der Flug war das Problem. Nein, ein Kaninchenzüchter aus Zennor, der zwei geruchsintensive Böcke in einem Käfig dabeihatte.
Die ganze Maschine stank, plötzlich war meine Atemnot wieder da und ich musste zweimal sprayen.
Nach zwanzig Minuten konnte ich endlich die frische salzige Luft der Scillies atmen. Am Ausgang des Flughafens wartete eine jüngere Nonne in ihrem grauen Habit auf mich, ihr Kopf mit einer weißen Haube bedeckt, die offenbar typisch ist für diesen Orden. Das war Schwester Deborah.
Die Nonne ist etwa im gleichen Alter wie Kate und April, also Anfang vierzig. Und damit haben wir schon die erste Überraschung, denn Deborah erzählte mir, dass sie und April Thomson damals

am selben Tag als Novizinnen im Kloster eingetroffen waren und sich ein Zimmer teilen mussten.
Francis, dein Ruf als guter Bischof wirkte auch hier. Jedenfalls war Schwester Deborah aufgrund deines Schreibens gewillt, mir jede Frage zu April offen zu beantworten.
In einem weißen Elektroauto kutschierte sie uns Richtung Kloster, vorbei an einer Landschaft, die immer noch bezaubernd ist. Jetzt im August sieht man überall Berge von Kletterrosen an den Cottages emporranken und auch Gemüse wird angebaut. Ich staunte, wie viele schöne alte Häuser auf der Insel stehen. Als Kind hatte ich ja nur Augen für den Eisladen in Hugh Town, für den Strand und die braunen Kühe von Bauer Hicks. Als wir durch die kleinen hübschen, teilweise blumengeschmückten Gassen von Hugh Town fuhren, kehrte auch meine Erinnerung an den sichelförmigen weißen Porthcressa Beach zurück.
«Direkt dahinter befindet sich unser Kloster», erklärte Deborah – und dann sahen wir auch schon das zweistöckige Gebäude mit seinen freundlichen weißen Fenstern. Es ist eine ehemalige Schule, nur hundert Meter vom Meer entfernt, umgeben von Cornwallpalmen, blühenden Büschen und alten Buchen.
Deborah parkte direkt vor der Tür. Über uns kreischten die Möwen und vom Meer wehte ein kräftiger Wind. Im selben Moment traten drei Schwestern durch den Eingang nach draußen und begrüßten mich lächelnd: Mutter Edwina, die etwa siebzigjährige Äbtissin des Klosters, sowie ihre Mitschwestern Lea und Julia, beide mittleren Alters. Das war dann auch schon die ganze Besatzung, wie Grandma sagen würde, mehr als diese vier Nonnen gibt es nicht.
Mutter Edwina erkundigte sich als Erstes nach dir, Francis. Ihr habt wohl mal eine Gebetswoche in Exeter zusammen verbracht. Auch sie versicherte mir, den Doyles bei der Aufklärung des

Mordes an der armen April helfen zu wollen. (Hattest du ihr die ganzen Details geschrieben, Francis?)
Als ich das Haus betrat, war ich überrascht. Drinnen war es freundlich und hell, wenn auch sehr spartanisch. Interessant, wie moderne Nonnen leben. Erst musste ich in der Küche neben fünfzig Gläsern mit frisch eingemachtem Obst einen Tee trinken (auch ein Birnenschnäpschen brennen sie gelegentlich, wie mir Schwester Julia kichernd erklärte), dann folgte eine kurze Führung durchs Haus. Im ehemaligen großen Klassenzimmer befindet sich heute der Gebetsraum mit einem großen Holzkreuz an der Wand, einem Gebetspult und davor eine Bankreihe zum Sitzen. Hier trifft man sich mehrmals am Tag zum Gebet, sofern man im Haus ist. Der Flur davor ist voller Bücherregale. Wenn ich mich nicht verguckt habe, stehen darin sogar Liebesromane.
Als man mir danach die drei kleineren ehemaligen Klassenzimmer zeigte, verstand ich auch, warum der Orden dieses große Haus braucht. Die Zimmer dienen den Schwestern – die ja ausnahmslos als Krankenpflegerinnen auf den Inseln unterwegs sind – als medizinische Räume. Im Pflegenotfall können hier kurzfristig ein oder zwei Patienten untergebracht werden.
Christlicher als diese Nonnen kann man nicht durch die Welt gehen, dachte ich bewundernd. Gut, mit meinem Bioladen in Truro tue ich den Menschen hoffentlich auch Gutes (ich habe zum Beispiel seit vier Monaten nicht mehr die Preise erhöht!), aber das hier ist schon besonders christlich.
Mutter Edwina überreichte mir ein winziges Silberkreuz an einem Kettchen und erklärte: «Nehmen Sie es und behalten Sie das Kettchen, mein Kind. Es gehörte April. Ich habe es nach ihrer Flucht im Gebetsraum gefunden und aufbewahrt.»
Da war es wieder, dieses geheimnisvolle Wort Flucht.
Die Äbtissin wandte sich an Schwester Deborah. «Wo wollt ihr euch unterhalten? Ihr solltet ungestört sein.»

«Ich dachte, wir setzen uns an den Strand», antwortete Deborah. «Lea bringt heute die schwerhörige Mrs Crockett für einen Tag her. Die brüllt so laut, dass wir uns kaum unterhalten könnten.»
Mutter Edwina schmunzelte. «Mach nur. Für schwierige Gespräche ist das Meer immer gut.» Sie schlug das Kreuzzeichen vor meinem Gesicht. «Möge euch der Herr Klarheit und gute Erkenntnis schenken.»
Ich bedankte mich.
Das Gesicht der Äbtissin wurde ernst. «Aprils und Jasons Tod hat uns sehr schockiert. Wir hätten den beiden einen anderen Lebensweg gewünscht.»
Ich glaubte nicht richtig zu hören. «Sie kannten Jason?»
«Ich erkläre Ihnen gleich alles», mischte sich Schwester Deborah mit einem vielsagenden Blick zur Äbtissin ein. «Die Sache ist nicht ganz einfach ...»
Die Äbtissin nickte verstehend, dann drehte sie sich um und stieg die Treppe nach oben, wo sich die schlichten Zimmer der Nonnen befanden.
Wenig später liefen Deborah und ich auf den Porthcressa Beach zu, jede von uns hatte einen leichten Klappstuhl dabei. Wir stapften bis in die Nähe des Felsens, der den Strand vom Little Porth Beach trennt. Dort stellten wir die Stühle so auf, dass wir einen herrlichen Blick auf die draußen vor der Bucht ankernden Boote hatten. Das Meer war kabbelig, aber wegen der Ebbe flossen die Wellen weit weg von uns über den Sand.
«Tja», begann Schwester Deborah. Jetzt erst bemerkte ich, dass sie ihre Haube etwas nach hinten verschoben hatte, wahrscheinlich, damit ihre Stirn auch mal Sonne abbekam. «Wo fangen wir an?»
«Vielleicht damit, wie April sich als Nonne gemacht hat», schlug ich vor. «Meine Nichte Kate meint, sie sei schon in der Schule religiös gewesen.»

«Ja, das war sie», bestätigte Deborah. «Am Anfang musste unsere Äbtissin sie sogar bremsen. Ständig wollte sie für alle Dienste eingeteilt werden, war beim Morgengebet die Erste und beim Abendgebet die Letzte. Schließlich wurde ich beauftragt, mit ihr zu sprechen und sie zu mehr Ruhe zu überreden. Es wirkte. Nach einem halben Jahr hatte sie endlich gelernt, Gottes Wort nicht als Druck, sondern als Aufruf zur inneren Stärke zu verstehen. Die Schmerzen der Welt können wir nur lindern, indem wir anderen helfen. Helfen aber kann nur, wer in sich ruht und Gottes Worte mit Liebe umsetzt.»
Ich war beeindruckt, mit welcher Leichtigkeit diese junge Frau dermaßen kluge Sachen sagte.
«Und wann fing April an, sich zu verändern?»
Schwester Deborah musste nicht lange überlegen. «Genau achtzehn Monate und vier Tage nach unserer Ankunft auf den Scillies. An einem heißen Julitag. April hatte bei der Äbtissin die Erlaubnis eingeholt, hier am Strand allein schwimmen zu gehen. Ich hatte noch in einem der Krankenzimmer zu tun und wollte etwas später an den Strand gehen. Da passierte es. April bemerkte, dass draußen im Meer jemand um Hilfe rief. Es war ein Mann, der immer wieder untertauchte und sich offensichtlich kaum noch an der Wasseroberfläche halten konnte. April rannte ins Wasser und kraulte zu ihm. Sie war eine gute Schwimmerin, aber nicht erfahren in Lebensrettung. Zum Glück hatte auch jemand anderes am Strand die Schreie gehört, ein junger Mann, der so schnell schwamm, dass er noch vor April bei dem Ertrinkenden war und ihn mit den richtigen Griffen retten konnte. Danach schleppten er und April den erschöpften Schwimmer ans Ufer. Wie sich herausstellte, hatte er Beinkrämpfe gehabt und viel Wasser geschluckt.»
Ich begriff. «Der junge Mann war Jason, nicht?»
Deborah nickte. «Ja. Er war nicht zufällig auf St Mary's. Nachdem

seine Eltern verstorben waren, lebte Jasons am Downsyndrom leidender älterer Bruder in einem Heim in Hugh Town. Lange würde er nicht mehr leben, hatten die Ärzte prophezeit. Also hatte Jason ihn noch einmal besucht und wollte in zwei Tagen wieder abreisen.»

Erneut wagte ich mich vor. «Aber jetzt blieb er, nehme ich an. Um April wiederzusehen.»

«Nicht nur das. Auch April war sofort in Jason verliebt. Am Anfang wusste nicht mal ich, dass sie ihn noch am selben Abend heimlich am Strand getroffen und sogar geküsst hatte. Das erfuhr ich erst nach zwei Tagen.»

«Und die Äbtissin?»

Schwester Deborah seufzte. «Das war der spätere Teil des Dramas. Die Äbtissin erfuhr es erst nach Wochen. Als Allerletzte.» Sie nahm ihre randlose Brille ab, putzte sie schweigend mit dem Ärmel ihres Habits, setzte sie dann wieder auf und erzählte weiter. Jason war damals Anfang zwanzig und kurz zuvor aus dem Polizeidienst geflogen. Für die Zeit nach dem Besuch auf St Mary's plante er ein neues Leben in Canterbury. Dort hatte er gerade eine kleine Firma für Gebäudedienste gegründet, Reparaturen, Hausmeisterservice, solche Dinge. Er sah gut aus, war immer höflich und verstand viel von Technik. April, die es rührend fand, wie er sich um seinen kranken Bruder kümmerte, sah in ihm jemanden, der ihr von Gott geschickt wurde. Denn schon seit Wochen beschäftigte sie ein existenzielles Thema, wie Deborah wusste – April zweifelte zunehmend an ihrer Rolle als Novizin. Mehr und mehr empfand sie das Kloster als Gefängnis.

«Und wann erfolgte der Bruch mit dem Kloster?», wollte ich wissen.

«Am dreißigsten Juli», antwortete Deborah wie aus der Pistole geschossen. «Am Abend davor war das passiert, wovor ich April immer gewarnt hatte, seit ich eingeweiht war. Sie hatte in Jasons

Pension bei ihm übernachtet. Die Äbtissin glaubte, dass April wegen Magenkrämpfen in ihrem Zimmer blieb. Ich war innerlich zerrissen, als ich die Lüge entdeckte, und heulte die ganze Nacht. Ich wollte April unter keinen Umständen verraten, war aber morgens bei der Äbtissin für die Ohrenbeichte angemeldet. Der Zwiespalt war schrecklich.»

Doch dann ging wohl alles ganz schnell. Eine der damaligen Schwestern, die neben der Pension eine Seniorin pflegte, hatte April frühmorgens aus der Pension kommen sehen und zur Rede gestellt. Als die Äbtissin davon erfuhr, reagierte sie streng, aber auch erstaunlich einfühlsam. Doch April hatte innerlich bereits mit dem Kloster abgeschlossen. Bereits eine Stunde später hatte sie gepackt und war zu Jason gezogen.

«Haben Sie die beiden später noch mal gesehen?»

Deborah schüttelte den Kopf. «Nein, wir haben uns nur ein paarmal geschrieben. Bis vor sieben, acht Jahren, dann blieben ihre Briefe aus. Jason und sie haben nie geheiratet und hatten keine Kinder, April wollte das alles nicht. Sie half ihm in seiner Firma. Aber irgendwann lief das Geschäft nicht mehr. Es war die Zeit, als in England jede Menge Herrenhäuser und große Immobilien verkauft werden mussten, wegen der hohen Steuern. Jason hatte besonders viele adlige Kunden, der Freund aus Canterbury hatte sie ihm besorgt.»

Ich wurde hellhörig. «Welcher Freund?»

«Ach, das hatte ich ja noch gar nicht erzählt.» Schwester Deborah tippte sich an die Stirn. «Der Mann, dem Jason und April das Leben gerettet hatten, stammte aus Canterbury. Man sagt ja, dass Gerettete sich ihrem Retter ein Leben lang verbunden fühlen, vielleicht war es auch hier so. Jedenfalls besorgte dieser Mann Jason oft Kunden für seinen Hausmeisterservice.»

«Das heißt, die drei blieben in engem Kontakt?»

«Ganz offensichtlich.»

«Haben Sie eine Ahnung, wo April und Jason später lebten?»
«In ihrem letzten Brief deutete April an, dass sie nach Spanien ziehen wollten. Auch dort plante Jason, Häuser zu verwalten.»
Ja, liebe Doyles, und hier schließt sich der Kreis, denn dass April eine Weile in Spanien gelebt hatte, bevor sie nach England zurückkehrte und hier mit Jason ihre kriminelle Karriere begann, wissen wir ja schon durch DCI Scott.
«Apropos Spanien», ergänzte Deborah noch. «Jason hat das hiesige Heim, in dem sein kranker Bruder lebte, immer weiter unterstützt. Der Bruder lebte noch eine Weile und ist erst vor sieben Jahren gestorben, doch selbst aus Spanien haben Jason und April regelmäßig Bargeld an das Heim geschickt. Die Heimleitung hat es mir erzählt. Die Spende kam immer per Post. Zuletzt vor vier Wochen, da waren es zweitausend Pfund in großen Scheinen.»
«Weiß die Polizei davon?», fragte ich vorsichtig.
Schwester Deborah lächelte. «Nein. Auf den Scillies behält man die Dinge gerne für sich ...»
Während wir wieder unsere Klappstühle nahmen und zum Kloster zurückmarschierten, stellte ich ihr eine letzte Frage. «Wie erklären Sie sich, Schwester, dass aus April eine Kriminelle wurde?»
Deborah überlegte lange, bevor sie eine Antwort gab. «Nun, ich erinnere mich, dass April immer für etwas brennen musste. Und sie bewunderte starke Persönlichkeiten. Auch in der Literatur, Charaktere wie David Balfour, William Wallace, Robin Hood. Jason war ihr da ähnlich. Ich weiß noch, wie sie über diesen Mann sprachen, dem sie das Leben gerettet hatten. Sie bewunderten, wie er als Tourist innerhalb von drei Tagen Geld für einen neuen Warnballon am Strand aufgetrieben hatte. April hatte ihn den Macher genannt, ihr höchstes Lob.»
«Tja», sagte ich. «Wenn man die Menschen immer verstehen würde ...»
In Wirklichkeit schoss mir ein ganz anderer Gedanke durch den

Kopf. Erinnern Aprils und Jasons Raubzüge nicht ein bisschen an Robin Hood? Ich meine, große Häuser leer räumen und dann heimlich zweitausend Pfund an ein Heim schicken?
Jetzt sitze ich wieder im Hubschrauber, die meisten Plätze sind leer und ich kann ungestört meine Mail an euch aufsetzen. Schwester Deborah wollte mich dazu überreden, erst die letzte Maschine zu nehmen, aber da hätte ich höflicherweise die Abendmesse besuchen müssen und das war mir dann ein bisschen viel.
O Gott, gerade bekomme ich einen Krampf in der rechten Schulter, deshalb muss ich aufhören zu schreiben ... Ich melde mich morgen bei euch!

Eure Anne

22.

Kate hätte sich im Leben nicht vorstellen können, irgendwann ihre Großmutter aus einer Arrestzelle abholen zu müssen. Aber es war so. Gerade, als sie sich nach diesem verflixten Tag mit David zu einem entspannten Abend zurückziehen wollte, war der Anruf der Polizeistation Truro gekommen. Zuerst hatte Kate die Sache für einen Scherz von Davids zur Ironie neigendem Freund Harry gehalten, der gerne seine Stimme verstellte und alle möglichen Comedians imitierte.

«Hör auf, Harry, das ist nicht witzig!», hatte sie ins Telefon gerufen. Neben ihr war David mit zwei Tellern leckerem Curryhühnchen aus der Küche erschienen, um den Bauch noch seine Kochschürze gebunden. Auch eine Flasche Bordeaux stand auf dem Tisch. Überhaupt lag gerade etwas sehr Romantisches in der Luft, das spürte Kate.

«Nein, hier ist Constable Reynolds, Ma'am. Das ist kein Scherz. Die Vernehmung Ihrer Großmutter ist jetzt beendet. Sie möchte so schnell wie möglich abgeholt werden.»

«Wie bitte?»

Fassungslos hielt Kate David den Hörer hin. Sie konnte es immer noch nicht glauben. David übernahm das Telefon, ließ sich die Situation erklären – und versprach dem Constable, dass sie in zehn Minuten losfahren würden. Das bedeutete: Davids Gourmetgericht runterschlingen, schnell noch den Rücksitz des Wagens von einem Stapel Landwirtschaftsprospekte befreien und in Sealton tanken fahren. Aus dem romantischen Abend war ein Fiasko geworden.

Sie fanden Grandma stocksteif im Warteraum der Polizei Truro sitzend, auf der Arme-Sünder-Bank gegenüber dem Schalter, hinter dem Constable Reynolds thronte. Neben Emily und auf dem Boden flogen zerlesene Zeitungen und leere Bierbüchsen herum. Der angewiderte Ausdruck in ihren Augen sprach Bände. Als Kate zu ihr trat, beschwerte sich Grandma, sie hätte sich auf der Polizeitoilette frisieren und sich dabei den schmutzigen Spiegel und das Waschbecken mit einer Betrunkenen teilen müssen. Immerhin hatte sie inzwischen ihr Handy wiederbekommen.

«Es hilft nichts, du musst jetzt die verwirrte alte Lady spielen», flüsterte Kate ihr zu, zog Grandma auf die Beine und hakte sich demonstrativ bei ihr ein. «David versucht, deine Anzeige damit aufheben zu lassen.»

Grandma begriff. Während sie an Kates Arm und mit scheinbar unsicheren Schritten nach draußen Richtung Auto trippelte, die Handtasche wie einen schlappen Beutel tragend, machte sie einen mitleiderregenden Eindruck. Der Constable schaute ihr irritiert hinterher.

«Ja», hörte Kate David am Schalter sagen. «So hin und her geht das nun schon seit zwei Jahren mit ihr.»

Als sie eine Viertelstunde später zurück nach Looe fuhren, war die Krise gemeistert. Der Constable hatte sich darauf eingelassen, die Anzeige gegen Mrs Doyle fallen zu lassen. Dementsprechend entspannt konnten die drei jetzt darüber reden. Grandma saß auf dem Beifahrersitz, Kate auf der Rückbank.

«Dass du bei Ben Crowdy warst, wussten wir ja», stellte Kate fest. «Aber warum, um Himmels willen, musstest du seinen Bentley aufbrechen? Natürlich wird Crowdy davon erfahren. Das ist dir hoffentlich klar?»

«Er wird schön den Mund halten», meinte Grandma. «Ich wollte den Trick mit dem Tennisball schon immer mal ausprobieren. Das geht nur bei alten Autos. Leider lagen nur gefälschte Erstausgaben von Büchern in Crowdys Kofferraum.»

«Und?», mischte sich David ein. «Ist er nun der Hehler oder nicht? Was glaubst du?»

«Nein, ist er nicht.» Grandma zeigte auf die Kreuzung vor ihnen. «Achtung, David, die Ampel wird gleich rot!» Mit ihr auf dem Beifahrersitz konnte es anstrengend werden ... «Im Gegenteil. Wir haben es hier mit einer Frau zu tun. Samantha Innes. Die Hehlerin besitzt einen kleinen Laden in St Ives.»

«Nie gehört, den Namen», sagte David. «Muss eine Einzelgängerin sein.»

«Das meinte Ben Crowdy auch. Es schien ihn zu ärgern.»

Obwohl Grandmas Alleingang verrückt und unverantwortlich gewesen war, konnte Kate nur staunen, was sie alles herausgefunden hatte. Genüsslich berichtete Grandma davon, wie sie Crowdy in die Mangel genommen hatte und wie sich im Gespräch mit dem ehemals marktbeherrschenden Hehler ihr Eindruck verfestigt hatte, dass es sich bei April, Jason und ihren Helfern um einen sehr engen Zirkel gehandelt haben musste. Vertrauen gegen Vertrauen sozusagen.

«Bis man sich gegenseitig umgebracht hat», ergänzte David in ironischem Ton hinter seinem Lenkrad. «Aber ja, auch Annes Bericht vermittelt diesen Eindruck. So wie April auf den Scillies von der ersten Sekunde an Jason O'Connor verfallen ist und danach treu war, so schien ja auch Jason selbst an Menschen festzuhalten, die er mochte.»

«Zum Beispiel an dem Mann, dem er das Leben gerettet hat», erinnerte sich Emily. «Anne schrieb, dass Jason und April seinetwegen sogar nach Canterbury gezogen sind. Was sagt man dazu?»

«April scheint Jason echt geliebt zu haben, so viel wie sie mitgemacht hat.» Kate versuchte, die Fakten in positivem Licht zu sehen. «Na kommt, das erwarten wir doch von einer Beziehung, oder? Gemeinsam Krisen zu meistern …»

«… bis dass der Gifttod euch scheidet», ergänzte Grandma sarkastisch. «Shakespeare hätte seine Freude daran gehabt.»

«Grandma, bitte!»

«Du hast ja recht», gab Emily zu. «Wenn ich in meinem Alter nicht so abgebrüht wäre, hätten mir bei Annes Bericht die Tränen kommen können. Romeo und Julia im Kloster. Und dann werden die beiden kriminell.»

«Ja, man versteht es nicht.» Kate war es beim Lesen von Annes Rechercheberieht ähnlich ergangen. «Wie konnte April sich in dieses Robin-Hood-Leben ziehen lassen? Vielleicht, weil Jason und sie dauerhaft dem Heim spenden wollten, in dem Jasons Bruder lebte? Oder haben sie es getan, um in Mittelamerika neu anfangen zu können?»

«Alles ist möglich.» David überholte hupend eine Gruppe von Radfahrern, die sich auf die Schnellstraße verirrt hatten. «Den Hauptgrund kennen wir jedoch. Bei den Raubzügen ging es um Hunderttausende von Pfund. Lewis Grenville schien sie aufgestachelt zu haben. Warum sonst hätte er sie mit den Adressen von Adligen versorgen sollen?» Er wandte sich an Grandma, die etwas abwesend auf die vorbeiflitzenden Wiesen schaute. «Was denkst du, Emily? Du kanntest doch Grenville. Könnte er der Schlüssel zu Aprils Abrutschen in die Kriminalität gewesen sein? Hatte er sie zu den Diebstählen ermuntert?»

Emily drehte langsam ihren Kopf zu David und ihre Stimme klang ungewohnt ernst. «Es gibt da etwas …», begann sie. «Grenville … er hatte ein Geheimnis. Etwas Politisches … das hat ihn als jungen Mann mit dem Geheimdienst in Konflikt gebracht. Edward wusste darüber Bescheid, hat mir aber nie etwas erzählt.»

«Ich verstehe.» David fing ihren Blick auf. «Vielleicht sollten wir Gilbert bitten, seine Fühler in diese Richtung auszustrecken. Immerhin war Grenville ein paar Jahre lang Vizekonsul. Da gibt es ja Akten.»

«Wäre nicht schlecht», gab Grandma zu. «Ich werde Gilbert nachher anrufen.»

Das schrille Klingeln von Kates Handy platzte wie ein Alarm in das ernste Gespräch. Als sie las, wem die Nummer gehörte, stellte sie das Telefon sofort laut. Es war Owen Jarvis von der Straßenmeisterei.

«Owen?»

«Gute Nachrichten für euch. Wir haben euer Lamm gefunden! Lebend und gesund.»

«Ach, Owen!» Kate hätte ihn durchs Telefon umarmen können. Zum Glück hatte David den Chef der Straßenmeisterei über die Entführung eingeweiht. «Wo ist Willow jetzt?»

«In Millbrook, im Vorgarten eines Reihenhauses.»

«Geht es ihm gut?»

«Ja, bis auf eine Schürfwunde am Bein. Ich vermute, der schlaue Kerl ist seinem Entführer entkommen.»

«In Millbrook?», wiederholte David mit lauter Stimme, sodass Jarvis ihn hören konnte. «Das ist ja fast bei Mount Edgcumbe!»

«Ich habe mich auch gewundert», sagte Owen Jarvis ebenso laut. «Vielleicht wohnt der Entführer dort.»

Grandma drehte sich zu ihrer Enkelin um und deutete lächelnd Applaus an. Kate streckte ihr den Daumen entgegen und spürte, wie sich zwei Tränchen in ihre Augen schlichen. «Danke, Owen, danke!», rief sie ins Telefon. «Was für eine tolle Nachricht! Bitte gib mir die Adresse der Leute und sag ihnen, wir sind in zwanzig Minuten da.»

Während Kate die Adresse auf einen Zettel aus ihrer Handtasche kritzelte und danach das Gespräch beendete, spürte sie, wie David bereits aufs Gas drückte und schneller wurde.

«Wir haben ihn wieder!», jubelte sie, von hinten übermütig Davids Haare verwuschelnd. «Ist das nicht toll, Schatz?»

Er streckte eine Hand nach hinten und streichelte ihren Arm, den er im Rückspiegel sah. «Unser Superheld!», sagte er bewundernd. «Es ist nicht zu fassen.»

«Was für ein Tag!», stellte Grandma mit trockenem Humor fest. «Erst müsst ihr eure Großmutter abtransportieren und jetzt noch das Lamm.»

23.

Stellen Sie sich vor, Jessica», verkündete Gilbert strahlend, als Jessica Morgan um Punkt neun Uhr mit der Post in sein Büro kam. «Kate hat ihr Lamm wieder! Ist das nicht toll!»

«Ach, wie mich das freut!» Seine Assistentin strahlte mit, während sie ihm die Mappe auf den Schreibtisch legte. «Und? Geht's dem armen Kerlchen gut?»

«Ja. Kate päppelt ihn gerade wieder auf. Offenbar ist er seinem Entführer in Millbrook entkommen.»

Jessica verzog angewidert das Gesicht. «Was sind das für Menschen! Meiner Nachbarin wurde kürzlich ihr Hund gestohlen. Am helllichten Tag, aus dem verschlossenen Garten!»

Gilbert hatte seiner Assistentin gestern von der Entführung Willows erzählt. Details hatte er ihr jedoch nicht verraten. Da er aber wusste, dass Jessica Tiere liebte, wollte er wenigstens mit ihr darüber reden können, wenn ihm danach war.

Heute sah sie besonders bezaubernd aus, in ihrer weißen Bluse und dem hellblauen Rock, als wollte sie mit hellen Farben ihre privaten Sorgen übertünchen.

Gestern Mittag, in Bob's Kantine, hatte sie Gilbert unter Tränen anvertraut, dass ihre Ehe ein Desaster war. Irgendetwas in der Art hatte ihm bereits geschwant. Jetzt gab Jessica es offen zu. Seit einem halben Jahr teilte Sam, ihr Mann, sein Apartment in London mit einer Geliebten. Jessica hatte Gilbert geschworen, dass sie ihre Arbeit trotzdem perfekt und zuverlässig erledigen würde, privat war privat und dienstlich war dienstlich. Jessicas plötzliche Tränen hatten Gilbert gerührt, auch die Art, wie sie die Tränen danach schnell wieder weggewischt, sich zusammengerissen und gefragt hatte, ob sie sein Gutachten für die Erneuerung der Orangerie nicht doch als farbige Präsentation verschicken sollte …

Vergangene Nacht war ihm die Szene noch einmal vor Augen erschienen. Seit Jahren lebte er allein, und sie war unglücklich. Warum sollte er Jessica an ihrem Geburtstag nächste Woche nicht mal ins *Les deux homards* zum Essen einladen? Selbst Kate hatte ihn ermuntert, nach ein paar gescheiterten Versuchen wieder mutiger zu werden.

«Was haben wir heute?», fragte Gilbert in professionellem Ton. «Bleibt es bei der Besprechung mit dem Restaurator um elf?»

«Ja. Dr. Benfield und Tammy Rich werden auch dazukommen.»

«Gut.» Gilbert blickte auf seinen Zettel. «Was ist mit den Kunststudenten aus Edinburgh?»

«Die Gruppe möchte nicht jetzt, sondern erst im Herbst nach Mount Edgcumbe kommen. Dann aber zusammen mit dem Dekan der Universität.» Jessica verschränkte ihre Hände und räusperte sich. «Mr Doyle, ich möchte noch etwas wegen gestern sagen. Wegen meiner privaten Situation. Ich hätte Ihnen das gar nicht erzählen sollen, weil …» Sie straffte sich. «… weil das Private hat im Job nichts zu suchen. Ich weiß nicht, was mich gestern geritten hat.»

Gilbert versuchte ein Lächeln, das ihr Vertrauen geben sollte. «Alles gut, Jessica», sagte er beruhigend. «Man darf sich auch mal was von der Seele reden. Ich habe Ihnen dafür unsere Schäfchen-Sorgen verraten.» Er zwinkerte. «Also sind wir quitt.»

Seiner Assistentin schien ein Stein von der Seele zu fallen. Sie entspannte sich wieder. «Danke! Das beruhigt mich. Und jetzt würde ich Sie gerne mit Penelope FitzRoberts von der BBC verbinden. Sie bittet um Rückruf.»

«Ah, darauf habe ich bereits gewartet! Also her damit.»

Jessica bewegte sich wie immer elegant nach draußen, diesmal sogar etwas lockerer als sonst.

Gilbert hatte Penelope bereits um sieben Uhr morgens auf die Mailbox gesprochen. Nachdem seine Mutter ihm gestern Abend ihre haarsträubenden Unternehmungen in Truro gebeichtet hatte, war sie auch auf Lewis Grenville zu sprechen gekommen und dass sie es klug finden würde, wenn Gilbert sich einmal nach seiner Zeit als Diplomat erkundigen würde. Er, Gilbert, hätte doch sicher noch Kontakt zu Geheimdienstfreunden.

Penelope FitzRoberts war einer dieser Kontakte. Im Grunde genommen war sie sogar *der* Kontakt. Heute stand die Vierundsechzigjährige einmal wöchentlich als politische Moderatorin vor den Kameras der BBC, ganz die souveräne, bestens informierte Lady. Zwanzig Jahre zuvor hatten sie nur Eingeweihte gekannt – und gefürchtet. Als eisenharte Direktorin im *Security Service* MI5 war sie für wesentliche Teile der Inlandaufklärung verantwortlich gewesen. Während seiner zwei Jahre Dienst im MI5, unmittelbar nach dem Studium, hatten David und Penelope ein paarmal zusammenarbeiten müssen. Damals hätte sie einem gnadenlos den Arm gebrochen, wenn man ihr in die Parade gefahren wäre. Und über ihre *Zielobjekte* wusste sie alles, bis heute.

Das Telefon auf dem Schreibtisch klingelte und Gilbert nahm erwartungsvoll ab. Sie hatten schon lange nicht mehr miteinander geplaudert.

«Hallo, Penelope», begann er gut gelaunt. «Schade, dass du vorgestern nicht sehen konntest, wie ich vor dem Fernseher applaudiert habe. Deine Fragen an den Innenminister waren brillant!» Er meinte es auch so.

«Oh, danke, Gilbert!» Penelopes tiefe Stimme klang nach extensivem Zigarettenkonsum. «Der Mann ist ein Waschlappen, da hat man es leicht. Wie läuft's bei dir?»

«Ich bin zufrieden. Ich leite immer noch die Renovierungen auf Mount Edgcumbe, eine interessante Arbeit.»

«Mein Lieblingsgemälde in der Edgcumbe Collection ist das von N.M. Condy, das Bildnis der Diener», erklärte ihm Penelope. «Besser als der Condy in meiner Sammlung.»

«Du warst schon mal hier?»

«Ja, vor drei Jahren. Mit meinem kranken Vater. Er wollte unbedingt noch mal nach Cornwall. Dort ist er dann auch gestorben. In Cornwall kann man gut sterben, glaube ich.»

Das war ein typischer Penelope-Satz. Gilbert beschloss, ihn sofort in seinem Sinn zu nutzen. «Lewis Grenville, wegen dem ich dir auf Band gesprochen habe, ist leider nicht so gut gestorben. Man hat ihn ermordet.»

Penelope pfiff durch die Zähne. «Sieh mal an, der feige Grenville! Er hat den MI5 viele Nerven gekostet.»

«Warum nennst du ihn feige?»

«So haben ihn alle genannt. Mit Mitte zwanzig soll er Mitglied der Kommunistischen Partei in Paddington gewesen sein, weit vor deiner und meiner Zeit. Aber er hat es nie zugegeben, weil er sonst nicht als Finanzanwalt hätte arbeiten dürfen.» Penelopes Stimme wurde noch eine Spur tiefer. «Oh ja, ich sehe Grenvilles dicke Akte förmlich vor mir.»

«Trotzdem durfte er in den Auswärtigen Dienst?»

«Er hatte einen Förderer, Lord Frobisher, Wirtschaftssprecher des Oberhauses …»

«… der später wegen Falschaussage im Gefängnis saß?», warf Gilbert überrascht ein. Auf wie viele heikle Zusammenhänge war er da bloß gestoßen?

«Genau der. Frobisher setzte sich in Whitehall beim Außenminister für Grenville ein. Zwei oder drei Monate später, auf jeden

Fall noch im selben Jahr, rutschte Grenville dann in eine Karriere als Konsularbeamter.» Penelope FitzRoberts stöhnte auf. «Gott, Gilbert, was hatten wir nur für Arschlöcher in der Firma! Nicht, dass Lewis Grenville ein wichtiger Fall gewesen wäre, aber unser Vorgehen war typisch für die Zeit. Keine Ressourcen verschwenden, wenn Whitehall die Sache deckt.»

Gilbert überlegte. Was seine Mutter gestern Abend am Telefon als *irgendein Geheimnis von Grenville* bezeichnet hatte, konnte nur daher rühren, dass er in jungen Jahren mit dem Kommunismus geliebäugelt hatte. Aber war das so schlimm? Er stellte die Frage Penelope.

«Moment mal», sagte sie, während er hörte, wie ein Stuhl verrückt wurde. «Ich hole schnell was aus meinem Archiv.»

Er wartete geduldig. Ihre Akten waren berüchtigt. Es handelte sich dabei um keine offiziellen Akten – das natürlich nicht –, sondern um ihr reichhaltiges Privatarchiv, über Jahrzehnte hinweg zusammengetragen. Dabei benutzte sie niemals einen Computer, damit sie nicht gehackt werden konnte. So konnte Penelope bei TV-Interviews für jeden Schuss aus ihrem Köcher ein individuelles Gift auftragen.

«Da haben wir ihn.» Es raschelte und Englands berühmte Fernseh-Lady nahm wieder hörbar Platz. «Der Fall Milano.»

«Was muss ich mir darunter vorstellen?», fragte Gilbert gespannt. «Klingt nach Pizza-Connection.»

«So ähnlich ist es auch. Die letzte Station Grenvilles im diplomatischen Dienst war das britische Konsulat in Mailand. Frag mich nicht, wo er vorher diente.»

«Meine Mutter, die ihn kannte, sagte etwas von Belgien und Marokko», erklärte ihr Gilbert. «Davon hat er ihr jedenfalls erzählt.»

«Mag sein. Auf jeden Fall genoss er in Mailand bereits die höheren Weihen eines Vizekonsuls. Und dann grätscht ein Skandal der russischen Botschaft dazwischen. Einer der Russen wird dabei überrascht, wie er die italienische Handelsbehörde in Mailand verwanzt.»

«Was ja keine große Überraschung ist, oder?», meinte Gilbert. «Das haben wir doch dauernd erlebt.»

«Ich fand immer, dass du etwas zu neunmalklug bist, Gilbert», sagte Penelope spöttisch. «Aber es steht dir gut. Sag du mir, wie die Sache weiterging.»

Gilbert überlegte kurz. «Der MI5 fand heraus, dass Grenville sich heimlich mit den Russen getroffen hatte.» Was sollte es sonst gewesen sein? Schon der ehemalige Spion John le Carré hatte beim Secret Service erleben müssen, dass es für MI5 und MI6 nur ein Feindbild gegeben hatte – den Kommunismus des Warschauer Pakts.

«Richtig. Sie trafen sich nachweislich viermal. Ohne Wissen des Konsuls. Grenvilles Erklärung, das sei wegen des europäischen Handelsabkommens gewesen, nahm ihm keiner ab. Es gab sogar Notizen von ihm, in kyrillischer Schrift. Da kam sie wieder zum Vorschein, die Jugendsünde – sein Flirten mit dem Kommunismus.» Penelope FitzRoberts schnaufte laut. «Wie ich diese Feigheit hasse! Den Kommunismus verehren und als Kapitalist leben! Das können nur Verräter.»

Auch die britischen Konsequenzen aus dem Skandal kannte sie. Lord Frobisher sowie einige andere Lords des Oberhauses ließen Lewis Grenville augenblicklich fallen, was ihn so tief verletzte, dass er bei der Staatsanwaltschaft über Lord Frobishers Machenschaften aussagte. Danach wurde er in den Ruhestand versetzt. Um einen Prozess wegen Landesverrats kam er nur herum, weil Whitehall keine schlechte Presse wollte.

«Könntest du dir vorstellen, dass Grenville wegen dieser alten Geschichte ermordet wurde?», wollte Gilbert wissen, nachdem sich der Berg von Informationen bei ihm gesetzt hatte.

«Wie ist er denn gestorben?», wollte Penelope wissen. Sie kannte alle Tricks unauffälliger Tötung.

«Jemand hat seinen Schädel im Park des Seniorenheims gegen einen Felsen geknallt», erklärte ihr Gilbert, selbst erschrocken, wie das Gespräch mit der eisernen Penelope ihn jede sprachliche Rücksicht vergessen ließ. Er war froh, dass er den Secret Service rechtzeitig verlassen hatte.

Penelope lachte auf. «Profis kommen auf leisen Sohlen. Das hier muss ein Trampeltier gewesen sein.»

«Ich danke dir», sagte Gilbert. «Es heißt, du würdest auch die neue Talkshow übernehmen. Stimmt das?»

«Glaub nicht alles, was im Internet steht», antwortete Penelope. «Vertrauen darf man nur sich selbst, haben wir doch bei der Firma gelernt.»

«Na dann, Penelope ...» Er lächelte, in der Hoffnung, dass sie es spürte. Hinter ihrer Power gab es auch eine sensible Seite, er hatte sie ein paarmal kennenlernen dürfen. «Ich bleibe dein Fan.»

«Solange du Gebühren zahlst», spottete Penelope. Dann legte sie auf.

Als Gilbert sich in seinem Bürostuhl zurücklehnte und darüber nachdachte, was er gerade erfahren hatte, sah er Lewis Grenvilles Motive, die Raubzüge seiner Enkelin zu unterstützen, mit neuen Augen. Es war *seine Art der Rache* an Großbritanniens Oberschicht. Auch Jason O'Connor als geschasster junger Polizist schien einen gewissen Obrigkeitshass zu spüren. Warum die Kräfte nicht bündeln und damit Geld verdienen?

Gilberts Privathandy klingelte. Es lag auf der Besuchercouch, wo er heute Morgen auch die Aktentasche und den zusammengefalteten Regenschirm hingeworfen hatte. Jessica, die seine Sachen immer geduldig wegräumte, hatte ihn neulich amüsiert gefragt, ob er zu Hause einen Kompass besaß, um alles wiederzufinden.

Es war der Schwere Harvey, der anrief. Im Hintergrund konnte Gilbert die Kräne der Werft hören, in der sein Neffe als Bootsklempner arbeitete. Cornwalls Geräusche der Hafenwelt waren allgegenwärtig.

«Sorry, Onkel Gilbert, dass ich störe. Aber es brennt. Ich brauche deine Hilfe.»

«Schieß los.»

«Ich kann Kate und David nicht erreichen. Grandma hatte in ihrer Mail an alle geschrieben, dass Aprils Hehlerin Samantha Innes heißt. Sie hat ein Geschäft in St Ives.»

«So ist es wohl», bestätigte Gilbert. «Leider kennt sie niemand.»

«Das könnte ich ändern. Aber ich habe nur heute Vormittag Zeit.» Harvey schien in etwas hineinzubeißen und redete kauend weiter. Gilbert wusste, dass er jeden Morgen mehrere Croissants futterte. «Mein Freund Freddy besitzt den Laden neben ihr. Schiffszubehör.»

«Na fabelhaft!», rief Gilbert und strahlte. «Mach dich auf den Weg. Hör dich um, jedes Detail über die Frau könnte wichtig sein.»

Harvey druckste etwas rum. «Ich müsste Freddy natürlich was abkaufen, damit er keinen Verdacht schöpft …»

Daher weht der Wind, erkannte Gilbert. Harvey war wie seine Mutter Anne. Bei beiden hatte die schottische Linie der Doyles das Geiz-Gen hinterlassen.

«Such dir was für dein Boot aus», entschied Gilbert. «Rechnung an mich.»

«Danke, Onkel Gilbert! Wir werden den Fall schon knacken!» Damit legte der Schwere Harvey auf.

Gilbert nahm sein Handy mit zum Schreibtisch und ließ sich wieder auf den Drehstuhl fallen. Wann war der Zeitpunkt gekommen, um erneut die Polizei einzuschalten? Jetzt noch nicht, befand er. Je umfassender die Doyles über die Hehlerin und über Lewis Grenville informiert waren, desto detaillierter konnten sie DCI Scott helfen. Möglicherweise war die Polizei ja auch längst selbst diesen Spuren gefolgt.

Er musste noch einmal an sein Gespräch mit Penelope FitzRoberts denken. In jungen Jahren mochte Grenville vielleicht ein politischer Träumer gewesen sein, doch seine Wut auf die Obrigkeit – zum Beispiel auf die Lords des Oberhauses – entstammte ausschließlich eigenen Fehlern. Vermutlich hatte sich bei Grenville im Alter einiges miteinander vermengt – Rachegefühle gegenüber dem Adel, das Gefühl eigenen Versagens, der Wunsch, seine Enkelin zu Geld kommen zu lassen.

Die ausgefuchste Penelope hatte recht: Verräter sahen sich immer als Helden.

24.

Um 13:12 schrieb plummerharveydoyle@klst-port2.co.uk:

RECHERCHE BEI «SEASHELL JEWELLERY» (ST IVES)

Bericht von Harvey Doyle an: alle Doyles

Ich beginne meine Recherche um 11:05 Uhr in der Wharf Road. Ich wisst ja, um diese Zeit ist St Ives voller Menschen, die shoppen oder schwimmen gehen wollen, und es ist kaum ein Durchkommen. Freddys Geschäft für Schiffszubehör *(Freddy By The Sea)* liegt direkt neben dem Laden von Samantha Innes. Also schlendere ich erst mal an ihrem Schaufenster vorbei, bevor ich zu Freddy weiterziehe.
Für ein Schmuckgeschäft ist die Lage von *Seashell Jewellery* ziemlich perfekt. Auf der anderen Straßenseite beginnt bereits der Strand, man schaut also aus dem Laden direkt aufs Meer – und im Schaufenster zeigt Samantha Berge von Muschelschmuck, aber auch Ringe und goldene Kettchen. Es gibt kleine Schalen aus halben exotischen Muscheln, handtellergroß und mit Silberfüßchen. Als Mann verstehe ich davon natürlich nix, aber es läuft wohl. Ich kann Samantha sogar sehen, sie kniet gerade im Schaufenster und hängt Muschelketten an eine Art rosa Korallenbaum. Wohnen tut sie über dem Laden.

Sie ist etwa Mitte fünfzig, hat ziemlich wilde Haare und wirkt so, als würde sie alles ruckzuck machen. Und sie ist teuer angezogen, jedenfalls trägt sie diesen Angebergürtel von Gucci. Auf den ersten Blick käme ich nicht drauf, dass sie eine Hehlerin sein könnte, wie Grandma glaubt. Aber Jack the Ripper hat ja auch keiner erkannt, oder?

Ich habe mir eine Strategie überlegt, wie ich Freddy über seine Nachbarin ausfragen könnte. Er ist nicht der Hellste, muss man dazusagen, vor zwei Jahren hat er im Hafen mal einen Ladebaum an den Kopf bekommen, deshalb ist sein Gedächtnis nicht mehr das beste. Aber von Schiffszubehör versteht er was.

Hallo, Buddy, rufe ich, als ich den Laden betrete, wo steckst du?

Hier, ruft Freddy zurück und steigt in der hintersten Ecke von einer Leiter. Sein Geschäft ist nicht groß, aber in den Regalen stehen tolle Sachen. Schiffslampen aus Messing, Fender, Ölzeug, Anker, Schiffsleitern, elektrische Außenborder, Leinen und ich sehe Schubladen voller Schäkel.

Schön, dich wiederzusehen, sagt Freddy, was brauchst du denn?

Eine Ankerleine, zwei Festmacherleinen und einen neuen Feuerlöscher, zähle ich auf. Ich mache nämlich gerade klar Schiff bei meinem Katamaran.

Dann mal los, meint Freddy, komm mal mit zu meinem Tauwerk. Er hinkt ein bisschen, und ich gehe langsam hinter ihm her, bis wir vor der Abteilung mit den Leinen stehen. Ich sage Freddy, wie viele Meter ich von allem brauche, dann beginnt er zu messen.

Hab gerade deine Nachbarin im Schaufenster gesehen, sage ich, Samantha Innes. Wie ist die denn so?

Ist nicht gut Kirschen essen mit der, meint Freddy, während er die Leinen abmisst. Glaubst du, dass sie schon einmal bei mir gekauft hat, obwohl sie einen alten Jollenkreuzer besitzt? Nein! Sie ist tricky. Hat meinem Vermieter ein Angebot gemacht, mich hier rauszusetzen, um meine Räume zu übernehmen. Hat zum Glück

nicht funktioniert. Dabei hat sie doch schon das Lager im Hof.
Was für'n Lager?, frage ich.
Für ihren Versand nach Frankreich und in die Schweiz, mault Freddy und schneidet das erste Stück Leine ab. Den macht sie jetzt auch noch, diesen Versand. Im Hof stehen manchmal ihre Pakete, sagt er, sie kauft in China billige Silberwaren ein und schickt sie nach Frankreich.
Hat sie dir das erzählt?, will ich wissen.
Ja, sagt Freddy. Weil ich sie direkt danach gefragt habe.
Und diese Sachen hat sie hinten im Lager?, frage ich weiter.
Scheint so, meint Freddy. Und jetzt will ich über diese Kuh nicht mehr reden. Sagtest du, du brauchst auch einen Feuerlöscher?
Yep, Größe zwei. Freddy wirft einen Blick auf das oberste Regal.
Mist, sagt er, Größe zwei steht noch verpackt im Gang zum Hof. Hol dir einfach einen. In diesem Moment klingelt sein Telefon. Er geht ran, es ist seine Mutter, die einen Friseursalon besitzt und redet wie ein Wasserfall.
Das ist meine Chance. Ich flitze in den Flur zum Hinterausgang, wo tatsächlich fünf kleine Feuerlöscher stehen. Aber ich gehe daran vorbei, öffne die Außentür und renne quer über den quadratischen Hof zu einem kleinen Anbau, der nur Samantha Innes' Lager sein kann. Die Tür ist verschlossen. Ich gebe mir eine Minute, um das Schloss zu knacken, einschließlich Gebet, dass Samantha jetzt nicht aus dem Laden kommt. Zum Glück gibt es einen kleinen Trick, den ich bei der Marine gelernt habe. Ich fummle ein bisschen mit dem Schraubenzieher aus meinem Hafen-Overall herum, und zack!, springt die Tür auf. Ich gehe rein, es ist ein mittelgroßer Raum. Auf einem langen Metalltisch stehen etliche Kartons mit chinesischen Schriftzeichen. Darin liegen gestapelt silberfarbene Schalen. Ich nehme die oberste in die Hand, sie fühlt sich an wie Blech.
Dann entdecke ich einen langen Refektoriumstisch in der hin-

tersten Ecke. Doch da liegt was ganz anderes, ausgebreitet auf einem grünen Samttuch! Sieht aus wie ECHTER Schmuck, sehr alt, vier Perlenketten mit unglaublich dicken Perlen, drei Goldarmbänder, goldene und silberne Ketten, zwei davon mit roten Steinen. Daneben stehen vier goldene, reich verzierte Kerzenleuchter und ein mit Steinen besetztes goldenes Kreuz. So auf die Schnelle tippe ich, dass Samantha Innes das billige Chinazeug nur importiert, damit sie ihre ECHTEN Verkäufe nach Frankreich und in die Schweiz glaubhafter als Billighandel ausweisen kann. Und einiges wird sie sicher auch unter der Hand in ihrem Laden an Kenner verkaufen …

Plötzlich höre ich ein Geräusch. Ich laufe zur Tür und linse nach draußen. Niemand da, der Lärm kam von einem losen Fensterladen im Nachbarhaus. Trotzdem, genug ist genug. Ich verschließe die Lagertür, ohne Spuren zu hinterlassen, und gehe zurück zu Freddys Laden. Keine Minute zu früh, denn hinter mir tritt plötzlich Samantha Innes aus ihrem Geschäft in den Hof. Bei ihr ist ein Mann um die sechzig, mit grauem, nach hinten gekämmtem Haar und sportlicher Figur. Die beiden reden miteinander und verschwinden dann im Lagergebäude. Von meinem kleinen Besuch haben sie nichts bemerkt.

In Freddys Flur schnappe ich mir noch schnell einen der Feuerlöscher und kehre damit zu ihm zurück.

'tschuldigung, sagt er, wenn meine Mutter quasselt, brauchst du einen Wecker. Ich sehe schon, du bist inzwischen klargekommen. Sonst noch was?

Nein, kannst mir die Rechnung machen, antworte ich. Dann komme ich noch mal auf seine Nachbarin zu sprechen, die Sache mit dem Lager lässt mir keine Ruhe. Ich habe draußen gerade Samantha Innes gesehen, sage ich, mit einem grauhaarigen Typen, Haare nach hinten gekämmt. Ist das ihr Mann?

Nee, meint Freddy, ihr Bruder, einen Besen wie sie will doch kei-

ner heiraten. Ihr Bruder ist Arzt. Er und sie sind vor zehn Jahren aus Canterbury gekommen.
Ich spitze meine Ohren. Canterbury? Hat er jetzt hier eine Praxis?
Klar, sagt Freddy und rollt meine Leinen in Schneckenform neben der Kasse zusammen. Er heißt Dr. Adrian Stanhope und wohnt in Looe.
Ja, liebe Doyles, ihr habt richtig gelesen. Dr. Stanhope, der Arzt, der Lewis Grenville tot aufgefunden und seine Todesbescheinigung ausgestellt hat. Ist das nicht ein komischer Zufall?
Macht's gut und zieht daraus eure Schlüsse!

Mit maritimen Grüßen, Harvey

25.

Dass Looes beliebtester Hausarzt Dr. Stanhope der Bruder der Hehlerin war, veränderte aus Kate Sicht alles. Hätte der Schwere Harvey nicht auch noch die zweite brisante Information mitgeliefert – dass Adrian Stanhope vor zehn Jahren aus Canterbury hergezogen war und dass es sich damit bei ihm um denselben Mann handeln dürfte, dem Jason und April auf den Scillies das Leben gerettet hatten –, hätte man seine Verbindung zum Seniorenheim und zu Aprils Großvater vielleicht noch als rein ärztlich ansehen können. Doch das war jetzt nicht mehr möglich. Und hatte Sir Tyler Killigrew nicht erwähnt, dass unter anderen auch Dr. Stanhope einem der beraubten Adligen den Tipp mit den *zuverlässigen* Haushütern gegeben hatte? Vor allem aber war er derjenige gewesen, der den Mord an Lewis Grenville als natürlichen Tod deklariert hatte. Seiner Bestätigung hatte die Polizei blind vertraut.

Nein, jetzt war kaum noch daran zu zweifeln, dass April Thomson, ihr Freund Jason O'Connor, Lewis Grenville, Dr. Adrian Stanhope und seine Schwester Samantha Innes Komplizen waren. Jeder der fünf hatte auf seine Weise von den Raubzügen profitiert. April und Jason strebten ganz offensichtlich ein neues sorgenfreies Leben in Mittelamerika an, Lewis Grenville verdiente sich etwas dazu und hatte seine ersehnte Rache an der feinen Gesellschaft, Dr. Stanhope samt Schwester könnten aus schnöder Geldgier dabei gewesen sein. Doch was war dann passiert? Hatten sie sich zerstritten? Mussten Grenville, April und Jason deshalb sterben? Und welche Rolle spielte Aprils geheimnisvolles Foto von der römischen Mauer dabei?

Naturgemäß resultierte daraus die nächste Frage: War Lewis Grenville von Dr. Stanhope getötet worden? Als behandelnder Arzt wäre es ein Leichtes für ihn gewesen, sich mit Grenville am Felsen im Park zu verabreden. Dort hätte er ihn töten und den Sterbenden dann in den Rollstuhl zurücksetzen können. Über den Waldweg nach Looe, der nicht am Seniorenheim vorbeiführte, wäre er auch schnell wieder in seiner Praxis gewesen, um sich wenig später von den entsetzten Waldarbeitern zu Grenvilles Leiche rufen zu lassen …

Kates Kopf brummte vor lauter Fragen.

Zu schade, dass David ausgerechnet heute erst am späten Abend zurückkommen würde. Wie jeden Freitag war er morgens zur Universität Exeter gefahren, um dort als Privatdozent seine wöchentlichen Seminare über die Intelligenzforschung bei Schafen abzuhalten. An diesen Tagen lag die Farmarbeit vollständig in ihrer Hand. Jetzt musste sie sich erst mal um Willow kümmern.

Sie trat auf den Hof, öffnete das geflochtene Weidenholztor zu ihrem Gemüsegarten und schnappte sich dort den Korb mit seinem Futter. Dass das Lamm die Entführung so gut überstanden hatte, erleichterte Kate sehr. Es musste in seinem *Gefängnis* reichlich zu fressen bekommen haben, denn als sie Willow fanden, wirkte er geradezu aufgepäppelt. Und die kleine Schürfwunde über der rechten Klaue hatte sich als harmlos entpuppt. Jetzt tobte das Lamm fröhlich mit Camilla und zwei weiteren Auen auf der provisorischen Weide herum, die David in einem versteckten Winkel der Farm errichtet hatte. Das Gelände lag hinter dem Gemüsegarten an der Rückseite der Farm, optisch geschützt von Holunderbüschen. Von der Zufahrt und vom Hof aus war die kleine Wiese unmöglich zu sehen. Ein zweites Mal sollte der Kleine nicht entführt werden.

Kate trat an das Gatter und warf den Tieren aus ihrem Korb Buchenlaub zu, den größten Berg vor Willow. Das Laub war ein alter Schäfertrick, um den Schafen Blähungen durch Überfressen zu ersparen.

Dass der kleine Bock sich nach seiner Entführung tatsächlich in Millbrook oder zumindest in der Nähe dieses Dörfchens aufgehalten haben musste, hatte David als alter Forensiker schnell festgestellt. Tatsächlich existierten in Millbrook etliche Gehöfte und frei stehende Herrenhäuser, in denen man ein traurig blökendes Lamm unauffällig halten konnte. Zudem war David etwas Interessantes aufgefallen. Im dichten Fell des Lammes hatten zahlreiche Weizengrannen gesteckt, die langen Barthaare des Getreides. Offensichtlich war Willow auf seiner Flucht durch ein größeres Weizenfeld marschiert. Ein spontaner Anruf bei einem befreundeten Landwirt konnte Davids Vermutung schnell bestätigen. Das einzige Weizenfeld zwischen St John und Rame Head befand sich derzeit am Ortsrand von Millbrook. Es war eine Puzzlearbeit, aber Kate fand, dass sie sich lohnte.

In ihrer Gesäßtasche klingelte das Handy. Großcousine Peggy. Natürlich hatte auch sie Harveys aufregende Mail erhalten.

«Es geht los, Kate!», rief sie aufgeregt ins Telefon. «Was Harvey entdeckt hat, könnte sich als Lawine entwickeln!»

«Was meinst du?», fragte Kate irritiert. «Reden wir gerade über Dr. Stanhope?»

«Ja. Wusstest du, dass er privat hier in Sealton wohnt, eine Straße unter uns?»

«Nein, das wusste ich nicht.»

Peggy schien mächtig in Fahrt zu sein, wie so oft, wenn sie sich in eine Sache verbissen hatte. «Ich stehe gerade oben in meinem Bügelzimmer, mit Roberts schweineteurem Fernglas in der

Hand. Damit blicke ich genau auf Stanhopes Bungalow. Die Haustür steht offen, und er flitzt immer zwischen Auto und Haus hin und her.»

«Hat er eigentlich eine Frau?»

«Nein, angeblich ist er geschieden», erinnerte sich Peggy.

«Was siehst du noch?»

«Wie er eine kleine Reisetasche ins Auto packt und Segelsachen. Gerade schiebt er eine zusammengerollte weiße Persenning in den Kofferraum. Jetzt legt er auch noch einen kleinen Anker in den Wagen. Offensichtlich hat er ein Boot.»

«Oder er fährt zum Schiff seiner Schwester», gab Kate zu bedenken. «Harveys Freund sagte doch, dass Samantha Innes einen alten Jollenkreuzer besitzt.»

«Na bitte», meinte Peggy. «Vielleicht ist dort ebenfalls Diebesware versteckt.»

Kate begriff erst jetzt, was die tatendurstige Peggy vorschlagen wollte. «Du meinst, wir sollten Stanhope beschatten?»

«Wir könnten es doch mal für ein paar Stunden versuchen», meinte Peggy. «Heute ist Freitag, da ist seine Praxis ab zwölf Uhr geschlossen und öffnet erst wieder am Montag. Deshalb ist er auch schon zu Hause. Insofern hätte er Zeit, sich mit seiner Schwester zu treffen. Entweder wir entdecken was, oder wir können zumindest ihn für unbeteiligt erklären.»

Der Gedanke gefiel Kate. Eine Observierung war ihr noch nie ermöglicht worden, auch nicht, als sie für ihren Crime-Podcast drei Tage lang Polizistinnen im Dienst begleiten durfte. «Gut, dann machen wir es», entschied sie. «Vielleicht hilft es uns weiter.»

Sie beschlossen, dass die heutige Beschattungsrunde von Kate durchgeführt werden sollte, die zweite morgen von Peggy. So konnte Peggy ihren Monatsabschluss machen und später ihren Oscar von einem Fußballspiel aus Fowey abholen.

Aufgeregt rannte Kate ins Haus, kramte ihren Rucksack sowie

den Feldstecher aus dem Keller und holte eine Flasche Wasser und Chips aus der Vorratskammer. Sie hatte keine Ahnung, was jetzt auf sie zukam. Ihr war nur klar, dass sie Dr. Stanhopes Haus in Sealton – von der Farm hügelabwärts und nur wenige Fahrminuten entfernt – so rechtzeitig erreichen musste, dass sie ihm und seinem Auto noch folgen konnte.

Das Glück war mit ihr. Im selben Moment, als sie an Peggys Haus vorbeifuhr, steuerte der Arzt seinen schwarzen SUV aus der nächsten Seitenstraße und bog Richtung Ortsmitte ab. Kate blieb gerade noch so viel Zeit, Peggy hektisch via Freisprechanlage über den Start der Aktion zu informieren. Dann folgte sie in unauffälligem Abstand.

Stanhopes erste Station war der kleine Supermarkt in Sealton. Beim Aussteigen setzte er sich eine blaue Golfkappe auf, verschloss den Wagen und schlenderte so gemütlich in den Laden hinein, als hätte er alle Zeit der Welt. Durch das große Ladenfenster konnte Kate ihn in der Schlange vor der Fleischabteilung sehen. Seine sportliche Gestalt machte etwas her, und sein Kopf mit den markanten Gesichtszügen wirkte interessant. Als er den Supermarkt wieder verließ, trug er in einer Hand ein Fleischpaket, in der anderen eine Tüte mit Grillkohle.

Danach ging es zum Tanken in der Esso-Station am Ende des Parkplatzes. Langsam begann Kate zu begreifen, warum David sich immer amüsiert hatte, wenn sie bewundernd von *Observierungen* gesprochen hatte. Auch bei Esso ließ der Arzt sich viel Zeit. Selbst als der Tank voll war, plauderte er noch minutenlang mit einem Mann an der Nachbarsäule.

Endlich ging die Fahrt weiter, auf der Landstraße Richtung Portwrinkle. Dort, auf freier Strecke, bremste Stanhope plötzlich, um in der ungepflegten Parkbucht vor einem ärmlichen Cottage zu halten. Das Bremsen kam so überraschend, dass Kate schnell in einen Waldweg abbiegen musste, um dem SUV nicht zu nahe zu kommen. Sie stieg aus und rannte zur Straße zurück. Von dort aus konnte sie beobachten, wie eine alte Frau aus dem Cottage gehumpelt kam, zu Stanhopes Wagen ging und durch das offene Autofenster einen kleinen Zettel in Empfang nahm, vermutlich ein Rezept. Der Arzt winkte und fuhr wieder an.

Kate kam sich vor wie ein Hase, der hin und her rennen musste. Als sie ihr Auto aus dem Waldweg zurück auf die Landstraße lenkte, war Stanhope auf und davon. Was sollte sie tun?

Zu ihrer Erleichterung holte sie ihn doch noch ein, kurz hinter Crafthole. Diesmal war sie vorsichtiger und ließ immer zwei oder drei Wagen zwischen sich und ihm. Als er an der nächsten Kreuzung dem Schild Richtung Millbrook folgte, fingen Kates Nerven an, leicht zu flattern. Stanhopes Auto wurde schneller. Kate musste an den berühmten Spruch vom Pferd denken, das kurz vor dem Stall schneller lief. Die Vermutung, dass dieser Stall sich in Millbrook befinden könnte, wo sie Willow aufgelesen hatten, erschreckte sie.

Tatsächlich ging es in das Dorf hinein, doch gleich darauf bog Stanhope in eine Seitenstraße ab, die links von Häusern gesäumt war, während rechts Felder und Wiesen begannen. Das Straßenschild kündigte eine Sackgasse an. Seinem Tempo nach beabsichtigte Stanhope, sie bis zum Ende durchzufahren. Um nicht entdeckt zu werden, parkte Kate, verließ ihr Auto und folgte dem Arzt zu Fuß. Das war leicht, denn links auf dem Bürgersteig waren alle paar Meter Oleanderbüsche gepflanzt, damit die Sackgasse gepflegt wirkte. Nach dem letzten Haus erstreckte sich auf etwa fünfzig Meter ein verwildertes unbebautes Grundstück voller Ginster und Wacholderbüsche, während auf der gegenüberliegenden Straßenseite eine wogende gelbe Fläche begann, deren Anblick Kates ohnehin schon heftigen Herzschlag um ein weiteres Pochen beschleunigte – das Weizenfeld! Hier musste der arme Willow durchgestapft sein.

Dr. Stanhopes SUV war am Ende der Straße mit laufendem Motor im Wendehammer stehen geblieben. Sicherheitshalber bewegte Kate sich jetzt auf dem verwilderten Grundstück weiter, wo glücklicherweise auch ein paar Bäume standen. Jetzt erst sah sie, dass sich am Ende der Sackgasse eine mächtige, etwa drei Meter hohe Mauer erhob, in deren Mitte ein ebenso hohes Einfahrtstor eingelassen war. Stanhope schien darauf zu warten, dass es sich für ihn öffnete. Hinter der von Efeu überwucherten Mauer erhob sich die Fassade eines lang gestreckten Herrenhauses.

Erst als Kate sich bis auf etwa zwanzig Metern genähert hatte, gut geschützt hinter einem Wacholderbusch stehend, erkannte sie das Ausmaß des Anwesens. Es handelte sich um einen Bau, wie ihn reiche Londoner zum Ende des neunzehnten Jahrhunderts vielfach in Cornwall errichtet hatten. Mit zahlreichen Räumen und Nebengebäuden, verzierten Fassaden und überstehenden Dächern, unter denen sich Terrassen befanden. Meist ging es auf solchen Anwesen auch nicht ohne eigene Krocketwiese und einen großzügig angelegten Tennisplatz. Auch diese Mauern schienen ein riesiges Areal vor den Augen von Fremden verstecken zu wollen. Auf einem steinernen Schild neben der Einfahrt war der Name des Herrenhauses eingeritzt: *LINDFIELD HOUSE.*

Das elektrische Tor öffnete sich, langsam und schwerfällig. Gespannt beobachtete Kate, wie Dr. Stanhope seinen Wagen auf den gepflasterten Hof steuerte. Sie erhaschte einen Blick auf einen hohen steinernen Springbrunnen und eine große Rasenfläche links davon. Ein Teil des Rasens schien frisch eingesät zu sein. Auf der Terrasse standen zwei Liegen und vier gepolsterte Korbsessel, links von der Terrasse gab es einen Säulengang, der sehr herrschaftlich wirkte. Stanhope steuerte seinen SUV rechts an dem Springbrunnen vorbei und tauchte in eine Art Tunnel ein, der unter das Haus führte. Entweder, so mutmaßte Kate, gab es dort eine Tiefgarage oder man konnte so bis zur Rückseite des Gebäudes durchfahren.

Im selben Moment schloss sich das Tor wieder.

Aufgeregt dachte sie darüber nach, was sie jetzt tun sollte. Ob Stanhope den Bewohnern des Anwesens nur einen kurzen Besuch abstattete? Oder wollte er länger bleiben? Wenn dies das Haus war, in dem Willows Entführer wohnten – was hatte der Arzt dann mit ihnen zu tun? Dass hier Stanhopes Schwester lebte, konnte Kate ausschließen, denn der Schwere Harvey hatte in seiner Rundmail erwähnt, dass sie direkt über ihrem Laden in St Ives wohnte.

Kate beschloss zu warten. Sie setzte sich auf einen großen Stein, verborgen von dem Wacholderbusch, und streckte immer mal wieder ihren Kopf seitlich an den Ästen vorbei Richtung Herrenhaus. Einmal meinte sie, Dr. Stanhope im Hof lachen zu hören, konnte aber keine zweite Stimme ausmachen, diese undurchdringliche Mauer schirmte alles ab. Auch der Blick durch ihren Feldstecher, den Kate aus dem Auto mitgenommen hatte, half ihr nicht weiter. Damit konnte sie weder Hof noch Garten einsehen, und an der langen Fensterfront im ersten Stock ließ sich niemand blicken.

Erst nach exakt vierundzwanzig Minuten erblickte sie Adrian Stanhope wieder. Hastig setzte sie ihr Fernglas vor die Augen. Stanhope stieg ganz links eine steinerne Außentreppe empor, die zu einer kleinen Terrasse im ersten Stock führte. Von dort führte eine weiße Tür ins Innere des Hauses. In der Hand trug Stanhope die Reisetasche, von der Peggy gesprochen hatte, sowie einen Kleiderbügel mit einem hellen Sakko. Das waren eindeutig Vorkehrungen, um hier wenigstens eine Nacht zu verbringen.

Kate beschloss, die Observierung zu beenden, zumal sie aufpassen musste, nicht von skeptischen Anwohnern an die Polizei gemeldet zu werden. Im Mehrfamilienhaus hinter ihr hatte sich bereits ein Fenster geöffnet und eine Frau schaute argwöhnisch zu ihr herüber.

Nein, jetzt gab es Wichtigeres zu tun. David oder sie mussten schleunigst herausfinden, wem dieses ominöse Anwesen gehörte. Eilig verließ Kate ihren Beobachtungsposten, lief zum Auto zurück und informierte von dort aus Peggy.

«Hammer!», rief Peggy in den Hörer, nicht minder aufgeregt als Kate. «Stanhope hat sich dort wirklich häuslich niedergelassen?»

«Ja, vorerst jedenfalls! Vielleicht will er erst morgen zum Boot.»

«Wir müssen wachsam bleiben», mahnte Peggy vielsagend. «Denk an den alten Spruch: *Hast du den Bau, hast du noch lange nicht den Dachs!*»

26.

Es war üblich, dass Gilbert als Letzter die heiligen Räume von Mount Edgcumbe verließ, zumal am Freitag, wenn alle gerne pünktlich verschwanden. Er stellte noch schnell drei Kunstbücher ins Regal zurück, dann machte auch er sich zum Gehen bereit. Durch die Fenster des Büros konnte er beobachten, wie die letzten Besucher durch die Parkanlage spazierten. Es war 18:15 Uhr, Zeit für Gilbert, vom Anleger Mount Edgcumbe aus in ein paar Minuten mit der Cremyll-Fähre über den Fluss Tamar nach Plymouth überzusetzen, wo er mit seinem Bruder Brian zum Essen verabredet war. In einem Pub wollten sie Brians Auszeichnung mit dem Wissenschaftspreis begießen. Um 22:15 Uhr konnte Gilbert dann die letzte Fähre aus Plymouth nehmen und anschließend nach Hause fahren.

Als er im Flur an Jessica Morgans Büro vorbeiging, erspähte er durch die halb offene Tür ihr pinkfarbenes Handy auf dem Schreibtisch. Jessica hatte sich vor einer halben Stunde ins Wochenende verabschiedet. Das Mobiltelefon, so hatte sie selbst einmal gesagt, war ihre Lebensader, zu Freunden und Freundinnen, zu den Sportkolleginnen in Foweys Fitnessstudio und zu ihrem Mann in London, jedenfalls vor ihrem Ehekrieg. Jessica besaß keinen Schlüssel zum Hauptgebäude von Mount Edgcumbe, weshalb sie ihr Handy erst am Montag wieder in Empfang nehmen könnte.

Gilbert zückte sein eigenes Handy. Vielleicht konnte er sie auf dem Festnetz zu Hause erreichen. Es klingelte zweimal durch, dann schaltete sich der Anrufbeantworter ein. Er legte auf. Sicher ist sie nur schnell für das Wochenende einkaufen gegangen, dachte Gilbert. Er wusste, dass sie in einem alten Cottage in Anderton wohnte. Gilbert war zwar nie dort gewesen, kannte aber Fotos vom Haus, dessen graue Front Jessica mithilfe blau blühender Glyzinien und grüner Fensterläden verschönt hatte. Das Dorf Anderton war nur fünf Minuten von Mount Edgcumbe entfernt. Es würde ihn nicht wesentlich aufhalten, wenn er das Handy schnell in Jessicas Briefkasten warf. Danach konnte er entspannt zur Plymouth-Fähre fahren.

Er trat an ihren Schreibtisch, der wie immer penibel aufgeräumt war, kein Blatt Papier zu viel, die Stifte rechts neben dem Computerbildschirm in Reih und Glied liegend. Nach dem pinkfarbenen Handy greifend, verspürte Gilbert für Sekunden den Drang, einen kurzen Blick auf das Display zu werfen, nicht aus Neugier, mehr aus Sympathie. Was für Apps hatte sie? Was war ihr wichtig? Schickte sie ihrem Mann verbitterte oder traurige Mails? Doch diese kleine, delikate Versuchung erledigte sich von selbst, denn das Mobiltelefon war gesperrt – und Gilbert schämte sich für seine Gedanken. Hastig steckte er das Handy in die Jackentasche, schaltete die Alarmanlage ein und verließ das Gebäude durch den Nebeneingang.

Er selbst wohnte im ehemaligen Gärtnerhaus von Mount Edgcumbe, einem gelben, reetgedeckten Bau außerhalb des Parkgeländes, um das ihn viele beneideten. Auf der kurzen Autofahrt zu Jessicas Cottage sah er sein Haus neben der schmalen Straße in der Abendsonne liegen. Eigentlich müsste er am Wochenende den maroden Zaun am Gartenende reparieren, doch wie immer rann ihm seine knappe Freizeit zwischen den Fingern davon.

Drei Minuten später rollte er an der breiten Bucht des Tamar vorbei. Das dunkle Wasser des Flusses transportierte den Schlick der Gezeiten, die hier herrschten. Da der Tamar die Grenze zwischen Cornwall und Devon darstellte, hatte Gilbert seit jeher bei der Überquerung das Gefühl, in ein anderes Land zu reisen.

Andertons Gesicht wurde durch seine vielen Reihenhäuser geprägt, mit dünnen Fensterrahmen, bunten Fronten und schlichten Erkern, die wie Käseecken aussahen. Erst im hinteren Teil des Dorfes gab es Straßen mit größeren Häusern. Da die Gemeinde überschaubar war, hatte Gilbert die Adresse von Jessica Morgan schnell gefunden.

Das Cottage stand dicht neben der Straße, ohne Vorgarten, sodass die Stufen zur Haustür unmittelbar an den Asphalt der Straße grenzten. Vor der Treppe parkte ein gepflegter dunkelblauer Mercedes älteren Jahrgangs, was Gilbert veranlasste, mit gebührendem Abstand dahinter anzuhalten. Ihm kam der Verdacht, dass Jessicas Ehemann aus London zu Besuch sein könnte. Ihr silberfarbener Toyota war nirgends zu sehen, vermutlich befand sie sich immer noch beim Einkaufen. Während Gilbert ausstieg, stellte er fest, dass das Tor zum Garten rechts neben dem Cottage offen stand. Jessica schien nicht viel Zeit in ihren Garten zu investieren, er sah eine Menge Unkraut und die Rhododendronbüsche waren von wilden Winden berankt.

Er beschloss, nicht zu klingeln. Sobald er den weißen Briefkasten unter den dicht blühenden blauen Glyzinien am Haus entdeckt hatte, zog er Jessicas Handy aus der Jackentasche und steckte es durch den Schlitz. Geräuschvoll fiel es in den Kasten. Mehr konnte er nicht tun. Er drehte sich um und kam auf dem Weg zu seinem Wagen noch einmal an dem schönen Mercedes vorbei. Die Stoßstange des Autos war eingedellt, was seinen Wert sicher schmälerte, dachte Gilbert mit leichtem Bedauern.

Eigentlich hatte er vorgehabt, gleich wieder wegzufahren. Doch dann hörte er eine Männerstimme aus dem Garten. Was soll's, dachte er, ich müsste Jessicas Mann wenigstens darüber informieren, dass ich hier gewesen bin, um ihr Handy zurückbringen. Er betrat den Garten, ging an den Büschen vorbei und näherte sich der hinteren Hausecke, hinter der sich vermutlich eine Terrasse befand. Dabei rief er so laut wie möglich: «Hallo? Besuch! Hier ist Gilbert Doyle!»

Keine Antwort.

«Hallo!?», wiederholte er laut. «Jemand zu Hause?»

Plötzlich ging alles ganz schnell. Er nahm die Gestalt vor ihm nur für den Bruchteil einer Sekunde wahr, mehr Zeit war ihm nicht vergönnt, denn im selben Moment schlug etwas Hartes an seinen Kopf und sorgte für dichten Nebel vor seinen Augen. Gilbert schrie vor Schmerz auf, versuchte, nach der rettenden Hauswand zu tasten, die ihn halten konnte. Doch seine Hände griffen ins Leere und ihm wurde übel. Er fiel und fiel. Dann spürte er nur noch das Gras unter seinem Gesicht und Blut im Mund.

27.

Als David abends aus Exeter zurückkehrte, tat er sehr geheimnisvoll. Kate konnte es kaum erwarten, ihm von ihrer Observierung zu berichten. Er aber kramte minutenlang draußen im Kofferraum seines Wagens herum und erklärte, dass er anschließend noch zu den Schafen auf die Weide müsste. Gestern hatte zum wiederholten Mal die Wasserpumpe der Tränke ausgesetzt, er wollte nachsehen, ob sie wieder funktionierte. Kate vermutete, dass er in Wirklichkeit eine neue gekauft hatte und sie als Überraschung gleich noch einbauen wollte. Sie nutzte die Zeit, um den Küchentisch zu decken. Meistens brachte David von einem Marktstand in Exeter leckeren Räucherfisch mit.

Als er schließlich von draußen in die Küche trat, wirkte er äußerst gut gelaunt. Das war meistens so, wenn er von der Uni kam. Er liebte es, zu unterrichten. Kate wusste, dass er der einzige Schafforscher war, der eine eigene Herde besaß. Sein *Unterrichtssakko*, wie er das grüne Jackett nannte, trug er auch jetzt noch. Falls er tatsächlich eben noch die Wasserpumpe der Weide ausgetauscht hatte, was ihn sonst pitschnass zurückkommen ließ, war er erstaunlich vorsichtig gewesen.

Er gab Kate einen Kuss. «Sorry, jetzt bin ich für dich da.»

Sie lächelte nachsichtig. «So fleißig kenne ich dich ja gar nicht nach der Uni.» Sie zupfte ihm ein paar Grashalme vom Revers. «Wo ist unser Fisch?»

«Ausverkauft», sagte David. «Ich dachte, wir gehen heute mal aus.»

«Mit Vergnügen, Schatz! Wo willst du hin?», rief Kate. Was für eine wunderbare Idee für einen Freitagabend!

«Lass dich überraschen.» David wusch sich in der Spüle die Hände. «Irgendwas Besonderes heute? Ich meine außer der spannenden Mail von Harvey. Ich habe sie in der Nachmittagspause gelesen.»

«Was sagst du dazu? Ich finde, das ist ein echter Gamechanger.»

«Das kann man wohl sagen.» David nahm auf einem der beiden Küchenstühle Platz. «Der seriöse Dr. Stanhope als möglicher Komplize – wer hätte das gedacht?»

Für einen Moment überlegte Kate, ihm die Sache mit der Observierung erst im Restaurant zu erzählen. Aber dann würden sie nachher nur noch darüber diskutieren. Es kam ohnehin viel zu selten vor, dass sie zum Essen ausgingen. Sie setzte sich auf den zweiten Stuhl.

«Peggy und ich haben uns nach der Mail was einfallen lassen», platzte sie los. «Wir dachten, falls Stanhope wirklich eine Schlüsselfigur ist, sollten wir ihn gut im Auge behalten. Deshalb haben wir ihn nachmittags ein bisschen, na ja …»

«… beschattet?», fiel ihr David ungläubig ins Wort.

«Ja», sagte Kate stolz. «Genau genommen war ich es, die ihn observiert hat. Peggy wollte die zweite Schicht übernehmen.»

David lachte auf. «Ihr seid verrückt! Ist denn was dabei rausgekommen?»

Kate ließ kein Detail aus, angefangen von Stanhopes Einkauf bis zu der Tatsache, dass er mit seiner Reisetasche in dem geheimnisvollen Herrenhaus verschwunden war, als würde er sich dort gut auskennen. Aufmerksam hörte David zu, besonders als Kate ihm am Schluss den Stil des Hauses beschrieb. Er zeigte auf ihr Handy, das neben ihrem Teller lag.

«Lass uns noch mal das Foto anschauen, das Sir Tyler Killigrew im Speicher seines Kopierers gefunden hat. Peggy hatte es dir doch geschickt.»

Ohne zu zögern, rief Kate das Foto auf. An diese Aufnahme hatte sie gar nicht mehr gedacht.

Die Fotografie war totaler aufgenommen als jene, die April ihrem Großvater als besonders vertraulich ins Seniorenheim geschickt hatte. Man sah darauf die vermeintlich römische Ausgrabung im Vordergrund, während im Hintergrund ein Teil des Herrenhauses – vermutlich der linke Seitenflügel – sowie ein Säulengang zu sehen waren.

«Und?», wollte David wissen. «Ist es das Haus?»

«Ich bin mir ziemlich sicher.» Kates Herz schlug schneller. Da war nicht nur der Säulengang, den sie bemerkt hatte, als das Tor aufgeschwungen war, sondern auch die spitze Form der Fenster, das weit überstehende dunkle Dach, die Steinverzierungen an der Front – all das stimmte mit dem Herrenhaus auf der Fotografie überein. «Und da», zeigte Kate aufgeregt. «Ganz links am Rand, das könnte die Außentreppe sein, die Stanhope benutzt hat.»

David dachte einen Augenblick nach. «Das heißt … Dort müsste auch die Ausgrabung liegen, die April fotografiert hat …»

«Auf dem Rasen neben dem Springbrunnen konnte ich eine frisch eingesäte Fläche sehen. Vielleicht befinden sich die Mauerreste darunter. Und vergiss nicht das nahe Weizenfeld», erinnerte ihn Kate. «Die Chance ist groß, dass hinter diesen Mauern auch Willow versteckt war.» Sie gab sich einen Stoß und sprach aus, was sie schon seit ein paar Stunden beschäftigte. «Glaubst du, wir sollten jetzt DCI Scott einweihen?»

David nickte. «Unbedingt. Ich werde sie gleich informieren. Samantha Innes und ihre Verbindung zu Dr. Stanhope scheinen entscheidend für den Fall zu sein.» Er blickte auf die verschnörkelte Küchenuhr, die sie von Davids Bruder geerbt hatten. Sie zeigte 20:17 Uhr. «Lass mich vorher mal was versuchen.» Er griff nach Kates Handy und fing an zu wählen.

«Wen willst du anrufen?»

«Sally McTavish. Ich weiß, dass sie diese Woche bei der Polizei Spätdienst hat.»

«Und was soll sie dir sagen?», fragte Kate irritiert. Nachdem David und Sally sich vorgestern im Jamaica Inn getroffen hatten, war sie noch nicht dazu gekommen, Sally anzurufen. Ein bisschen scheute sie sich davor, weil Sally permanent darüber jammerte, dass Phil sie nicht heiraten wollte.

«Als Sekretärin hat sie Zugriff auf die Daten des Katasteramtes», erklärte ihr David. «Ich möchte wissen, wem das Herrenhaus gehört.»

«Verstehe!» Kate sah, wie David das Telefon laut stellte, als Sally sich meldete. Ihre Stimme klang energisch wie immer, wenn sie sich im Dienst befand.

«Sally McTavish.»

«Hallo, Sally, hier ist David. Kate hört mit.»

«Hi, Sally», rief Kate aus dem Hintergrund. «Sorry, dass ich mich noch nicht melden konnte …»

Zum Glück hatte Sally ein geduldiges Gemüt. Sie reagierte auf die Begrüßungen mit Humor. «Alles gut, Kinder, ich weiß ja, dass ihr nur mit Schafen redet.» Sie stellte den Polizeifunk leiser, der im Hintergrund mit den Stimmen aus Bodmins Streifenwagen zu hören war. «Was kann ich für euch tun?»

«Wir bräuchten eine Information aus dem Katasteramt. Bist du gerade allein?»

«So was von allein», sagte Sally. «Unsere Bosse sind in einer Besprechung.» Sie machte eine winzige Pause und wurde leiser. «Geht es immer noch um – na, ihr wisst schon?»

«Ja», bestätigte David. «*Ihr wisst schon* macht langsam Fortschritte. Wir rufen wegen eines Anwesens in Millbrook an. Kate wird dir die Lage des Hauses beschreiben.» Er übergab den Hörer an Kate, die den Namen der Sackgasse, in der sie Stanhope belauert hatte, an Sally weitergab. Sie konnten hören, wie Sally rasend schnell in ihren Computer tippte, um sich in das Katasterarchiv einzuloggen.

«Bin drin!», rief sie triumphierend in den Hörer. «Am Ende der Sackgasse, eine riesige Villa mit Vorplatz und Anbauten?»

«Das muss es sein», bestätigte Kate. «Wer ist als Eigentümer eingetragen?»

«Ein Robert P. Swettenham. Die Villa wurde 1891 erbaut. Er hat sie 1972 gekauft.»

Weder Kate noch David hatten diesen Namen je gehört. Vielleicht war es einer jener Londoner, die nur am Wochenende aufs Land fuhren. Schon gar nicht konnten sie den Namen mit Dr. Stanhope oder Lewis Grenville in Verbindung bringen.

In diesem Moment entdeckte Sally eine weitere Notiz im Katastersystem. «Ah, hier ist noch was. Der Mann ist im Februar verstorben. Das Erbe scheint aber noch nicht übertragen worden zu sein, sonst wäre es hier vermerkt.»

David hatte eine Erklärung dafür. Das Erbschaftsgericht in Truro war heillos überlastet, wie er nach dem Tod seines Bruders am eigenen Leib erfahren hatte. Eigentumsumschreibungen konnten bis zu einem Jahr dauern.

«So könnte es sein», bestätigte Sally. Plötzlich wurden hinter ihr Stimmen laut.

«Ich höre schon, du bist nicht mehr allein», signalisierte ihr David. «Lass uns Schluss machen.» Die nächsten Worte betonte er in sehr auffälliger Weise, was Kate ziemlich merkwürdig fand. «Alles Weitere wie besprochen.»

«Du bist ein Schatz», antwortete Sally leise, dann legte sie auf.

«Was sollte das denn?», fragte Kate irritiert, während sie das

Telefon in ihre Hosentasche steckte. «*Alles Weitere wie besprochen* – habt ihr Geheimnisse?»

David grinste und erzählte ihr, um was Sally ihn gebeten hatte.

«Mein Gott», kommentierte Kate mit weiblicher Empfindsamkeit. «Viele Frauen wünschen sich eine Hochzeit! Was ist daran so ungewöhnlich?»

«Nichts», antwortete David. «Komm, wir gehen jetzt essen.»

Während David noch schnell die Handynummer von DCI Scott wählte und ihr auf der eingeschalteten Mailbox seine Informationen über Samantha Innes und Dr. Stanhope hinterließ, zog Kate sich im Flur feinere Schuhe an und streifte ihre Lederjacke über. Wer weiß, welches Restaurant David im Sinn hatte, er liebte Überraschungen.

Dann zogen sie los. Draußen war es dunkel geworden, doch dank des abnehmenden Vollmonds war die Nacht immer noch leicht erhellt. David nahm Kate an die Hand und zog sie mit sich. Sein Auto stand vor dem Stallanbau, sodass sie quer über den Hof gehen mussten. Als Kate an den Weiden vorbeiblickte, entdeckte sie in der Ferne flackernde Lichter in der Dunkelheit. Sie schienen sich auf der Heide links hinter den Schafweiden zu befinden. Erschrocken zog sie an Davids Hand.

«Was ist das, David?»

«Keine Ahnung, lass uns nachsehen.» Er blieb bemerkenswert ruhig.

Kate löste sich von ihm und lief etwas beklommen voraus, vorbei an den Koppeln zum schmalen Pfad, der durch die Heide hinunter nach Sealton führte. David folgte ihr. Warum sagte er nichts und ließ sie einfach so vorangehen? Ganz offensichtlich flackerten die Lichter bei der kleinen Bank, von der man zum Meer hinunterblicken konnte.

Während Kate sich der Bank näherte, wurde das Bild mit jedem Schritt vollständiger. Sie erkannte, dass das Licht von zwei hohen

Windlichtern rührte, die rechts und links auf der Bank standen, dazu auf der linken Hälfte der Bank ein Weinkühler mit einer Flasche Champagner und ein rundes Tablett mit zwei schlanken Gläsern. Überwältigt vom Anblick des romantischen Arrangements blieb Kate stehen und drehte sich etwas hilflos zu David um, der sich hinter sie gestellt hatte.

«Ist das ... für uns?»

David nickte schmunzelnd. «Ja. Weil dieser Platz eine ganz besondere Bedeutung für mich hat.» Sein Gesichtsausdruck verriet, wie stolz er auf seinen Einfall war. In Momenten wie diesen konnte er wie ein zufriedener kleiner Junge aussehen, der sich überwinden musste, nicht allzu schüchtern zu wirken.

«O mein Gott! Das ist ja wie im Film!» Die Nacht war klar, der Blick hinunter zur Küste mit den flimmernden Lichtern der Häuser am Meer verzauberte Kate vollends.

«Jetzt setz dich erst mal.»

Gerührt schlang Kate ihre Arme um seinen Hals und küsste ihn innig. Aus der Heide, die sie umgab, stieg der nächtliche Duft von Gräsern und Wacholderbüschen auf. Weiter hinten sah sie ihre geliebten Schafe auf der Weide ruhen.

«Danke», flüsterte sie, während sie David losließ. «Romantischer hättest du das nicht planen können!»

«Die richtige Überraschung kommt ja noch.»

Aufgeregt nahm Kate auf der Bank Platz. In diesem Moment sah sie im hohen Gras unterhalb der Bank, höchstens zwanzig Meter von ihr entfernt, etwas vorbeischleichen, lauernd und forsch zugleich. Es war die Füchsin, die jeden Abend die Farm besuchte. Auch jetzt war sie sicher dorthin unterwegs, sie gehörte seit Jahren zur Heide. Erfreut machte Kate David auf das Tier aufmerksam, doch er hörte gar nicht zu.

Er war damit beschäftigt, die Champagnerflasche zu öffnen und das perlende Getränk in die beiden Gläser einzuschenken.

Eines davon reichte er Kate. Dann knüpfte er sein grünes Sakko zu und richtete sich vor ihr auf. Kates Wangen kribbelten vor Aufregung.

«Lieber Schatz», begann er. «In den vier Jahren, die wir jetzt zusammen sind, hat es keinen Tag gegeben, an dem ich mich nicht danach gesehnt habe, dir auch am nächsten Tag wieder nahe zu sein. Und es hat nicht eine Stunde gegeben, in der ich nicht dankbar war, dich an meiner Seite zu haben und mein Leben mit dir zu verbringen.» Er lächelte etwas angestrengt. «Den Schafen ging es sicher nicht anders. Deshalb möchten wir dich fragen, ob du … ob du uns am siebten Oktober heiraten willst …» Er begann zu stottern. «Nein, ich meine natürlich, ob du mich am siebten Oktober heiraten willst … An diesem Tag und hier hast du mir im ersten Jahr gestanden, dass du mit mir glücklich bist und mich und die Farm nie wieder verlassen willst.»

«Natürlich möchte ich dich heiraten!», rief Kate mit beginnendem Schluchzen und mit heißen Ohren, die sie immer bekam, wenn sie außer Kontrolle geriet. Sie stellte ihr Glas ab und sprang auf. «Und von mir aus heirate ich die Schafe gleich mit!»

Mit einem Strahlen, wie Kate es nur selten an David sah, nahm er sie in die Arme und küsste sie so intensiv und lange, dass sie vor lauter Glückshormonen gar nicht merkte, wie ihr rechter Ellenbogen über eine der hohen Kerzen hing. Erst als es zu kokeln begann, zog sie den Arm weg. Es war nicht viel passiert. Im selben Moment blökte drüben auf der Weide lauthals der Chor der Schafe. Auch die Herde hatte jetzt offensichtlich den huschenden Schatten entdeckt.

«Die Füchsin …», wollte Kate David mitteilen, doch weiter kam sie nicht, da er sie ein zweites Mal küsste. Das Blöken der Schafe setzte erneut ein, jetzt noch lauter, mit der Kraft eines Chores im musikalischen Wetteifern.

Überglücklich nahm Kate es als Gratulation.

28.

Gilbert empfand Schmerzen und konnte sich kaum bewegen. Als er mit dem Bein an etwas Hartes stieß, öffnete er erschrocken die Augen. Etwas Grelles schlug ihm entgegen, gleichzeitig schmerzte sein Rücken. Wo war er?

Erst nachdem er sich halb aufgerichtet hatte und in der Lage war, sich umzublicken, wurde ihm klar, wo er lag. In seinem Auto. Das Armaturenbrett vor ihm war seines, er erkannte es an den Kratzern in der Holzleiste. Auch die Bücher auf dem Beifahrersitz – eines über Art déco und eines über Cézanne – gehörten ihm. Beides wollte er am Wochenende lesen. Das helle Licht kam von der im Osten aufgegangenen Sonne, die ins Auto schien und ihm klarmachte, warum er eben beim Aufwachen geblendet gewesen war. Sein Fahrersitz befand sich in Liegeposition, sodass die ersten Sonnenstrahlen durch das Beifahrerfenster auf sein Gesicht getroffen waren.

Irritiert schaute Gilbert auf seine Armbanduhr. Es war kurz nach sieben Uhr. Was tat er hier? Hatte er hier die Nacht über gelegen?

Ein Blick aus dem Autofenster zeigte ihm, dass sein Wagen direkt neben dem Tickethaus der Personenfähre Cremyll parkte, quasi an der Rückseite des Parks von Mount Edgcumbe. Was wollte er hier? Und warum konnte er sich an nichts mehr erinnern? War er auf dem Weg nach Plymouth gewesen? Wenn ja, konnte er eigentlich nur zu seinem Bruder Brian gewollt haben. Mit einem Gefühl von Verärgerung fuhr er seinen Sitz nach oben, öffnete die Tür und stieg aus. Die frische Luft vom Fluss tat ihm gut. Er war steif wie ein Brett, Rücken, Beine und Schädel schmerzten. Vorsichtig tastete er nach seinem Handy in der Sakkotasche, erleichtert, dass es noch da war und er es herausholen konnte. Er versuchte, sich an die Telefonnummer seines Bruders zu erinnern, aber sein Gedächtnis weigerte sich, sie auszuspucken, also musste er sie erst in den Kontakten suchen. Was war mit ihm passiert? Sein Kopf drohte zu platzen. Hatte er einen Schlaganfall erlitten?

Brian war sofort am Apparat. Er schien erleichtert zu sein, die Stimme seines Bruders zu hören.

«Gilbert? Wo steckst du? Ich mache mir Sorgen. Du wolltest doch gestern Abend kommen!»

«Gestern Abend?», wiederholte Gilbert irritiert. «Wollten wir uns denn in Plymouth treffen?»

«Ja, im *Three Crowns* am Hafen. Bist du okay? Du sprichst so langsam.»

Gilbert schilderte ihm seine merkwürdige Situation. Brian wurde so hellhörig, dass er sofort einen Vorschlag machte. «Ich könnte in zwanzig Minuten bei dir sein, wenn ich die nächste Fähre kriege. Warte in Cremyll auf mich, falls du es noch aushältst.»

«Das schaffe ich schon.»

Es erleichterte Gilbert ungemein, dass Brian in Kürze zu ihm stoßen würde. Er könnte auch Kate anrufen, aber er wollte sie nicht unnötig belasten.

Gegenüber der Anlegestelle lag ein Pub, *The Edgcumbe Arms*, seine Tische und Bänke vor dem Haus luden zum Sitzen ein. Gilbert schaffte es, sich drinnen an der Theke einen Becher Kaffee zu besorgen, und nahm dann draußen Platz. Der Kaffee war stark, heiß und weckte seine Lebensgeister. Als der Becher fast leer war, sah er auch schon die Fähre aus Plymouth kommen.

Brian ging als Erster von Bord, die grüne Barbourjacke vorne geöffnet und in der Hand eine zusammengerollte Zeitung. So streifte er am Wochenende gerne schon früh am Morgen durch die Stadt. Gilbert winkte ihm zu, sodass Brian ihn sofort erspähte. Sie umarmten sich. Neben ihnen tobten die Kinder holländischer Touristen über den Hof.

«Soll ich dir auch einen Kaffee holen?», fragte Gilbert.

«Nein, nein», winkte Brian ab. «Ich hatte gerade einen.» Er setzte sich auf die derbe Holzbank gegenüber von Gilbert und blickte seinem Bruder prüfend ins Gesicht. «Lass dich anschauen. Du bist blass. Wo hast du die Wunde her?» Er deutete auf Gilberts Haare, rechts oberhalb des rechten Ohrs.

«Welche Wunde?» Erschrocken tastete Gilbert mit den Fingern danach. Als er die Stelle berührte, stöhnte er vor Schmerz. «Ah ... das tut weh ...»

«Vorsicht, reib nicht dran, sonst platzt die Wunde wieder auf. Sieht aus, als hätte man dich zusammengeschlagen», vermutete Brian. «Und du hast keinen Schimmer, wo du gestern Abend gewesen sein könntest?»

Gilbert dachte angestrengt nach. «Ich bin irgendwo hingefahren, so viel weiß ich noch. Ich ... ich glaube, ich wollte jemandem was bringen ... Aber wem?»

«Zeig mir mal deine Arme», befahl Brian. «Ich will was nachsehen.»

Ohne zu murren, zog Gilbert sein Jackett aus und krempelte rechts und links die Ärmel hoch. Sein Bruder beugte sich vor und inspizierte die Arme so dicht über der Haut, dass Gilbert seine Barthaare spüren konnte. Brian hatte vor dem Biologiestudium mehrere Semester Medizin studiert und damals oft Nachtdienste in einer Klinik übernommen. Routiniert umkreiste er mit dem Finger eine Stelle an Gilberts rechtem Oberarm. «Dachte ich mir's doch. Hier gibt es den Einstich einer Nadel.

Wahrscheinlich in Eile gesetzt, drumherum ist ein winziger Bluterguss.»

«Sprichst du von Drogen?», fragte Gilbert entsetzt. «Warum sollte mir die jemand verabreichen?»

Brian rollte ihm die Ärmel herunter, eine brüderliche Geste der Anteilnahme. Dabei versuchte er, möglichst undramatisch zu klingen. «Keine Drogen, wie du sie kennst. Ich kann auch nur tippen, Gil. Und zwar auf das, was Anästhesisten *Benzos* nennen. Die Kurzform von Benzodiazepine – beliebt als Betäubungsmittel. Sie machen müde und versetzen einen in Schlaf.»

«Du bist ja verrückt!» Gilbert spürte selbst, dass sein Protest schwach ausfiel und dass Brian möglicherweise recht hatte. «Wie heißt das Zeug?»

«Benzodiazepine. Ein sehr gebräuchliches Mittel ist Midazolam, mit dem sich bei OPs das Gedächtnis des Patienten löschen lässt. Man soll sich an nichts mehr erinnern können.»

Gilbert überlegte. «Müsste ich dann nicht wenigstens wissen, wie ich an diesen Ort gekommen bin?»

«Das müsstest du. Bestimmt fällt es dir auch wieder ein. Die Mittel können nichts rückwirkend löschen. Nichts, was vor der Spritze passiert ist.» Brian legte Gilbert wie zu Jugendzeiten eine Hand auf die Schulter und schüttelte ihn leicht. «Na komm, Gil, lass dich nicht nervös machen.»

«Es muss mit dem Mord an April Thomson zu tun haben», vermutete Gilbert. «Was anderes ist nicht möglich.» Ihm fiel sein Telefonat mit Penelope FitzRoberts ein, nur vage, aber immerhin. «Ich weiß noch, dass ich gestern mit einer Freundin vom Secret Service über Lewis Grenville gesprochen habe …»

«Sehr gut», ermunterte ihn Brian. «Was kam danach?»

«Abends habe ich mein Büro verlassen, weil ich schnell noch irgendwohin wollte …»

«Du wolltest zu mir», erinnerte ihn Brian. «Oder gab es da

vorher noch etwas anderes zu erledigen? Wolltest du dich mit jemandem treffen, um weitere Informationen einzuholen?»

«Nein, nein … das war es nicht.» Plötzlich hielt Gilbert es nicht mehr am Tisch aus und sprang auf. Die Fähre vor ihnen legte gerade wieder ab, mit dröhnendem Motor und unter den lauten Rufen einer Frau, die ihren Freunden an Land etwas zurief. Brian blieb sitzen, er wusste, dass sein Bruder sich bewegen musste, wenn er sich seelisch in der Klemme fühlte. Um nachzudenken, machte Gilbert ein paar Schritte Richtung Parkplatz, dann kehrte er zurück. Die laute Frauenstimme an Bord der Fähre hatte etwas in ihm wachgerufen, das Bild von einem Cottage mit grünen Fensterläden. Aufgeregt setzte er sich wieder zu Brian.

«Ich wollte zu Jessica Morgan!», rief er. «Zu meiner Assistentin! Im Garten war ein Mann …» Er brach mit einer Verzweiflung ab, die ihn körperlich schmerzte. «Verdammt noch mal, Brian, mein Kopf fühlt sich an wie ein Blumenkohl.»

«Lass jetzt nicht nach, Gil. Den ersten Faden hast du schon. Du wolltest also zu Jessica Morgan. War sie denn zu Hause?»

Gilbert zögerte. «Nein, aber dieser Mann …»

«Na bitte.» Zufrieden lehnte sich Brian zurück. «Wir machen Fortschritte!»

29.

Beschwingt verließ Kate das Haus und ging zu David. Vor der Scheune war gerade eine Wagenladung Strohballen abgeladen worden, die jetzt innen neben dem Heu gestapelt werden mussten. Eine Farm stand nie still, nicht einmal nach einem Heiratsantrag. Mit einem Blatt Papier in der Luft wedelnd gab Kate ihrem Ehemann in spe einen Kuss. «Wir kriegen die Orangerie, Schatz! Mein Dad ist zwar gerade nicht erreichbar, aber ich habe mit dem Veranstaltungschef von Mount Edgcumbe gesprochen. Bis zum siebten Oktober ist die Renovierung abgeschlossen.»

«Na dann, greifen wir doch zu.» David grinste und streichelte Kate über die Wange. «Hätte mich gewundert, wenn du das nicht so schnell organisiert hättest.»

Nach dem romantischen Abend auf der Weide hatten sie sich zusammen ausgemalt, wo die Hochzeit am besten stattfinden könnte. Am Ende waren sie beim Park von Mount Edgcumbe gelandet, wo die eindrucksvoll verglaste Orangerie, die auch als Restaurant fungierte, spektakuläre Ausblicke auf den Italienischen Garten und den Brunnen ermöglichte. Hier hatten die Doyles schon öfter gefeiert.

Kate hätte heute fliegen können, so happy war sie. Dabei ging es ihr weniger darum, dass sie künftig einen Ehering tragen würde, sondern um Davids inniges Bekenntnis zu ihrer Beziehung. Nur das war wichtig. Als sie heute Morgen nebeneinander aufgewacht waren und sie noch im Halbschlaf lag, hatte sie ihn dabei ertappt, wie er sie von seiner Bettseite aus mit einem wunderbar sanften Lächeln betrachtet hatte.

Der unromantische Teil der Wirklichkeit kehrte mit einem Anruf des Farmers Andy Lennox in den Alltag zurück, kaum dass Kate wieder im Haus war. Kate erkannte sofort seine Nummer. Da David noch immer vor der Scheune schuftete, nahm sie den Hörer ab. Lennox besaß eine der größten Schaffarmen in Cornwall. David schätzte ihn als ehrlichen, gutmütigen Kollegen.

«Hi», begann Andy. Nicht nur sein wildes Aussehen mit blonder Mähne, auch seine kräftige Stimme erinnerte Kate seit jeher an einen Wikinger. «Geht's euch gut?»

«Sehr gut», bestätigte Kate lächelnd. Den Grund für ihr Glück zu nennen verkniff sie sich, so gut kannte sie Andy nun auch wieder nicht.

«Es geht um meine Weide in Millbrook», fuhr Andy fort. «David hatte mir auf Band gesprochen und gefragt, ob er dort für ein paar Stunden den Schäferkarren benutzen kann.»

«Ah ja ... Ich ... ich weiß Bescheid», log Kate. Millbrook? David hatte ihr nichts davon erzählt. Sie erinnerte sich aber an Andys kastenartigen grünen Wagen. Andy fuhr damit öfter über Land zu fremden Weiden. «Und, wird es klappen?»

«Kein Problem», sagte Andy. «In Millbrook halte ich nur Lämmer mit ihren Müttern, aber die freuen sich über Gesellschaft. Ich habe sogar ein paar Romneys. Also bringt Willow nur mit, ja? David hat mir von ihm erzählt.»

«Ich sage es David. Vielen Dank, Andy.»

«Immer gerne», meinte der junge Farmer und legte auf.

Drei Minuten später ging Kate erneut nach draußen zu David. Gerade hatte er die letzten Strohballen in die Scheune gehievt. Verschwitzt hörte er sich Kates Frage nach dem Sinn der Unternehmung *Schäferkarren* an.

David erklärte es ihr. Ihm war eingefallen, dass sich Andys kleine Weide mit dem pittoresken Schäferkarren am Ortsrand von Millbrook befand. Sofort hatte er die Sache auf Google Earth überprüft. Und richtig – erstens war Andys Karren tatsächlich auf dem Satellitenbild zu erkennen, zweitens befand sich die Weide an der Rückseite von *LINDFIELD HOUSE*, das Kate gestern observiert hatte. Besser konnte es sich nicht fügen.

«Du meinst, wir sollten das Herrenhaus ein zweites Mal beobachten?», fragte Kate aufgeregt. Sag einer Doyle, dass ein Geheimnis zu knacken ist, und sie wird dir mit fliegenden Fahnen folgen, pflegte Grandpa spöttisch zu sagen.

«Ich möchte wissen, wer dort ein und aus geht», erklärte David. «Was ist mit der Hehlerin, Stanhopes Schwester? Möglicherweise hält sie sich auch dort auf.»

«Du hast recht. Und Dr. Stanhope könnte sogar der neue Eigentümer des Hauses sein.»

«Vielleicht geht DCI Scott diesen Fragen nach meinem Anruf auch schon nach. Unabhängig davon ...» David lehnte die Heugabel an die Scheunenwand und zog seine staubige Arbeitsjacke aus. «... lass es uns wagen, Linfield House noch einmal zu zweit zu observieren. Das kann uns keiner verbieten.»

«Was ist mit Willow?», wollte Kate wissen. «Andy schien zu wollen, dass wir ihn mitnehmen. Wegen seiner Romney-Lämmer.» Sie überlegte. «Was meinst du? Würde Willow spüren, wenn er tatsächlich schon mal dort war?»

«Vermutlich. Aber er ist ein Herdentier, Andys Lämmer würden ihn schnell ablenken.»

Man konnte das Thema so und so diskutieren. Da Willow ein selbstbewusstes und offenbar widerstandsfähiges Tier war, beschlossen sie am Ende, ihn mitzunehmen.

Die Unternehmung *Schäferkarren* konnte beginnen.

Sie näherten sich dem grünen Schäferkarren über einen Feldweg. Auf der Fahrt hatten sie über Schäferkarren und ihre Geschichte gesprochen. Diese Unterschlüpfe für Wanderschäfer gehörten zu den ältesten Fahrzeugen der Menschheit. Im Mittelalter, so hatte David erzählt, wurden die zweirädrigen Karren meist von Eseln oder Ochsen gezogen, da arme Schäfer sich keine Pferde leisten konnten. Heute besaßen die Karren eher die Qualität eines soliden Bauwagens, wurden vierrädrig eingesetzt und boten neben einem Schlafplatz auch Abstellmöglichkeiten. Andy hielt sich seinen Karren, der sogar straßentauglich war, aus rein nostalgischen Gründen.

Seine Weide lag an einem Hang, der grüne Karren stand in der Mitte der Wiese. Als ob auch Andys fünf Lämmer und die beiden Auen dieses Gefährt liebten, grasten sie in seiner unmittelbaren Umgebung. Es wirkte geradezu malerisch. David parkte direkt vor dem Gatter. Die Schafe unterbrachen ihr Fressen, hoben die Köpfe und blickten skeptisch Richtung Auto. Mit Sicherheit hatten sie Willow bereits gewittert. Putzmunter stand er im Gepäckraum des eigentlich schon ausrangierten Kombis, den David heute aus Platzgründen aktiviert hatte. Nächste Woche sollte der Wagen verkauft werden.

Als Kate ausstieg, bekam sie einen Schreck. Was ihr bei der Anfahrt zwischen Sträuchern und Hecken noch nicht aufgefallen war, wurde ihr jetzt klar. Das Herrenhaus, das sie beobachten wollten, stand nicht mehr als fünfzig Meter von ihnen entfernt, zumindest seine gewaltige Mauer. Da das Gelände zum Anwesen hin abschüssig war, konnte man von der Weide aus gut über die Mauer hinwegblicken. Eigentlich saßen sie damit wie auf dem Präsentierteller. Doch der Blick auf die Rückseite von Linfield House mit seinen zwei Stockwerken war interessant. Dort gab es kaum weniger Fenster als auf der Vorderseite, aber nur einen zentralen Balkon im Obergeschoss. Der rückseitige Hof war gepflastert und diente als Parkplatz. Kate erkannte Stanhopes SUV, daneben standen ein Kleinwagen und ein dunkelblauer Mercedes. Kates gestrige Vermutung war also richtig gewesen: Der vordere Teil des Herrenhauses diente eher der Repräsentation, mit pompöser Einfahrt, Garten und Springbrunnen, während die Autos der Bewohner und Gäste auf dem rückwärtigen Parkplatz abgestellt wurden. Früher hatten sich dort wahrscheinlich die Stallungen befunden.

«Gut, dass wir von hier aus den Parkplatz im Auge haben …», meinte David in diesem Augenblick. Willows verärgertes Blöken unterbrach seinen Gedanken. «Okay, dann werde ich unseren Kleinen mal befreien.»

Als er mit Willow auf dem Arm zum Gatter kam, öffnete Kate es und sie schlüpften auf die Weide. Wie bei Schafen üblich, blieben die Auen wachsam im Hintergrund stehen, während die Lämmerschar die Ankömmlinge neugierig beäugte. Eines der Muttertiere gehörte zur Romney-Rasse. Ihr dickes Vlies und das lustige, kronenartige Fellbüschel auf der Stirn machten die Aue zu einer auffälligen Persönlichkeit. Bald würde Willow auch so aussehen. Als hätte er gespürt, dass die Schafe ihm ähnlich sahen, lief er auf die Lämmer zu und gab dem größeren einen frechen Schubs. Es boxte sofort zurück, die Auen blökten zustimmend und Willow hüpfte übermütig los. Der Bann war gebrochen, Kate und David mussten sich keine Sorgen mehr um den Kleinen machen.

Sie öffneten die Tür des Schäferkarrens und traten ein. Er war geräumiger, als Kate vermutet hatte. Eine Liege mit Wolldecke, die Innenwände mit weißem Holz verkleidet, eine Deckenlampe, ein Waschzuber aus Holz auf einem Klapptisch, ein schmaler Schrank ganz am Ende – der Wagen hatte alles, damit man es ein paar Nächte darin aushalten konnte. Sogar ein kleines Fenster gab es, durch das man das Herrenhaus sehen konnte. Neben dem Waschzuber lagen alte Zeitungen, offensichtlich machte Andy es sich hier öfter gemütlich. Im Herrenhaus war man sicher daran gewöhnt, dass hier oben immer mal jemand herumwirtschaftete.

Sie begannen die Observierung, indem sie sich nebeneinander auf die Holzstufen des Karrens setzten. Kate schaute sich durch das Fernglas die Fenster im ersten Stock an, in der Hoffnung, dort jemanden zu Gesicht zu bekommen. An einigen Fenstern hingen beigefarbene Vorhänge, die halb zugezogen waren, wie so oft bei Cornwalls geräumigen Herrenhäusern, deren Zimmer nicht alle bewohnt werden konnten. Ein Fenster schien nur angelehnt zu sein. Ob da jemand wohnte? Kate nahm sich vor, das Ganze intensiver im Auge zu behalten.

David beobachtete währenddessen die Fenster und Glastüren im Erdgeschoss und den Parkplatz. Er stupste Kate an. «Hinter einer der Glastüren bewegt sich jemand. Siehst du das Geweih über der Tür? Das ist meist ein Zeichen für die Jagdkammer.»

Für einen Moment hatte Kate den Eindruck, als hätte sich auch im Obergeschoss jemand bewegt. Aber es war wohl nur eine Sinnestäuschung, denn als sie ein zweites Mal dort hinblickte, tat sich nichts mehr.

Nach etwa zwanzig Minuten öffnete sich die Tür der vermeintlichen Jagdkammer und ein Mann trat auf den Parkplatz.

«Das ist Dr. Stanhope.» Kate hatte vor Anspannung die Stimme gesenkt, obwohl sie kein Fremder hören konnte. In ihrer Aufregung reichte sie das Fernglas an David weiter.

Der Arzt, den David nur flüchtig kannte, trug eine Regenjacke und eine Sporttasche, aus der ein kleiner Klappanker und eine aufgerollte Bootsleine hervorschauten. Nachdem er die Kofferraumklappe seines SUVs geöffnet und die Tasche hineingestellt hatte, verschwand er noch einmal im Haus. Was dann passierte, ließ Kate einen Schauer über den Rücken laufen. In gebückter Haltung rückwärtsgehend, zog Stanhope eine lange zusammengerollte Persenning aus dem Haus, in die etwas Großes und

Schweres geschnürt zu sein schien. Es war zu erkennen, dass er das weiße Paket nur unter Mühen bis zum Auto ziehen konnte. Dann bückte er sich und machte mehrere Versuche, bis er es mit beiden Armen so angehoben hatte, dass er es der Länge nach in den Kofferraum schieben konnte. Kate glaubte sogar, sein Ächzen hören zu können. Er drückte die Kofferraumklappe zu und verschwand noch einmal im Haus.

David und Kate tauschten einen Blick. «An der Persenning waren zwei große rote Blutflecken», meinte David. «Das ist kein normales Paket. Der Länge nach zu urteilen, könnte es sich um einen menschlichen Körper handeln. Vielleicht gibt es einen weiteren Toten …?»

Erschaudernd murmelte Kate: «Noch einen Toten? David, was geht in diesem Haus vor? Bist du sicher, dass es Blut war?»

«Ja, ziemlich sicher. Ich denke, er ist auf dem Weg zu einem Hafen. Er hatte seine Bootstasche dabei und einen Anker.»

«Seine Schwester …» Aufgeregt zupfte ihn Kate am Ärmel. «… seine Schwester hat eine Jolle, Harvey hat davon geschrieben. Vielleicht besitzt auch er selbst ein Boot und will das Paket im Meer verschwinden lassen …»

Inzwischen hatte Dr. Stanhope die Jagdkammer ein zweites Mal verlassen und stieg in sein Auto. Der Motor sprang hörbar an, dann brummte der schwere Wagen vom Hof und verschwand in der tunnelartigen Durchfahrt zur Vorderseite des Gebäudes.

Entschlossen sprang David auf. «Ich fahr ihm hinterher», erklärte er. «Wir sollten wissen, was er vorhat.»

Kate zwang sich zur Ruhe. «Das stimmt, aber bitte sei vorsichtig! Und … wie willst du ihn überhaupt einholen?»

«Mach dir keine Sorgen, Schatz, ich passe auf, versprochen!» Er gab ihr einen flüchtigen Kuss. «Stanhope muss oben an der Landstraße vorbeikommen, ab da werde ich versuchen, ihm zu folgen.»

Nachdem David losgefahren war, atmete Kate tief durch, dann konzentrierte sie sich noch einmal auf ihre Beobachtung. Dort unten parkten immer noch zwei Wagen – irgendwann mussten ihre Besitzer sich doch zeigen!

Zwischen zwei Blicken Richtung Herrenhaus glaubte sie plötzlich, zwei Lämmer auf der anderen Seite des Drahtzauns herumlaufen zu sehen. Fing sie an zu fantasieren? War das eine Fata Morgana? Kate fuhr sich über die Augen. Nein, sie hatte sich nicht getäuscht. Erschrocken erkannte sie, dass Willow und eines der anderen Lämmer da draußen auf der Wiese rumsprangen. Wie hatten sie Andys Weide verlassen können? Das Ausbüxen seiner Schafe war der Albtraum eines jeden Züchters.

Kate rannte zum Gattertor und fand schnell eine Erklärung. In seiner Eile war David vermutlich entgangen, dass er zum Verschließen des Tors einen zweiten Haken hätte umlegen müssen. Die beiden Lämmer hatten sich einfach durch den Spalt nach draußen gezwängt!

So ein Mist! Das Letzte, was sie jetzt brauchte, war eine Unterbrechung ihrer Observierung. Dennoch, sie musste handeln. Sie verließ die Weide und lief den beiden herumtollenden Lämmern hinterher. Mit ausgestreckter Hand und Schafsleckerlis zwischen den Fingern ging sie Andys Lamm entgegen. Es blieb tatsächlich stehen, schnupperte und kam langsam näher. Kate packte es routiniert an den Beinen und zog es zu sich heran. Willow beäugte die Aktion aus respektvollem Abstand.

Wenigstens war Andys Lamm wieder eingefangen, alles andere wäre zu peinlich gewesen. Kate trug es eilig zur Herde zurück und hob es über den Zaun auf die Weide. Jetzt musste sie nur noch Willow erwischen. Sie betete, dass sich in diesen Minuten nichts Wichtiges auf dem Hof von Linfield House ereignete.

Auch bei Willow versuchte sie es mit einem Plätzchen, doch der kleine Bock kannte den Trick und hoppelte übermütig in

Richtung Herrenhaus davon. Kate wurde zusehends nervös. Einerseits verlor sie kostbare Zeit, andererseits war es erstaunlich, dass der kleine Bock keinerlei Scheu vor dem fremden Gemäuer zu haben schien. Falls er neulich tatsächlich dort gefangen war, hatte man ihn vielleicht sogar besonders verwöhnt …

Hinter ihr blökte Andys Herde, vor ihr kam mit jedem Schritt die Mauer näher. Wenn sie jetzt jemand aus dem Haus entdeckte, war sie geliefert. Sie wünschte, David wäre an ihrer Seite.

Plötzlich hörte sie ein Geräusch. Erschrocken starrte sie über die Mauer hinweg die Fensterfront hoch. Da! In der Mitte der Front war eine Glastür aufgedrückt worden, und keine Sekunde später stand eine schluchzende Frau auf dem großen Balkon. Ihre Stimme verriet Todesangst.

«Helfen Sie mir! Ich wurde entführt … und eingesperrt …» Das heftige Weinen schüttelte den ganzen Körper der Frau. «Bitte, BITTE, helfen Sie mir!»

Kate glaubte ihren Augen nicht zu trauen. War das nicht …? Schockiert erkannte sie, dass dort oben Jessica Morgan stand, die Assistentin ihres Vaters. Die sonst so souverän wirkende Mitarbeiterin von Mount Edgcumbe war nur noch ein Häufchen Elend.

«Jessica? Jessica Morgan, sind Sie das? Ich bin's, Kate. Kate Doyle!» Sie musste aufpassen, dass sich ihre eigene Stimme vor Aufregung nicht überschlug. Gleichzeitig war ihr bewusst, dass sich auf dem Anwesen noch jemand befinden könnte, der sie vielleicht hören konnte.

Egal, hier war ein Mensch in Not!

«Jessica, was ist passiert? Wie kommen Sie hierher? Ist jemand bei Ihnen?»

«Kate! O Gott, Sie schickt der Himmel!» Jessica klammerte sich mit beiden Händen am schmiedeeisernen Geländer fest. «Ich … ich brauche Hilfe! Dr. Stanhope … er hat mich betäubt, gefesselt … verschleppt …» Ihre letzten Worte gingen erneut in ein heftiges Schluchzen über, das ihren ganzen Körper erzittern ließ. «Bitte, Kate, beeilen Sie sich! Er ist weggefahren, aber ich weiß nicht, wann er zurückkommt.»

Mit fliegenden Fingern zog Kate ihr Handy aus der Tasche. «Ich rufe die Polizei, haben Sie noch einen Moment Geduld.»

«Nein! NEIN! Holen Sie mich hier raus, sonst springe ich!»

In ihrer Panik schienen Jessica die Nerven durchzugehen, was Kate nur allzu gut verstand. Was sollte sie tun? Auf David warten? Aber wer weiß, wann er zurückkam. Und wer weiß, was Jessica in ihrer Verzweiflung anstellen würde, um zu verhindern, dass man sie erneut einsperrte …

«Ist sonst jemand im Haus?», fragte Kate noch einmal.

«Soweit ich weiß, nicht. Gestern war eine Frau hier, aber die ist heute Morgen weggefahren …»

«Haben Sie eine Idee, wie ich aufs Grundstück komme?» Kate gab sich Mühe, ihre eigene Panik zu kontrollieren. «Die Mauer ist zu hoch, da kann ich nicht drüberklettern.»

Jessica beugte sich über die Brüstung, so gut es ging. «Es muss eine Holztür geben. Da in der Mauer … Stanhope hat sie benutzt … ein Stück weiter … rechts von Ihnen … O Gott, Kate!»

Kate folgte der Mauer etwa zwanzig Meter weit nach rechts. Plötzlich zeigte sich auch Willow wieder neben ihr, doch um ihn konnte sie sich jetzt nicht kümmern. Sie vertraute darauf, dass er im Zweifelsfall immer ihre Nähe suchen würde. Sekunden später entdeckte sie eine verwitterte Holztür, der rostige Türgriff hing nur noch an zwei Schrauben.

«Ich habe die Tür gefunden!» Sie rief es zur Beruhigung, sehen konnte sie Jessica von hier aus nicht.

«GOTT SEI DANK! Gehen Sie durch die Tür … auf den Parkplatz. Da stehen zwei Autos … Daneben muss es eine Tür ins Haus geben», rief Jessica aufgeregt. «Stanhope hat mich durch diese Tür nach hier oben geschleppt … Kate! Kate, hören Sie mich noch?»

«Ja, Jessica», antwortete Kate so ruhig wie möglich. Hoffentlich behielt sie selbst die Nerven.

«Gut.» Jessicas Stoßseufzer war laut und deutlich. «Im Haus sehen Sie eine Treppe. Wenn Sie oben sind, rufen Sie, damit ich Ihnen Antwort geben kann … Ich kann nicht raus aus diesem Zimmer, es ist abgeschlossen …»

«Okay, okay. Bleiben Sie ruhig, Jessica, ich bin gleich bei Ihnen.» Kate holte tief Luft, drückte mit angehaltenem Atem die Klinke herunter und schlüpfte durch den Türspalt in der Mauer. Mit einem beherzten Sprung über die Steinschwelle folgte ihr Willow auf das gefährlich stille Gelände von Linfield House.

30.

Während sein Bruder mit der Cremyll-Fähre nach Plymouth zurückkehrte, trank Gilbert einen weiteren starken Kaffee und fuhr dann nach Hause. Endlich besaß er etwas mehr Klarheit über die Stunden vor dem Zeitpunkt, als man ihn betäubt in sein Auto verfrachtet und den Wagen neben dem Fährhaus abgestellt hatte. Brian hatte ihn in seiner ruhigen Art ermuntert, jeden seiner Schritte rückwärts zu denken – ausgehend vom Eintreffen bei Jessica Morgans Cottage bis zu dem Moment, als er sein Büro verlassen hatte. Doch sosehr er sich auch anstrengte, es wollte ihm partout nicht mehr einfallen, warum er Jessica überhaupt aufsuchen wollte. Ab dem Betreten ihres Gartens blieb es nachtschwarz in seinem Gehirn. An einer Tatsache zweifelte er allerdings nicht mehr: Das Betäubungsmittel konnte man ihm nur dort, in Jessicas Garten, gespritzt haben. Doch wer hatte das getan? Wer war der Fremde, dessen Stimme er gehört hatte? Warum hatte man ihn, Gilbert, ausschalten wollen? Und warum war das auf dem Grundstück seiner Assistentin geschehen?

Was wusste er eigentlich über Jessica Morgan? Dass sie schon seit drei Jahren für ihn arbeitete. Dass sie eine unglückliche Ehe mit einem Mann führte, der sie in London betrog. Dass sie das kleine Cottage mit einem Kredit bezahlt hatte und dass sie vorher als Sekretärin bei einer Werft in Plymouth tätig gewesen war und das beste Zeugnis vorweisen konnte, das Gilbert jemals gesehen hatte. War das nicht schon eine ganze Menge? Aber vielleicht steckte Jessica in Schwierigkeiten. Gilberts Fantasie hätte ihm sofort ein paar Möglichkeiten vor Augen führen können – private Schulden, ein früherer Geliebter, der sie erpresste, juristische Streitigkeiten wegen einer möglichen Trennung von ihrem Mann. Alles war möglich.

Gilbert stieg die Treppe hinauf zu seiner mit Büchern tapezierten Dachkammer, setzte sich hinter den Schreibtisch, suchte sich in seinem Telefonregister eine bestimmte Nummer heraus und griff zum Telefon. Die Einzige, die alles über Jessica Morgan wusste, war Tamsin Carter. Sie betrieb die private Personalagentur, über die Mount Edgcumbe seit einigen Jahren sein Personal rekrutierte, vom Gärtner bis zur Museumswärterin. Früher, in der Reederei am Hafen von Plymouth, waren Tamsin und Jessica sogar Kolleginnen gewesen. Dann hatte Tamsin sich selbstständig gemacht und ihre Freundin Jessica fortan als Arbeitsvermittlerin vertreten.

Tamsins energische Stimme machte Gilbert bei jedem Gespräch Freude. Sie fackelte nie lange, auch wenn es mal Probleme gab.

«Oh, guten Tag, Mr Doyle. Wie kann ich helfen?»

«Sorry für die Störung am Samstag», entschuldigte sich Gilbert. «Aber ich brauche ein paar vertrauliche Informationen über Jessica Morgan. Sie könnte in Schwierigkeiten stecken.»

Er kannte Tamsin so gut, dass er es wagte, von seinem Besuch in Jessicas Cottage zu erzählen und dass er dort von einem Mann niedergeschlagen wurde, während Jessica selbst offensichtlich nicht zu Hause war.

«Seien Sie ganz offen, Tamsin. Könnte das Jessicas Ehemann gewesen sein? Der Überfall auf mich lief in Sekunden ab, ich kann mich an nichts erinnern, kein Aussehen, keine Kleidung, nicht wie groß der Kerl war, kein Gesicht …»

«Sie fragen nach Sam? Nein, Jessicas Mann ist die Gutmütigkeit in Person. Außerdem ist er seit Wochen nicht mehr nach Hause gekommen. Jessica will sich scheiden lassen.»

«Ich weiß, er betrügt sie in London.»

Tamsin lachte auf. «Sam? Nie im Leben! Er kann zwar ein Sturkopf sein, aber er ist treu. Das hat mir Jessica selbst erzählt. Nein, sie ist es, die wieder frei sein möchte.»

Gilbert traute seinen Ohren nicht. «Sie meinen, das geht alles von ihr aus? Aber ... die beiden haben doch das Cottage zusammen, Jessica liebt ihren Garten ... Das will sie alles aufgeben?»

Am anderen Ende der Leitung herrschte Schweigen. Gilberts siebter Sinn spürte, dass Tamsin Carter überlegte, wie weit sie ihn jetzt einweihen sollte. Schließlich schienen ihre professionellen Interessen zu siegen, Gilbert Doyle war ein wichtiger Auftraggeber für sie.

«Mr Doyle, Jessica neigt dazu ... wie soll ich sagen? Sie neigt dazu, Fassaden aufzubauen. Das hat sie schon immer getan. Sie mag es, wenn man sie nicht gleich durchschaut.»

Gilbert hielt den Atem an. «Inwiefern?»

«Sie schlüpft gerne in andere Rollen. Zum Beispiel als perfekte Assistentin, die sie ja auch ist, da gibt sie wirklich alles. Für die Leute in Anderton spielt sie die Frau, die in einem bescheidenen Cottage lebt, finanziell zu knapsen hat und einen netten Ehemann vorweisen kann. Mich hat das eigentlich immer amüsiert.»

«Sagen Sie mir, wie die wahre Jessica aussieht. Ich muss es wissen, Tamsin.»

«Nun, sie ist zwar nicht reich, aber ihr verstorbener Vater hat ihr ein großes Anwesen hinterlassen. In Millbrook, soweit ich weiß. Er war Anwalt in London und starb im Januar in einem Heim für Demenzkranke.»

«W... wie heißt das Anwesen?»

«Linfield House.»

«Und dort ist sie eingezogen?» Gilbert musste sich sehr zusammenreißen, um nicht aufgeregt zu klingen. Linfield House war der Name, den Kate gestern Abend noch per E-Mail an die Familie verschickt hatte, um alle zu informieren, dass sie dieses Haus mit Erfolg beobachtet hatte.

«Ich glaube nicht, dass sie da schon wohnt», sagte Tamsin. Sie war bemüht, wieder Fröhlichkeit in das Telefonat zu bringen. «Nehmen Sie die Sache locker, Mr Doyle. Jessica wollte Ihnen gegenüber sicher nur bescheiden auftreten. Deshalb fährt sie auch immer noch mit dem kleinen Auto rum, statt den Mercedes ihres Vaters zu benutzen. Und der fremde Mann in ihrem Cottage – vielleicht wollte da gerade jemand einbrechen und Sie haben ihn gestört.»

«Ja, das ist gut möglich», meinte Gilbert betont sachlich. «Ich danke Ihnen, Tamsin, dass Sie ein Ohr für mich hatten.»

Tamsin lachte freundlich. «Aber immer gern, Mr Doyle.»

Er legte schnell auf, erschöpft, enttäuscht, aber auch zornig. Lügen über Lügen, Täuschungen auf jeder Ebene. Nichts an Jessica Morgan schien echt zu sein. Was hatte sie ihm seit drei Jahren nur alles vorgegaukelt? Und er alter Narr hatte sich von ihr einwickeln lassen.

Jetzt galt es, einen anderen Verdacht zu klären. Aufgeregt suchte Gilbert sich eine zweite Telefonnummer heraus. Sie gehörte Eliza Bates, der Schreibkraft auf Mount Edgcumbe. Die Fünfundzwanzigjährige arbeitete eng mit Jessica Morgan zusammen. Eliza war die Freundlichkeit in Person, ein bisschen zu gemütlich vielleicht, aber sehr zuverlässig. Gilbert wusste, dass sie samstags mit ihrem Freund über den Gemüsemarkt bummelte. Wenn er Glück hatte, erreichte er sie dort auf dem Handy.

Eliza ging schneller ans Telefon, als Gilbert zu hoffen gewagt hatte. «Eliza hier.» Hinter ihr klang es nach Marktgetümmel.

Er gab sich so locker wie möglich. «Guten Tag, Eliza. Gilbert

Doyle am Apparat. Entschuldigen Sie die Störung am Samstag, ich habe nur eine kurze Frage.»

«Ah, guten Tag, Mr Doyle. Wie kann ich Ihnen helfen?»

«Mir fiel gerade etwas Wichtiges ein. Es geht um das Formular für meine Reise nach Miami. Bis wann müssen meine Passdaten in den USA sein? Doch hoffentlich nicht an diesem Wochenende?»

«Oh, das hat Zeit. Ende August erst. Ich wollte die Daten nächste Woche eingeben, wenn es Ihnen recht ist.»

«Gott sei Dank!» Gilbert tat erleichtert. «Ich frage nur, weil Jessica es neulich bei meiner Tochter, wo mein Pass lag, so eilig gemacht hat …» Er brach ab. «Dann hatte Jessica sich wohl nur im Datum geirrt.»

«Bestimmt», meinte Eliza. «Das war an Jessicas freiem Nachmittag. Am nächsten Tag hat sie mir den Zettel mit den Passdaten hingelegt und gemeint, dass hätte ja noch Zeit.»

«Dann bin ich beruhigt», sagte Gilbert munter, obwohl er nach dieser Auskunft ganz andere Gefühle in sich aufsteigen spürte. «Ein schönes Wochenende, Eliza!»

«Danke, Mr Doyle, Ihnen auch!»

Das Dorf Anderton, wo Jessicas Cottage lag, gehörte zu der kleinen Gemeinde Millbrook, von einem Ortsteil zum nächsten benötigte man zu Fuß nur wenige Minuten. Dass Kate in Millbrook ausgerechnet auf jenem Anwesen Verdächtiges bemerkt hatte, das jetzt Jessica Morgan gehörte, ließ bei Gilbert alle Alarmglocken schrillen. Eines beherrschte er als ehemaliger MI5-Mitarbeiter noch immer – Gefahren zu erkennen, wenn andere sich noch in Sicherheit wiegten. Irgendetwas stimmte da nicht. Gab es eine Verbindung zwischen Jessica und den Vorgängen in Millbrook? Ob es ihm behagte oder nicht, er musste noch einmal zu Jessicas Cottage zurückkehren, vielleicht konnte er dort Zusammenhänge aufspüren. Doch diesmal wollte er auf einen Angreifer vorbereitet sein.

Er stand auf und ging in den Keller, wo ein alter verschließbarer Schrank stand. Er öffnete das Sicherheitsschloss und griff in eine Schatulle, eingekleidet mit dunklem Samt. Als er die Hand wieder hervorzog, hielt er eine schwarze Glock 17 in den Fingern. Es war die Waffe, die man ihm während seiner Zeit beim Secret Service anvertraut hatte und die er glücklicherweise nur zweimal benutzen musste. Als er den MI5 verließ, hatte er beschlossen, die Waffe in der *Firma* zu lassen. Da er aber damals – zusammen mit über zwanzig Kollegen des MI5 – auf einer schwarzen Liste des Ostblocks gestanden hatte, hatte man ihm geraten, die Glock zu behalten. Er hatte sie in diesem Schrank versteckt und kein einziges Mal mehr angesehen.

Das Metall der Waffe lag kalt in seiner Hand, so kalt, dass er schauderte. Sollte er seinen Schwur, sie nie wieder zu benutzen, tatsächlich brechen? Sicher, was ihm gestern Abend widerfahren war, konnte ein erstes Anzeichen von Gefahr sein. Noch hatte man ihn nur betäubt. Aber er wusste weder warum, noch wer dahintersteckte und was vielleicht noch auf ihn wartete. Ja, er verspürte einen inneren Zwang, noch einmal zu Jessicas Cottage zu fahren, um zu klären, was dort vor sich ging. Der Mann, der ihn niedergeschlagen, fachmännisch betäubt und dann zur Fähre gefahren hatte, war kein Einbrecher gewesen. Ein Einbrecher hätte ihn vielleicht niedergeschlagen, wäre dann aber schnellstens wieder verschwunden. Nein, dahinter musste etwas Größeres stecken. Aber brauchte er für seine Recherche tatsächlich eine Pistole? Wenn er innerlich darauf vorbereitet war, konnte er sich immer noch gut ohne Waffe verteidigen.

Erleichtert darüber, dass er sich treu blieb, legte er die Glock 17 in den Schrank zurück und verschloss ihn wieder sorgfältig.

31.

Tapfer ging Kate auf die Tür an der Rückseite des Hauses zu, von der Jessica gesprochen hatte. Sie bewegte den Türgriff, doch nichts passierte. Die Tür war verschlossen. Irritiert lief sie zurück auf den Parkplatz, um Jessica Bescheid zu geben, vielleicht kannte sie ja noch einen anderen Eingang. Doch Jessica war nicht mehr zu sehen, nur die Balkontür bewegte sich noch im Wind. Bestimmt war sie reingegangen und wartete in dem Zimmer, in das Stanhope sie eingesperrt hatte.

An Kates Seite erschien Willow, ebenfalls irritiert, wohin es jetzt gehen sollte. Voller Mitleid warf Kate ihm zwei Leckerlis zu. Das Ganze war ein Albtraum. Jeden Moment konnte Dr. Stanhope oder einer seiner Komplizen zurückkommen und ausgerechnet jetzt gab es keine Spur von Jessica.

«Jessica! Jessica, wo sind Sie?»

Plötzlich eine Antwort, aber die Stimme kam nicht mehr von oben. Verwirrt drehte sich Kate um die eigene Achse. Verflixt noch mal, was war hier los?

«Hier, Kate! Ich bin hier, auf der anderen Seite des Hauses. Sehen Sie die Durchfahrt? Sie können bis nach vorne durchlaufen. Machen Sie schnell!»

Ohne nachzufragen, wie Jessica auf einmal auf die Vorderseite des Hauses gelangt war, rannte Kate los, mit Willow im Schlepptau. In der Durchfahrt hallten ihre Schritte wie in einem Tunnel, doch sie achtete nicht auf das laute Klacken ihrer Schuhe. Es ging um Jessica. Sie brauchte ihre Hilfe!

Erst als Kate auf der anderen Seite der Durchfahrt herauskam, wo sich das hohe Einfahrtstor befand, die Rasenfläche und der Springbrunnen inmitten von Kies, wurde sie langsamer und ließ die Blicke schweifen.

Niemand war zu sehen.

Sie stellte sich vor das Haus, suchte in wachsender Verzweiflung die Fensterfront im Obergeschoss mit den Augen ab und rief: «Jessica? Wo sind Sie?»

Plötzlich hörte sie auf dem Kies das Knirschen von Schritten. Erschrocken fuhr sie herum. Vor ihr stand Jessica Morgan, in der Hand eine Pistole, die sie direkt auf Kate richtete.

«Willkommen in Linfield House», sagte Jessica gewollt pathetisch. «Tut mir leid, dass ich zu diesem Trick greifen musste.»

Kate hatte Mühe, sich aufrecht zu halten. Schockiert starrte sie auf die Frau, deren Leben sie gerade retten wollte und die ihr nun mit geradezu süffisantem Lächeln entgegenblickte. Was für ein Albtraum! Was wurde hier gespielt? War diese Frau gar keine Gefangene? Und Dr. Stanhope kein Entführer? Was hatte Jessica vor? Und wo war der Arzt? Doch dann erkannte sie die tiefe Zufriedenheit in Jessica Morgans Blick, und Kate wusste, dass sie jetzt stark bleiben musste. Vielleicht half ja Ahnungslosigkeit …

«Warum tun Sie das, Jessica? Was soll das Theater? Ich weiß, dass Dr. Stanhope über Nacht hier war. Ich nehme an, Sie sind seine Geliebte. Na und?»

«Na und?», wiederholte Jessica. «Was für eine naive Frage, Kate. Ich weiß von Ihrem Vater, dass sie nach Aprils und Jasons Tod kräftig ermittelt haben.» Ihr Ton wurde abschätzig. «Lächerlich! Nur weil Sie einen Crime-Podcast betreiben! Adrian hat gestern gesehen, wie sie ihm bis hierher gefolgt sind und sich noch eine Weile in den Büschen rumgetrieben haben. Da war uns klar, dass Sie wiederkommen würden. Und dann die Idee mit dem Schäferkarren. Wer ist denn darauf gekommen, Ihr Lebensgefährte oder Sie selbst? Eigentlich ganz schön clever. Aber wir sind noch ein bisschen cleverer.»

«Gehört dieses Anwesen Dr. Stanhope?»

«Nein, Linfield House gehört mir, ich habe es Anfang des Jahres von meinem Vater geerbt.»

So waren die Verhältnisse also! Kate hätte mit allen möglichen Varianten des Besitztums gerechnet, aber nicht damit. Dann hatte Jessica Morgan die bescheidene Assistentin im Büro von Mount Edgcumbe also nur vorgespielt? Plötzlich dämmerten Kate ein paar Zusammenhänge, an die sie bisher noch gar nicht gedacht hatte. Rede weiter mit ihr, Kate, sagte sie sich selbst. Viel reden, in der Hoffnung, dass David kam und sie hier herausholen konnte.

«Waren Sie das, die Willow entführt hat?», fragte Kate ganz direkt.

«Ja. Ihnen sollte klar werden, dass Sie zu weit gegangen sind, als sie hinter dem Rücken der Polizei in Aprils und Lewis Grenvilles Leben herumgeschnüffelt haben. Adrian hat geschäumt vor Wut.» Jessica zeigte auf das Lamm, das auf der Wiese vor dem Springbrunnen graste. «Aber sehen Sie selbst. Wir haben Ihren Willow gut behandelt.»

«Und mit Ihrem Anruf wegen Dads Passdaten wollten Sie verhindern, dass ich vors Haus gehe?», kombinierte Kate weiter. «Damit Sie Mike Thomson anfahren und töten können?»

«Natürlich, was denn sonst? Mike hatte bei seinem Großvater einen verärgerten Brief an Adrian Stanhope gefunden, den Grenville, der alte Idiot, wohl noch abschicken wollte. Darin ging es um mehr Geld für April. Und was macht Mike? Ruft Adrian in der Praxis an und will ihn erpressen. Ha!»

«Sie wissen, dass Mike noch lebt?» Kate hörte sich zwar weiterreden, flehte jedoch inständig, dass David endlich zurückkehrte und diesem Wahnsinn ein Ende bereitete.

Jessica lachte auf. «Kein Problem. Adrian hat gestern mit Mikes behandelndem Arzt gesprochen. Selbst wenn er durchkommt, wird er sich an nichts mehr erinnern können.»

Kate kam angesichts der Fensterfassade ein neuer Gedanke. «Haben April Thomson und Jason O'Connor auch hier gewohnt?»

Jessica hob die Schultern und verzog das Gesicht, die Pistole weiterhin auf Kate gerichtet. «Ja, das bot sich so an. Mein Vater war schon mehrere Jahre in einem Heim für Demenzkranke. Wir haben die beiden für drei Jahre hier aufgenommen. Sie mussten keine Miete bezahlen und hielten dafür das Anwesen und den Garten in Ordnung. Adrian kannte Jason und April von früher, sie waren sich mal auf den Scillies begegnet.»

Kate spürte, dass sie Jessica noch eine Weile mit ihren Fragen hinhalten konnte. Zeit! Sie brauchte unbedingt mehr Zeit! Die meisten Täter, das wusste sie von Polizeipsychologen, fühlten sich geschmeichelt, wenn sie über ihre vermeintlichen Erfolge sprechen konnten. Mit ihrer nächsten Frage zielte Kate auf das, was David neulich am Frühstückstisch die *Fünfer-Crew* genannt hatte.

«Ich nehme an, Sie haben weggeschaut, als Sie erfuhren, dass Stanhope, April, Jason, Lewis Grenville und Stanhopes Schwester als Team Herrenhäuser leer geräumt haben. Oder?»

Jessicas Lächeln sollte souverän wirken, ihr Blick drückte jedoch Frust aus und unterdrückte Nervosität. «Mein Gott, wir haben ja alle von den Einbrüchen profitiert. Es war Lewis Grenvilles Idee gewesen, sich auf Herrenhäuser zu spezialisieren. April und Jason wollten das ohnehin nur noch ein paar Monate machen, bis sie genügend Geld zusammenhatten, um in Mittelamerika neu durchzustarten ... Wir alle wollten neu durchstarten.»

Kate registrierte erst jetzt das Kleid, das Jessica trug. Rechts und links waren die Ärmel verziert mit rot eingefassten Silberknöpfen. Einer der Knöpfe fehlte. War das der Knopf, den DCI Scott neben Mike Thomsons zerstörtem Fahrrad gefunden hatte?

Sie riss sich erneut zusammen, durfte sich nicht ablenken lassen, musste einen klaren Kopf bewahren. Und wagte die Frage aller Fragen. Falls sie das hier überleben würde, wollte sie die Antwort kennen.

«Warum mussten April und Jason sterben?»

Jessica gab einen traurigen Lacher von sich. «Es ist das, Kate, was Ihr kluger Vater *Evidenz des Zufalls* nennt. Er ist übrigens viel zu gutmütig. Es war nicht schwer, ihn um den Finger zu wickeln … Aber mit seinem Evidenzsatz hat er recht.» Sie seufzte. «Sam, mein Mann, hatte April und Jason gebeten, hier vorne auf dem Rasen einen Teich auszugraben. Ich war gerade bei meinem kranken Vater in London. Als sie einen Meter tief gebuddelt hatten, stießen sie auf alte Mauerteile, Reste von römischen Krügen und alten Schmuck. Sam erkannte sofort, dass es sich um einen Fund aus römischer Zeit handeln musste, Archäologie ist sein Hobby.»

«Das verstehe ich nicht», fragte Kate irritiert. «Das wäre doch eine Sensation.»

«Natürlich.» Jessica Morgan nickte. «Deshalb bestand Sam ja auch darauf, das Ganze den Behörden zu melden. Er war ganz verrückt darauf. Wissen Sie, was das heißt? Ab diesem Tag wäre Linfield House als Historisches Monument eingestuft worden.» Sie blickte Kate geradezu verzweifelt an. «Es hätte mich ruiniert, das wäre wie eine Enteignung gewesen! Kein Schritt mehr ohne die verflixten Denkmalpfleger von *Historic England* und *Ancient Monument*.»

Kate begriff die Tragweite, ihr Vater hatte ihr das amtliche Vorgehen oft genug geschildert. «Und damit wäre Ihr Besitz de facto unverkäuflich geworden.»

«Ja.» In Jessicas Augen standen Tränen. «Schon die Erbschaftssteuer habe ich nur deshalb aufbringen können, weil ich eine Hypothek aufgenommen hatte. Aufgrund seiner Demenz ist sehr viel Geld in die Pflege meines Vaters geflossen.»

«Wie viel ist das Anwesen denn wert?»

«Zwischen zehn und zwölf Millionen Pfund. Wir haben noch Ländereien bei St Erney, die gehören dazu.» Jessica seufzte erneut. «Adrian und ich möchten neu anfangen, wir brauchen das Geld. Er ist meine große Liebe, die letzte Chance in meinem Leben, noch einmal glücklich zu werden. Das wussten auch April und Jason.» Ihr Ton wurde bitter. «Doch was tun die beiden? Sie schütten die Grube zwar wieder zu, wie ich es verlangt habe, fotografieren aber vorher die Mauerreste, um uns damit zu erpressen. Sie wollten zehn Prozent des späteren Haus-Erlöses. Wir versprachen, ihnen das Geld auf ein Konto nach Panama zu überweisen, besorgten ihnen falsche Pässe und brachten sie bis zum Abflug im Ferienhaus von Aprils Großvater unter.»

«Und Ihr Mann? Der hat das alles geduldet?»

«Über Sam möchte ich nicht reden. Er ist krank und kann schon seit Wochen nicht mehr arbeiten.»

Kate spürte, wie ihre Nerven zu versagen drohten, auch ihr Kreislauf rebellierte vor Angst. Dennoch raffte sie sich zu einer weiteren Frage auf. «Wer von Ihnen hat die beiden vergiftet? Sie oder Dr. Stanhope?»

Jessicas Blick wurde kühl. «Darauf gebe ich Ihnen keine Antwort. Wenn wir Aprils verdammte Fotos von den römischen Mauern gefunden hätten, wäre das alles sowieso nicht passiert.»

Kate hätte nicht sagen können, warum, aber Jessicas grüne Augen erinnerten sie plötzlich an die Augen, die sie durch die Scheibe der Schlafzimmertür am Tatort angestarrt hatten. «Es waren Sie, die sich bei den Toten im Ferienhaus aufgehalten hatte, als ich dort war, oder?»

«Stimmt.» Jessicas Brustkorb hob sich, als würde es ihr schwerfallen, frei zu atmen. «Ich war gekommen, um einen Abschiedsbrief auf den Tisch zu legen. Den hatte ich zuvor auf Aprils Briefpapier geschrieben und auf ihrem Drucker ausgedruckt. Alles sollte nach Selbstmord aussehen. Und dann tauchen SIE auf!»

«Was haben Sie jetzt mit mir vor?», fragte Kate, mutiger, als sie sich fühlte.

«Das werden Sie gleich erfahren.»

Vor dem elektrischen Tor war der Motor eines Autos zu hören. Das war doch Davids alter Kombi! Kates Herz schlug höher. Endlich! Vielleicht hatte er bereits Hilfe organisiert.

«Gehen Sie da rüber!» Mit ihrer Pistole wedelnd, schickte Jessica ihre Gefangene ein paar Meter zur Seite vor den frisch eingesäten Rasen. War das die Stelle, unter der sich die römischen Mauern befanden?, durchfuhr es Kate. Dann schaute sie sich nach Willow um, konnte ihn aber nirgendwo entdecken. Den Blick wieder Richtung Einfahrt gerichtet, wartete sie sehnsüchtig auf David.

In diesem Moment surrte das Tor. Es schwang auf und gleich wieder zu. Und tatsächlich rollte Davids rostiger Kombi auf den Hof. Aber warum blieb Jessica Morgan so ruhig? Entsetzt erkannte Kate, wer hinter dem Steuer saß. Stanhope! Wo war David?

Der Arzt stieg aus und lächelte triumphierend zu Jessica hinüber. «Na, Darling, hat alles geklappt?» Dann wandte er sich an Kate. «Wollen Sie einen Blick auf Ihren Freund werfen?»

Noch bevor Kate antworten konnte, schickte Jessica sie mit einem Wink ihrer Pistole Richtung Auto. Stanhope öffnete die Kofferraumtür. Auf der Ladefläche lag David, mit einem Bluterguss am Kiefer und an Händen und Füßen gefesselt. Er schien bewusstlos zu sein, sein Brustkorb bewegte sich leicht auf und ab. Auch wenn es Kate im ersten Moment erleichterte, dass er noch lebte, brach es ihr doch das Herz, ihn dort so hilflos liegen zu sehen.

«Was haben Sie mit ihm gemacht?», stieß sie hervor.

«Nur ein gezielter kleiner Schlag, Miss Doyle. Ich habe bemerkt, dass er mir folgte, und ihn im Wald bei Anderton abgefangen. Danach habe ich Jessica angerufen und informiert. Sie musste nur den Schäferkarren im Auge behalten.»

«Als junger Mann war Adrian bei der Fremdenlegion», erklärte Jessica stolz und warf Stanhope einen bewundernden Blick zu. «Er kann so was.»

Kate registrierte es und fragte tonlos: «Was war in der Persenning, die Sie weggeschafft haben? Wir haben Sie beobachtet.»

«Das denke ich mir», sagte der Arzt. «Es war ein Reh, das ich gestern Abend geschossen habe. Ich wollte es meiner Schwester zu ihrem Boot bringen. Sie ist eine begnadete Köchin und hat morgen Gäste.» Stanhope kam zwei Schritte auf Kate zu, seine Miene ernst. «Damit eins klar ist, Miss Doyle. Das alles hier ist Jessica und mir zuwider. Jessie wollte sich von Sam scheiden lassen. Wir hätten dieses viel zu große Haus verkauft, Sam hätte als Ehemann seinen Anteil bekommen und dafür die Römermauern nicht gemeldet. Jessica und ich hätten anschließend in den USA neu angefangen. Und dann machen Jason und April mit ihrer Erpressung alles kaputt. April!» Angewidert schüttelte er den Kopf. «Es war *ihr* Großvater, der alte Hund, der uns alle in diese Scheiße gequatscht hat.»

«Ich habe Kate davon erzählt», erklärte Jessica.

«Bitte tun Sie uns nichts an», flehte Kate. «Sie könnten sich der Polizei stellen, und wir würden darauf verzichten, gegen Sie auszusagen.»

Der Blick auf den ahnungslos schlafenden David quälte sie. Solange sie nur Jessica Morgen gegenübergestanden hatte, hatte sie noch Hoffnung geschöpft, gehofft, dass Jessica nicht eiskalt war, sondern nur von den Zwängen der Situation getrieben. Doch bei Stanhope spürte sie Entschlossenheit und Härte. Dieser Mann hatte nichts mehr zu verlieren. Er hatte nicht nur Lewis Grenville auf dem Gewissen. Kate vermutete, dass er es gewesen war, der das Gift in den Tee getan hatte, der April und Jason getötet hatte. Als Arzt kannte er mit Sicherheit die richtige Dosierung … Nein, Dr. Stanhope hatte die letzte Hemmschwelle überschritten.

«Ich werde die Sache schonend beenden», platzte der Arzt in Kates Gedankenkarussell. Wie er das sagte, klang es grausam einfach. «Sie werden beide leicht schlafend in Ihrem Auto sitzen und unvorsichtigerweise auf die Klippen von Pencarron zusteuern.» Er drückte die Gepäckraumtür des Kombis zu, verschloss sie aber nicht ganz, als wollte er jederzeit auf Geräusche aus dem Wagen achten können.

In diesem Moment brach Kates Schutzwall zusammen wie ein Kartenhaus. Ihr Puls raste, ihr ganzer Körper war schweißnass. Ich muss hier weg, dachte sie, ich muss fliehen. JETZT! Irgendwo auf diesem Gelände muss ich mich doch verstecken können, und wenn es nur für zehn Minuten ist. Zehn Minuten, um die Polizei anzurufen und Hilfe zu holen. Zehn Minuten, um dafür zu sorgen, dass David gerettet werden kann …

Und dann rannte sie! Vorbei an dem Springbrunnen und auf den Säulengang zu, der sich vor der linken Frontseite des Hauses erstreckte und ihr Hoffnung auf ein Versteck gab.

32.

Dass über der Bucht von Plymouth erneut die gefiederte weiße Wolke des großen Möwenschwarms kreiste, der den River Tamar bereits vor einer Woche heimgesucht hatte, registrierte Gilbert nur nebenbei. Auch auf den frisch gemähten Wiesen des benachbarten Parks von Mount Edgcumbe hatten die Vögel sich lärmend niedergelassen. Normalerweise hätte Gilbert jetzt mit dem Vogelwart von Rame Head telefoniert und sich die Gründe für den außergewöhnlich dichten Schwarm erklären lassen, doch dafür war keine Zeit. Er raste schneller auf das Dorf Anderton zu, als auf der schmalen Straße zulässig war. In diesem Moment sah er, dass auf seinem Handy in der Halterung am Armaturenbrett eine Sprachnachricht von Kate eingegangen war. Er hörte sie sich über die Freisprechanlage an. Seine Tochter klang fast fröhlich.

«Hallo, Dad. David und ich sind noch mal auf dem Weg zu Linfield House. Willow ist bei uns. Auf der Rückseite des Hauses liegt eine Schafweide mit Schäferkarren. Von da aus können wir das Gebäude super beobachten.» Sie lachte. «Wo warst du denn gestern untergetaucht? Onkel Brian hat zweimal nach dir gefragt. Egal, wir halten dich über die Aktion Schäferkarren auf dem Laufenden, okay? Küsschen, Dad!»

Gilbert war gerührt, wie selbstverständlich Kate ihn in alles einband. Sie wollte stets, dass es ihm gut ging. Schon aus diesem

Grund fand er es richtig, dass er ihr noch nichts von Jessica Morgan und seinem schrecklichen Erlebnis gestern Abend berichtet hatte. Das konnte er auch noch später tun.

Auf jeden Fall taten David und Kate recht daran, das Herrenhaus weiter zu beobachten. Den Rest konnte dann DCI Scott übernehmen.

Zum Glück herrschte kein Verkehr, sodass Gilbert schon nach wenigen Minuten in Jessicas Straße einbog.

Diesmal stand kein Auto vor dem Cottage. Er stieg aus und beschloss, dasselbe zu tun, was er gestern getan hatte, nämlich direkt in den Garten zu gehen. Er öffnete das kleine Tor, schlüpfte hinein, verschloss es wieder und ging an den Büschen entlang auf die Hausecke mit der angrenzenden Terrasse zu. Zwar hatte er auf seine Glock verzichtet, trotzdem wollte er nicht ganz unbewaffnet sein und hob einen hölzernen Gartenstecken auf, der zwischen den abgefallenen Blättern einer gelb blühenden Weigelie lag. Mit ihm in der Hand wagte er sich um die Hausecke. Er tat es mit einer blitzschnellen Bewegung, so wie er es beim Secret Service gelernt hatte.

Niemand war da, die Flechtstühle vor dem weißen Kunststofftisch waren ineinandergestellt, die Tür zum Wohnzimmer verschlossen. Doch irgendwo raschelte es. Alarmiert suchte er mit den Augen den grünen Wall aus Büschen und Sträuchern am Ende des Gartens ab. Ein kurzes helles Blöken hinter einem Rhododendronstrauch, dann stapfte plötzlich ein flauschiges weißes Lamm unter den roten Blüten hervor. Zutraulich lief es auf Gilbert zu. Willow! Er wusste sofort, dass es nur Kates Willow sein konnte. In ihrer Begeisterung für das Waisenkind hatte sie der Familie genügend Fotos zugeschickt.

«Wo kommst du denn her?» Überrascht bückte sich Gilbert, streckte die Hand aus und versuchte, dem Kleinen über das weiße Köpfchen mit den knubbeligen Hornansätzen zu streicheln.

Doch das Lamm wich ihm aus, zweimal blökend, als hätte es jetzt Besseres zu tun.

Gilbert blickte sich um. Wo war Willow hergekommen? War er ein zweites Mal entführt worden? Aber warum war er in Jessicas Garten? Gilbert schüttelte den Kopf, folgte dann aber dem Lamm, das mit flinken Beinen an ihm vorbeitrabte und zu der Außentreppe lief, die neben der Terrasse runter zum Keller führte. Dort blieb das Lämmchen stehen und starrte geradezu konzentriert nach unten, während sich seine abstehenden kleinen Ohren hin und her bewegten. Wollte ihn das Tier auf etwas aufmerksam machen?

Gilbert schlich die Treppe hinunter und öffnete vorsichtig die Tür am unteren Ende der Stufen. In einem düsteren, spärlich möblierten Raum lag ein Mann unter einer weißen Decke im Bett, im Krankenhaushemd. Sam Morgan, dachte Gilbert. Der Mann musste Sam Morgan sein. Jessica hatte ihm Weihnachtsfotos gezeigt, Gilbert erkannte ihn sofort wieder. Er trat ans Bett. Sam Morgan sah schmal und blass aus, die grauen Ringe unter den Augen waren tief. Gilbert merkte schnell, dass er gar nicht ansprechbar war, sondern nur noch mit halb geschlossenen Lidern eine imaginäre Stelle im Raum fixierte.

Auf dem Nachttisch stand ein Wasserglas, daneben lagen zwei leere Insulinpens, einstellbare Injektionshilfen für Diabetiker. Warum gleich zwei? Normalerweise reichte dem Arzt eine. Gilbert kannte sich damit aus, sein Vater hatte Insulin gebraucht. Er nahm erst den einen, dann den anderen Pen in die Hand und entdeckte, dass beide Dosierungen auf die unglaubliche Höchstmenge von sechzig Einheiten eingestellt waren. Üblicherweise spritzte man acht bis zehn Einheiten.

Warum lag der Kranke hier und nicht in einer Klinik, wenn sein Diabetes ihn in diesen katastrophalen Zustand versetzt hatte? Hier stimmte was nicht! Sam Morgans Atem ging so flach und stoßweise, dass Gilbert befürchtete, er würde gleich ganz ausbleiben. Dies war sicher nicht der Mann, der ihn niedergeschlagen hatte. Nein, dieser Schwerkranke gehörte ins Hospital!

Während Gilbert sein Handy aus der Tasche zog, nahm sein Blick eine rote Jacke wahr, die an einem Haken an der Wand hing. Auf der linken Vorderseite war ein schmales Schild der Notarztstation Looe mit einem Namen aufgenäht: *Notarztdienst, Dr. Stanhope*. Gilbert hatte Dr. Stanhope nie gesehen, nur Grandma war seine Patientin, doch mit einem Schlag wurden ihm die Zusammenhänge klar! Nach Harveys Recherchen waren Dr. Stanhope und seine Schwester in Aprils und Jasons Raubserie verwickelt. Außerdem hatte Kate den Arzt gestern in Linfield House beobachtet, dem Herrenhaus, das jetzt Jessica Morgan gehörte. Konnte es sein, dass Stanhope gestern Abend hier gewesen war, ihn, Gilbert, betäubt und anschließend nach Cremyll verfrachtet hatte, damit er nicht mitbekam, wie eng Jessica und der Mediziner verbunden waren? War Stanhope der Arzt von Jessicas Ehemann, den sie unbedingt loswerden wollte? Vielleicht mithilfe Stanhopes ... Auch die hohe Insulindosierung fügte sich in Gilberts Überlegungen. In den Händen eines verbrecherischen Mediziners konnte Insulin – nur schwer nachweisbar – zum Tod eines Patienten führen.

Es war allerhöchste Zeit, den Krankenwagen zu rufen.

Nachdem Gilbert das veranlasst hatte, rief er auch DCI Scotts Nummer an. Ein Sergeant erklärte ihm, dass die Ermittlerin am Wochenende nur über eine Geheimnummer erreicht werden konnte. Er wollte es aber umgehend bei ihr versuchen.

Gilbert warf noch einen Blick auf den Kranken und kehrte danach in den Garten zurück. Mehr konnte er im Moment nicht tun. Willow war verschwunden, doch sein helles Blöken war noch zu hören. Wieder aus dem Rhododendronstrauch. Warum hielt sich das Lamm ausgerechnet dort auf? Neulich, beim Hufeschneiden auf der Farm, hatte Gilbert von David gelernt, dass sich die Kommunikationsfähigkeit der Tiere vielfältiger zeigte als bisher angenommen. Gespannt bog er die Zweige beiseite und zwängte sich hindurch. Willow stand am Beginn eines heckengesäumten Pfades, der in Richtung der Felder führte. Wartete er etwa auf ihn? Als das Lamm loslief, folgte ihm Gilbert instinktiv und voller Anspannung.

Der Pfad schien nur privat genutzt zu werden. Schmal, sandig und mit Baumwurzeln übersät, führte er durch ein Gehölz, dann an einem Weizenfeld vorbei. Kurz darauf endete er vor einer hohen Mauer. Was verbarg sich dahinter? Wenige Meter entfernt befand sich eine Holztür, die nur angelehnt war. Und zack!, war das Lamm hindurchgeschlüpft. Gilbert drückte die Tür auf und betrat das Grundstück.

Vor ihm erhob sich ein prachtvolles Herrenhaus mit zahlreichen Fenstern und einem zentralen Balkon im Obergeschoss, offensichtlich war das die Rückseite des Gebäudes. Der schlichte Parkplatz mit zwei Autos und das Fehlen einer großzügigen Einfahrt, die zu jedem alten Landsitz gehörte, verrieten Gilbert, dass sich die Vorderfront auf der anderen Seite befinden musste.

Nichts rührte sich. Sein Blick glitt die Fenster entlang, als er eine entfernt klingende Männerstimme hörte, die in verärgertem Ton etwas rief, woraufhin eine Frau aufgeregt antwortete. Verstehen konnte er nichts, aber wenn er sich nicht täuschte, war das Jessicas Stimme. Die Rufe mussten von der Vorderseite des Anwesens kommen. Für Sekunden juckte Gilbert als Ex-Geheimdienstler der Gedanke, nach vorne zu schleichen, um sich dort umzusehen. Doch zusammen mit Willow wäre das zu riskant, das Lamm wich ihm nicht von der Seite.

Kein Zweifel, das war Linfield House! Gilbert erkannte Jessicas Kleinwagen auf dem Hof, daneben stand der blaue Mercedes, vielleicht war das der von ihrem Vater geerbte Wagen. Gilbert dachte an den versteckten Pfad zwischen ihrem Cottage und dem Herrenhaus. Gleichzeitig fielen ihm die Fotos der Römermauern ein und der frisch eingesäte Rasen, den Kate gestern entdeckt hatte. Alles passte. Was auch immer hier in Zusammenhang mit den Morden an April, Jason und Lewis Grenville geschehen war – dies war ein perfekt abgeschirmter Ort.

Er beschloss, das Grundstück wieder zu verlassen. Es reichte, dass Kate und David das Herrenhaus im Blick behielten, so wie Kate geschrieben hatte. Alles Weitere konnte er später mit der Familie besprechen. Nur dass Willow hier allein herumlief, machte ihm Sorgen. Hatte Kate sein Weglaufen nicht bemerkt?

Während er den Rückzug antrat, blieb Willow bockig an der Tür stehen, als wollte er Gilbert noch mehr zeigen.

Gilbert bückte sich und hob den Kleinen mit den Händen hoch, so wie David es ihm gezeigt hatte. Als er mit dem zappelnden Lamm auf den Armen losgehen wollte, erspähte er zwischen den Schafen am Hang einen Schäferkarren, etwa fünfzig Meter entfernt. Das musste Kates und Davids Versteck sein. Entdecken konnte er dort niemanden, trotzdem winkte er hinüber, in der Hoffnung, dass die beiden ihn zusammen mit Willow sehen und beruhigt sein würden.

Er blickte auf die Uhr. Er musste zum Cottage zurück, jeden Moment konnte dort der Krankenwagen eintreffen und er wollte sicherstellen, dass der begleitende Arzt die verdächtig hohen Insulineinstellungen der Pens dokumentierte. Außerdem hoffte er, dass sich DCI Scott schnell bei ihm melden würde. Mehr konnte er im Moment nicht tun.

Aber warum quälte ihn dann diese merkwürdige Unruhe?

33.

David kam mit trockenem Mund zu sich und hob den schmerzenden Kopf, um sich umzusehen. Er brauchte nur Sekunden, um zu erkennen, dass er im Gepäckraum seines eigenen Kombis lag, an Händen und Füßen gefesselt, mit dem Kopf vor der hinteren Tür. Das Auto fuhr nicht. Wo war er?

Angst wollte ihn ergreifen, doch er zwang sich, die aufkommende Unruhe zu kontrollieren. Das hatte er bei Polizeikursen gelernt, erst die Angst kontrollieren, dann eine Entscheidung treffen. Langsam kehrte auch seine Erinnerung zurück. Er war selbst schuld, dass er hier eingepfercht war.

Während seiner Verfolgung von Dr. Stanhope hatte er dessen Wagen am Waldrand parken sehen, von Stanhope keine Spur. Also war er ausgestiegen und hatte sich umgesehen. Plötzlich war der Arzt aus einem Gebüsch gesprungen und hatte seine harte Faust gegen Davids Kiefer geschmettert, von der Seite und genau an die richtige Stelle, Stanhope kannte sich als Mediziner gut aus. Denn nur so wurde der Kopf mit Kraft weggeschleudert, das Gehirn kollabierte und man wurde augenblicklich bewusstlos … Wie konnte er nur so naiv gewesen sein, Stanhope ohne großen Abstand zu verfolgen, statt bei Kate zu bleiben? Irgendwo draußen vor dem Kombi vernahm er plötzlich die Stimmen von Stanhope und einer Frau. War das Jessica? Jessica Morgan, Gilberts Assistentin! David hatte sie vor vier Wochen bei einem Treffen in Gilberts Büro kennengelernt und sich mit ihr unterhalten. Aber warum war sie hier und warum zusammen mit Stanhope?

Bei jeder kleinsten Bewegung tat sein Kopf höllisch weh, und egal, wie heftig er an seinen Fesseln zerrte, er war bewegungslos. Wie viel Zeit war eigentlich vergangen, seitdem er Kate allein gelassen hatte?

Augenblicklich überlagerte die Angst um sie seine eigene Panik. Wie mochte es ihr ergangen sein? War sie in Sicherheit? Es quälte ihn, sich vorzustellen, dass Stanhope Kate vielleicht in Andys Schäferkarren aufgestöbert hatte und sie jetzt vielleicht ebenfalls Todesangst leiden musste.

Doch wie konnte er ihr helfen?

David hob den Kopf und drehte ihn mühevoll so, dass er seine Hände sehen konnte. Die Fesselung bestand aus einem dicken Strick und nicht, wie befürchtet, aus reißfestem Bootsnylon. Wenn er eine raue oder scharfe Stelle im Kofferraum fand, konnte er versuchen, die Fessel aufzuscheuern. Aber er musste vorsichtig sein, die Gepäckraumtür des Kombis war nur angelehnt.

Draußen näherten sich schwere Schritte, David hörte Kies knirschen. Mit klopfendem Herzen stellte er sich wieder schlafend. Die Schritte gingen am Auto vorbei, doch er konnte Dr. Stanhope rufen hören.

«Meine Geduld ist am Ende! Gib mir die Pistole!»

Davids Angst um Kate drohte zu explodieren. Vielleicht befand sie sich ganz in seiner Nähe! Ich muss die Nerven behalten, hämmerte er sich ein, ich muss eine Lösung finden … Er erinnerte sich daran, dass sein Freund Ed ihm für ihre Angelausflüge einen kleinen Bieröffner unterhalb des linken Autofensters auf den inneren Radkasten geschweißt hatte, also auf seiner Kofferraumseite. Es war eine dieser verrückten Ed-Überraschungen zu Davids Geburtstag gewesen. Das Eisen war mit einem kleinen Loch für den Flaschenrand versehen und rostete schon, aber es besaß eine scharfe Kante. Mit einigen Verrenkungen schaffte es David, sich so zu drehen, dass er die Fessel an dem scharfkantigen Eisen scheuern konnte. Beharrlich gab er sein Bestes, auch wenn es fürchterlich schmerzte. Hauptsache, der Strick begann zu reißen.

Und das tat er schneller, als David gehofft hatte. Die Hände waren frei! Immer noch liegend und mit angezogenen Knien versuchte er nun, die Fußfessel zu lösen. Stanhope hatte sie mehrfach verknotet, und David glaubte schon zu verzweifeln, doch dann gab auch dieser Strick nach! Vorsichtig bewegte er seine Arme und Beine. Alles okay. Jetzt musste er nur noch ungesehen nach draußen gelangen.

Da Stanhope offensichtlich eine Waffe in der Hand hielt, war er umso gefährlicher. David war klar, dass er tot sein würde, sobald der Arzt ihn draußen entdeckte.

Er lauschte intensiv. Erneut konnte er Stanhopes und Jessicas Stimme hören – dann plötzlich auch die Stimme von Kate! Sein Puls raste. Kate rief etwas, das er nicht verstehen konnte, doch es klang verzweifelt. Ihr flehender Ton rührte ihn zutiefst – und machte ihn gleichzeitig wütend. Aber sie lebte, das war das Wichtigste …

Angesichts des Stimmenlärms wagte David, die Gepäckraumtür leise aufzudrücken. Vorsichtig spähte er nach draußen.

Sein Wagen stand auf dem Gelände von Linfield House, auf der Frontseite, nicht weit von ihm entfernt konnte er ein breites, aber geschlossenes Einfahrtstor sehen. Die Einfahrt war gekiest, irgendwo plätscherte ein Springbrunnen. Genauso hatte Kate den Garten mit seinem frisch eingesäten Rasenstück beschrieben.

David drückte die Tür gerade so weit auf, dass er sich hinauswinden und auf den Kiesboden gleiten konnte. Als die Tür mit einem leisen Klicken zurückschwang, hätte er fast einen Herzinfarkt bekommen. Doch die Stimmen stritten weiter, niemand schien ihn bemerkt zu haben.

Auf dem Boden liegend, entdeckten seine hastig suchenden Augen tatsächlich Stanhope und Jessica Morgan links neben der Terrasse vor einem hier beginnenden Säulengang. Er hatte Glück, beide standen mit dem Rücken zu ihm. Dann hörte er, wie Stanhope mit lauter Stimme rief: «Es nutzt Ihnen nichts wegzulaufen, Kate! Wohin wollen Sie denn entkommen!»

Kate! Sie hatte versucht zu fliehen. Im selben Moment entdeckte David sie, halb verdeckt hinter einer der dicken, marmornen Säulen. In seiner Aufregung und Erleichterung hätte er sich fast aufgerichtet, um zu ihr zu laufen. Ihre Stimme klang kräftig, kämpferisch. Sie gab nicht auf, auch wenn David spürte, welche entsetzliche Angst sie haben musste.

«Es wird Ihnen nicht helfen, David und mir etwas zu anzutun», rief sie. «Unsere ganze Familie hat in dem Fall ermittelt.»

David hätte weinen können, als er seine Kate dort stehen sah, aufrecht und mutig. Sicher wusste sie von ihrem Vater, dass Zeit zu schinden das Einzige war, das man in gefährlichen Situationen tun konnte.

«Unsinn», mischte sich Jessica Morgan ein, «nur Sie und David haben ermittelt. Wenn es anders wäre, hätte ihr Vater es mir erzählt. Er hat mir immer alles erzählt.» Jessica bewegte sich jetzt auf Kate zu. «Los! Gehen Sie jetzt zum Auto. Adrian hat es Ihnen versprochen, Sie werden nach der Spritze nichts mehr merken.»

Entsetzt begriff David, was die beiden vorhatten. Er und Kate sollten entweder vergiftet oder betäubt und dann irgendwo entsorgt werden. Kate musste Höllenängste leiden, seit sie davon wusste. In diesem Moment sah er vier eiserne Bocciakugeln, die neben dem Brunnen lagen.

In geduckter Haltung schlich er dorthin, immer darauf achtend, dass der Kies unter seinen Füßen nicht knirschte und das steinerne Becken des Brunnens ihm Deckung gab. Das fließende Wasser bot zudem eine gute Geräuschkulisse. Vor dem Brunnen legte er sich auf den Boden und zog zwei der Kugeln zu sich heran.

«Ich bleibe hier!», hörte er Kate mit fester Stimme rufen.

«Na gut, Sie haben es nicht anders gewollt.» Stanhope schien die Geduld zu verlieren. Dann sah David, wie der Arzt langsam seine Pistole hob und in Kates Richtung zielte.

David zögerte keine Sekunde länger. Er ergriff eine der Eisenkugeln und sprang hinter dem Brunnen hervor. Bis vor drei Jahren hatte er noch als Wurfmann Cricket gespielt. Mit dem Schwung, den er dabei gelernt hatte, holte er weit aus und zielte auf Stanhope. In dieser Sekunde drehte sich Jessica Morgan um, entdeckte David und stieß einen warnenden Schrei aus. Doch es war zu spät. Die Kugel traf Stanhope mit solcher Wucht an der rechten Schulter, dass er die Pistole fallen ließ und taumelte. Er hatte sich noch nicht wieder gefangen, als Jessica Anstalten machte, sich nach der Waffe zu bücken … Sie musste Nerven wie Drahtseile haben.

Plötzlich ertönte eine laute Stimme rechts neben der Terrasse. «Lassen Sie die Waffe liegen und heben Sie die Hände über den Kopf! Hier spricht die Polizei!»

DCI Scott! David sah, wie Kerstie Scott ihre Waffe auf die verblüffte Jessica Morgan richtete und näher kam. Begleitet wurde sie von ihrem Sergeant, der ebenfalls seine Pistole gezogen hatte, sowie von zwei Streifenpolizisten. Hinter ihnen tauchte auch Gilbert auf. Wo kamen sie auf einmal her?

Vor Überraschung konnte sich David keinen Millimeter bewegen. Auch Kate blieb wie erstarrt hinter ihrer Säule stehen. Nur die Polizisten bewegten sich, während Jessica und Dr. Stanhope mit steinernen Gesichtern ihre Hände hoben. Sekunden später wurden ihnen die Handschellen angelegt. Zufrieden steckte DCI Scott ihre Waffe ein.

«Mrs Morgan, Dr. Stanhope – ich nehme Sie beide fest wegen

des Verdachts auf gemeinschaftlichen Mord an April Thomson, Jason O'Connor und Lewis Grenville. Bei Ihrer Vernehmung werden Sie übrigens gleich in familiärer Gesellschaft sein, Dr. Stanhope. Vor einer Stunde haben wir Ihre Schwester wegen Hehlerei in Gewahrsam genommen.»

Stanhope antwortete so wenig wie Jessica. Schweigend und ohne Kate oder David eines Blickes zu würdigen, ließen sie sich abführen. Erst als sie an Gilbert Doyle vorbeikam, machte Jessica den Mund auf.

«Ich hätte Ihnen nie vertrauen dürfen!», stieß sie hervor.

«Nein, ich hätte IHNEN nie vertrauen dürfen», sagte Gilbert mit hörbarer Trauer in der Stimme. «Auch wenn ich Ihnen glücklicherweise nicht alles über die Aktivitäten der Doyles erzählt habe.»

In diesem Moment fuhren in der Sackgasse vor dem Tor drei Streifenwagen vor, Polizisten sprangen heraus, drückten das Tor mit Wucht auf und nahmen die beiden Verhafteten in Empfang, um sie zu den Fahrzeugen zu bringen.

Erst jetzt flog Kate David entgegen, der sich endlich ebenfalls in Bewegung setzen konnte. Mit Tränen in den Augen umarmte sie ihn. «Danke, Schatz!», flüsterte sie. «Ich hatte solche Angst um dich. Als ich dich da gefesselt liegen sah …» Mit der Erleichterung einer Erlösten drückte sie ihre Lippen sekundenlang auf seinen Mund. David hielt sie fest, als hätten sie sich jahrelang nicht gesehen, und streichelte ihr über den Rücken.

«Nein, Liebling, du warst es, die tapfer war. Ich danke dir! Und deinem Dad, der offenbar DCI Scott geholt hat.»

Kate löste sich von ihm. «Oh ja, mein Dad!» Sie blickte sich suchend nach Gilbert um, dann rannte sie ihm entgegen und wollte auch ihn kaum mehr loslassen. «Dad! Du bist unser rettender Engel!»

Gilbert strich seiner Tochter liebevoll über die Wange. «Nein, eigentlich war Willow der rettende Engel.» Er schmunzelte. «Dieses ganz und gar erstaunliche Lamm wartet übrigens in meinem Wagen.»

«Ich verstehe gerade gar nichts», gestand David. «Was hat Willow denn mit alldem zu tun? Und wo bist du so plötzlich mit DCI Scott hergekommen?»

In kurzen Worten klärte sie Gilbert über den sterbenskranken Sam Morgan und den versteckten Pfad auf und erzählte, welche Rolle Willow gespielt hatte.

Geschwächt wie sie war, begann Kate vor Rührung zu weinen. «Und ich dachte die ganze Zeit, Jessica hätte ihm etwas angetan.»

David legte seinen Arm um ihre Schultern, drückte sie an sich und sagte lächelnd: «Er ist ein Kämpfer. Das hast du doch von Anfang an gespürt.»

«Ja, Schatz, das stimmt.»

DCI Scott stellte sich zu ihnen. «Die Spurensicherung wird gleich hier sein.» Sie wandte sich an Kate und David. «Das war sehr mutig von Ihnen. Von Ihnen beiden.» Dann drehte sie sich zu Gilbert um. «Und wenn Sie, Mr Doyle, uns nicht informiert hätten … Ich will gar nicht dran denken, was noch alles hätte passieren können.»

«Wie geht es Sam Morgan?», wollte Gilbert wissen. «Was sagt der Notarzt?»

«Er lässt Ihnen ausrichten, dass Morgan gestorben wäre, wenn Sie nicht so schnell reagiert hätten. Mordversuch durch Insulin, möglicherweise später gar nicht mehr nachweisbar. Morgan verdankt Ihnen sein Leben!»

Mit einem leichten Heben seiner Augenbrauen schenkte Gilbert der Ermittlerin ein hintergründiges Lächeln. «Ich weiß, dass Sie das nicht unbedingt hören wollen, Chief Inspector», sagte er. «Aber was diesen Fall betrifft, bin ich nur ein einzelnes Rädchen.

Meiner ganzen Familie gebührt die Ehre. Kennen Sie das alte kornische Motto *Ich schwimme in einer Welle*?»

«Ich bin zwar aus Devon, aber natürlich kenne ich es», antwortete die Ermittlerin milde.

«Nun, so ist es auch bei uns. Wir Doyles sind gute Wellenschwimmer. Selbst bei Sturm.»

DCI Scott blickte die drei mit einem ungewohnt verschmitzten Lächeln an. «Respekt», sagte sie. «Dann haben Sie Ihr Ufer geschickt erreicht.»

34.

Schwungvoll lenkte Emily ihren knatternden alten Jaguar die Auffahrt zur Farm hoch, bog in einer eleganten Schleife zum Hof ab und parkte direkt vor der Haustür. Als sie den Motor ausstellte, die Fahrertür öffnete und sich hinter dem hölzernen Lenkrad hervorquälte, fiel ihr Blick auf die neuen Blumenkästen vor den Erdgeschossfenstern des Farmhauses. Sie musste schmunzeln. Früher, mit Anfang oder Mitte zwanzig, hatte Kate die oft bombastische Blütenpracht vor Cornwalls Häusern als unerträglich provinziell und kitschig bezeichnet. Jetzt schien sie davon begeistert zu sein. Natürlich, da tanzen bereits die Hochzeitshormone, dachte Emily amüsiert.

Kate hatte sie am Telefon gebeten, direkt zur Weide zu kommen, der Tierarzt hätte gerade Bock Sinclair zurück zu seiner Herde gebracht. Deshalb holte Emily ihr hübsch verpacktes Geschenk aus dem Kofferraum und steuerte damit die Allee zu den weiß umzäunten Koppeln an. Sie war lange nicht hier gewesen und staunte, wie David die vorher wild wuchernden Wiesen rechts von der Allee als mögliche neue Weidefläche angelegt hatte. Einen wie ihn hätte Emily früher auch genommen – attraktiv, zuverlässig und willensstark. Kate hatte einen ähnlichen Charakter, kein Wunder, dass die beiden so gut harmonierten.

Als Emily die Weide erreichte, kam Kate ihr entgegen und öffnete das Gatter. «Hallo, Grandma!» Sie gab ihrer Großmutter einen liebevollen Kuss. «Komm rein, aber pass mit den Schafskötteln auf.»

Emily schlüpfte entschlossen durchs Gatter und winkte ab. «Ich bin schon in so viel Mist getreten ...»

Kate kommentierte Grandmas Bemerkung mit einem breiten Grinsen und zeigte auf die hinterste Ecke der Weide, wo der große Apfelbaum stand. «Wir gehen da rüber, dort sind wir ungestört.»

Ein Stück von ihnen entfernt stand die Herde wie ein Team von Fußballern um ihren Boss versammelt, den riesigen Bock Sinclair. Camilla als eine der wichtigsten Auen beäugte ihn wie immer etwas skeptisch. Auch die Lämmer waren dabei. Seiner stolzen Haltung nach schien Sinclair wieder gut beieinander zu sein. Hinter dem Bock lehnten diskutierend der Tierarzt und David am Zaun. Beide winkten Emily zu, als sie hersahen.

«Sorry, aber Dr. Blenshore muss David noch die weitere Therapie erklären», erklärte Kate. «Sinclair kann zwar wieder gut sehen, bleibt aber noch unter Kontrolle.»

«Kontrolle ist nie schlecht bei Böcken», meinte Emily augenzwinkernd. Sie blickte Kate von der Seite an und spürte, dass ihre Enkelin ein bisschen fröhlicher tat, als ihr vielleicht zumute war. Garantiert hing ihr die schreckliche Begegnung mit Jessica Morgan und Dr. Stanhope noch in den Knochen. Trotzdem schien es Emily klug zu sein, das Thema jetzt nicht noch einmal anzusprechen. Die Familie hatte Kate und David nach den Ereignissen in Linfield House sehr intensiv zur Seite gestanden, den psychologischen Rest würde Kate mit ihrer bewundernswerten Resilienz selbst schaffen.

Sie waren am Apfelbaum angelangt. Kate griff über den Zaun zur Nachbarweide, wo zwei Klappstühle am Holz lehnten, die sie vorhin für ihr Treffen mit Grandma dort hingestellt hatte. Einen der Stühle klappte sie für Emily auf, den anderen für sich selbst.

«Ich muss dir was erzählen», begann Emily, während sie Platz nahm und ihr Päckchen neben dem Stuhl im Gras ablegte. «Heute Morgen ist ein Wunder geschehen.» Sie machte eine kurze Pause. «Lewis Grenville ist auferstanden.»

Kate blickte ihre Großmutter ungläubig an. «Grenville? Wie meinst du das, Grandma?»

«Mrs Hutchinson hat ihn wiederbelebt, meine Putzfrau. Wie jeden Montag war sie heute früh bei mir und hat sauber gemacht. Schusselig, wie sie manchmal ist, hat sie dabei meine gefütterte Jacke von der Garderobe gewischt. Die ist auf meine Flurvase und das Telefon mit dem Anrufbeantworter gefallen und *peng!*, lagen die Sachen auf dem Boden.»

«Und was hat das mit Lewis Grenville zu tun?»

«Tja.» Emily verzog vielsagend das Gesicht. «Plötzlich sprang der Anrufbeantworter an, und ich konnte seine Stimme hören. Wie ich später festgestellt habe, muss er am Dienstagvormittag auf mein Band gesprochen haben. Keine Ahnung, warum dort das Lämpchen an dem Tag nicht blinkte, als ich abends nach Hause kam.»

Es fiel Grandma nicht leicht, Kate zu schildern, worum Lewis Grenville sie gebeten hatte. Die Doyles sollten seiner Enkelin April in einer schwierigen Situation beistehen und helfen, darum ging es in seiner Nachricht. Und er hätte ungewohnt verzweifelt geklungen, fügte Emily hinzu.

«O Gott», murmelte Kate betroffen. «April und ihr Großvater wollten uns alles erzählen! Vielleicht dachten sie, David und ich könnten durch unsere Kontakte zur Polizei eine Art Vermittler sein!»

«Ja, vielleicht. Aber der Anruf wäre so oder so zu spät gekommen. Auch Grenville ging davon aus, dass du April erst abends treffen würdest. Und da war sie ja bereits tot …» Emily legte ihrer Enkelin mitfühlend eine Hand auf den Arm. «Nein, mein Kind. Wir müssen uns keine Vorwürfe machen. Du schon gar nicht.»

Kate nickte stumm und schwieg einen Moment. Dann fragte sie: «Ist es dir schwergefallen, noch einmal Grenvilles Stimme zu hören?»

Emily zwang sich, nicht allzu schwermütig zu klingen. Vorbei war vorbei. Selbst ihre Lieblingsenkelin musste nicht alles wissen. «Na ja», meinte sie. «Wie heißt es doch gleich? *Alte Zeiten sterben nie.* Aber sie können verblassen, Kate. Grenville gehörte zwar zu meiner Vergangenheit, aber vermissen werde ich ihn nicht.» Sie bückte sich schnell, hob ihr Päckchen aus dem Gras auf und überreichte es Kate mit einem verschmitzten Lächeln. «So, und das hier ist für dich! Im Vorgriff auf deine Hochzeit.»

Mit staunender Miene nahm Kate das Geschenk entgegen. «Was ist das?» Sie wog es spielerisch in den Händen, so wie sie früher als Kind ihre Geschenke *gewogen* hatte. «Soll ich es gleich öffnen?»

«Nein, nicht hier auf der Weide», erklärte Emily amüsiert. «Es ist ein Geschenk, das Flecken bekommen könnte.»

«Grandma, jetzt sag schon …»

Emily gab auf. Es war eh schöner, Kates Strahlen gleich zu erleben. «Okay, ich verrate es dir. Es ist mein altes Hochzeitskleid von Courrèges aus den Sechzigerjahren. Das berühmte Modell 29074, cremefarben, aus Wolle und Seide.»

«Courrèges?» Kate stieß einen Freudenschrei aus, sprang auf und fiel ihrer Großmutter um den Hals. «Du bist ja verrückt!»

«Ja, ein bisschen», gab Emily lachend zu. «Da du aber zur Hochzeit unbedingt etwas Altes und Gebrauchtes haben musst …»

«Danke, Grandma!» Kate schien überglücklich zu sein. «Weißt du was? Ich gehe schnell ins Haus und probiere das Kleid an. Ich kann's gar nicht erwarten!»

«Mach das», sagte Emily amüsiert. Sie war erleichtert, dass ihr die Überraschung geglückt war. «Sonst muss womöglich ich noch mal in diesem Kleid heiraten.»

Lachend lief Kate los. Erleichtert sah Emily, wie sie beschwingt die Weide verließ, das Päckchen hin und her schlenkernd, und Richtung Haus verschwand. Wie gut, dass die Zukunft jeden Tag neu startet, dachte Emily. Die Zukunft und das Vergessen.

Plötzlich blökte es zweimal neben ihrem Stuhl. Es war ein helles, fast kindliches Blöken. Sie drehte sich zur Seite und entdeckte ein vollständig weißes Lamm. Das musste der kleine Bock sein, von dem Kate so begeistert erzählt hatte. Emily bückte sich, riss ein Grasbüschel zu ihren Füßen aus und hielt ihn dem Lamm hin. Tatsächlich kam es zu ihr, zog Emily die Halme vorsichtig mit dem weichen Mäulchen aus den Fingern und blökte ein drittes Mal.

«Du bist sicher Willow», stellte Emily in freundlichem Ton fest. «Kates kleiner Held.»

Als hätte Willow sie verstanden, stellte er sich vor Emily unter dem Apfelbaum und blickte sie neugierig an. Sie war erstaunt, wie klug so ein kleiner Kerl schauen konnte. Vielleicht lag Kate doch nicht so falsch, wenn sie begeistert von ihren *Schafsgesprächen* berichtete. Willow hob den Kopf, als wollte er Emily etwas mitteilen. Ob er das so von Kate und David gewohnt war? Emily gab sich einen Ruck und sprach das Lamm an.

«Na komm, erzähl mir was», sagte sie mit aufmunterndem Lächeln. «Kate redet doch auch immer mit euch. Du musst eine ganze Menge erlebt haben. Ich liebe spannende Geschichten!»

Willows lebhafte Lammaugen blickten Emily blinzelnd an, als wollte er sagen: *Dann frag mich doch was.*

«Hast du alles gut überstanden?», begann Emily lächelnd. Kate betonte immer, dass man sich mutig in die Tiere hineindenken musste.

Willows Antwort kam schnell. *«Määh.»*

«Also ja. Das freut mich. Ich hoffe, du musstest nicht zu viel Angst haben im Garten von Linfield House.»

«Ging so. Man kann sich da ganz gut verstecken. Und es gab jede Menge leckere Blumen.»

Emily schmunzelte. «Aber die vielen lauten Menschen müssen dir doch Angst gemacht haben? Zwei von ihnen waren sogar gefährlich.»

Willow hob seinen hübschen Kopf mit dem weißen Wollkrönchen noch etwas höher, es sah aus, als ob er stolz wäre. *«Füchse sind auch gefährlich, trotzdem laufen wir nicht weg. Ich mache es wie Camilla. Wenn's laut und gefährlich wird, höre ich nur auf den Wind. Der Wind gibt dir Ruhe und sagt dir, was du tun sollst.»*

Das war eine kluge Einstellung, dachte Emily amüsiert. Einfach über Blödsinn hinweghören. Der Lärm der Menschen drehte sich viel zu oft um nichts. Sie streckte den Arm aus und begann, dem Lamm über das weiche Fell am Hals zu streicheln. Willow ließ es sich gefallen. «Du musst ein sehr gutes Gedächtnis haben, kleiner Freund. Mein Sohn war erstaunt, wie du ihn überall rumgeführt hast.»

Willows kurzes helles Blöken klang wie eine Gegenfrage. *«Du findest doch hoffentlich auch alle Wiesen, die dir wichtig sind? Wie wärst du sonst hergekommen?»*

«Da hast du natürlich recht.»

Ein starker Windstoß zog vom Meer über die Weide. Emily legte schützend eine Hand auf ihre Haare, während das Lamm die Nase hob und sie direkt in die starke Brise hielt. Es blökte erneut, jetzt aber wesentlich abgelenkter. Als Emily den Blick des Lämmchens zu interpretieren versuchte, glaubte sie darin eine Botschaft zu erkennen.

«Ich muss wieder. Es wird bald ein Gewitter geben.»

«Fürchtest du Gewitter?», wollte Emily wissen.

Willows Antwort bestand aus einer schüttelnden Bewegung seines kleinen flauschigen Körpers, während er sich bereits halb abwendete und neugierig zu den anderen Schafen blickte. *«Je-*

der fürchtet die Blitze aus den Wolken. Dagegen kann man nichts machen. Aber der würzige Wind danach lässt einen wachsen, sagt Camilla. Die anderen warten auch schon sehnsüchtig darauf.»

«Na, dann geh mal», meinte Emily lächelnd, während Willow sich von ihrer streichelnden Hand löste und zu seiner Herde zurücktrabte. Vom Meer zogen erste graue Wolken auf, wie das Lamm es angekündigt hatte. Vermutlich würde es nur ein kurzes Sommergewitter werden. Gar nicht unzufrieden damit verfolgte Emily einen Augenblick lang die rasch dahinziehenden Wolkenfelder mit den Augen und fand, dass es eigentlich ein beruhigendes Naturschauspiel war. Ihre kluge Enkelin hatte recht. So ein Schafsgespräch konnte einen wunderbar auf den Boden zurückbringen.

Entspannt lehnte sie sich auf dem Klappstuhl zurück, um auf Kate und den bevorstehenden frischen Wind zu warten.

Nachwort

Nach dem Erscheinen des ersten Teils meiner Romanserie über die Doyles *(Vier Schafe und ein Todesfall)* wurde ich häufig gefragt, wie mir die Idee für diese turbulente Figurenkonstellation gekommen war. Ganz einfach: Wie so oft beim Schreiben spielte dabei das wirkliche Leben eine Rolle, eine Momentaufnahme während einer Reise durch Cornwall.

Es war auf einer Wiese im herrlichen Park von Trelissick Garden, am Ufer des River Fal. Staunend beobachtete ich, wie dort eine fröhliche kornische Großfamilie ihre Decken und Picknickkörbe ausbreitete und sich kein bisschen um die vorbeimarschierenden Parkbesucher scherte. Eltern wie Kinder hatten einfach Spaß, es war ja der perfekte Sommertag. Direkt neben dem Fluss wurde der mitgebrachte Grill angeworfen, aus den Körben die Getränke verteilt … Und ich dachte, ja, so gelassen müsste man leben, warum tun wir es nicht alle? In England ist man ja ohnehin gelassener in allem.

Besonderes Vergnügen bereitete mir, dass bei diesem Picknick sehr offensichtlich eine Person das Sagen hatte – die Großmutter mit Strohhut. Sie gab Kommandos wie Queen Victoria, brachte ihre Familie aber auch mit britischem Humor zum Lachen. In diesem Moment malte ich mir aus, was die Familie tun würde, wenn Grandma am Ufer einen Toten fände. Ich war mir sicher, dass sie als Erstes rufen würde: *Bitte erst die Pasties aufessen, be-*

vor die Polizei hier rumtrampelt! So setzte sich meine Fantasie in Gang …

Daraus sind dann die Doyles geworden, mit Herz, Gehirn und kriminalistischem Ehrgeiz. In unserer Zeit des Individualismus, so hoffe ich, lassen sie uns ein bisschen daran denken, dass die Familie kein so schlechter Hort ist.

Meine andere Zuneigung gehört den Schafen, ich kann's nicht leugnen. Ohne sie wäre die Welt ärmer, denn jahrtausendelang haben sie unsere Zivilisation buchstäblich mit ihrem Fell gewärmt. Schafe sind auch nur Menschen, zitiert Kate einmal ihren alten Tierarzt. Es ist ein Satz, den mir vor langer Zeit angesichts seines widerspenstigen Bocks ein Schafzüchter in Devon zugerufen hatte.

Überhaupt, der englische Humor. Man legt ihn jedem Briten liebevoll in die Wiege. Ein Kind, das den Vater während eines Orkans zum Nachbarn hinüberbrüllen hört: «Ein bisschen windig heute, was?» – dieses Kind wird schnell lernen, wie man unterhaltsam mit anderen kommuniziert. Dabei kennt der britische Humor mehrere Stufen. Die deftigste ist sicher das Spiel mit Ironie und Sarkasmus. Man nimmt den anderen auf den Arm und spottet über seinen Schwachpunkt, indem man das Gegenteil der Wahrheit benennt und dabei mit einer guten Pointe übertreibt. Keiner ist beleidigt, man selbst macht es ja ebenso. Berühmt sind auch die Pub-Geplänkel, man steht an der Theke, wo ein frecher Gag den nächsten provoziert. Oder man spielt mit gnadenlosem Understatement (siehe die Bemerkung über den Orkan). Ähnlich beliebt ist die englische Selbstkritik, mit der man seinen Fehler zugibt, aber ihn in Humor kleidet und damit anderen die Kritik erspart. So funktioniert Großbritannien. Selbst das Absurde ist eine übliche Form und hoch respektiert. Nur so konnte sich über Jahrhunderte die sprichwörtliche Exzentrik herausbilden. Oscar Wilde ging in Oxford mit einem Hummer an der Leine spazieren, und Lord Byron hielt sich in Cambridge einen Bären, weil er sich über das Hundeverbot geärgert hatte. *How funny!*, freuen sich die Engländer. Natürlich hätten auch unsere Doyles großes Vergnügen daran, wie ich sie kenne.

Wie immer, wenn es um Recherchen für ein neues Buch geht, habe ich einigen Beratern zu danken, deren Wissen für mich unentbehrlich war. Dr. Andreas Breit vom Walther-Straub-Institut für Pharmakologie und Toxikologie hat mir zum Thema Aconitin-Vergiftung auf verständliche Weise faszinierende Begriffe wie Benzoylaconin, Bismutoxidnitrat und Dragendorff-Reagenz nähergebracht. Ohne seine Fachkenntnisse hätte ich Onkel Brian nur an die Familie mailen lassen können: *Ich glaube, es riecht nach Blauem Eisenhut.*

Hinsichtlich der Frage, wie Dr. Stanhope so nachhaltig Gilbert Doyle betäuben und Sam Morgan mit Insulin vergiften konnte, hat mich die Anästhesistin Dr. Christina Rechenberg beraten. Sie weiß unendlich viel, sodass ich noch eine Menge mehr hätte erzählen können. Danke, Chrissie!

Von Dr. Geri Parlby, Historikerin und Fellow der Roehampton University London, durfte ich vieles lernen über das britische Verfahren im Umgang mit wertvollen Funden aus römischer Besiedlung, denn bis heute werden in Cornwall immer wieder sensationelle Entdeckungen aus dieser Zeit gemacht.

Überhaupt bleibt der Südwesten immer eine Reise wert. Von den alten Zinnminen über die einst durch Cornwalls Sardinenfang erblühten Fischerdörfer bis zu den grandiosen Steilküsten und Stränden der Süd- und Nordküste und den subtropischen Parks – Cornwall und seine Menschen werden für mich immer etwas ganz Besonderes bleiben.

Thomas Chatwin, April 2024

Weitere Titel

Cosy Crime aus Cornwall

Vier Schafe und ein Todesfall

Daphne Penrose ermittelt

Post für den Mörder

Mörder unbekannt verzogen

Mord frei Haus

Ian Moore
Mord & Croissants

Wo ist Monsieur Grandchamps? Wer hat etwas zu verbergen im Val de Follet? Und was hat das Huhn mit alldem zu tun?

304 Seiten

Eigentlich will Richard einfach nur seine Ruhe. Er ist Engländer, und seit ein paar Jahren führt er eine kleine Pension im Loire-Tal – dort passiert absolut nie etwas, und das findet er ganz wunderbar so. Bis eines Tages einer seiner Gäste verschwindet: der alte Monsieur Grandchamps. Was er zurücklässt: eine zerbrochene Brille und ein blutiger Handabdruck auf der Tapete.
Fast zeitgleich bezieht die beeindruckende Madame Valérie d'Orcay aus Paris eines von Richards Zimmern. Und erstaunlicherweise interessiert sie sich sehr für das Verschwinden des alten Monsieurs. Obwohl Richard am liebsten schnellstmöglich zur Tagesordnung zurückkehren möchte, ist er plötzlich Teil eines absurden Ermitlerduos. Und spätestens, als es seiner Lieblingshenne Ava Gardner an den Kragen geht, wird es auch für ihn persönlich...